幼女戰記

Nil admirari

〔6〕

ルロ・ゼン

Carlo Zen

Kadokawa Fantastic Novels

contents

內務人民委員部製作

聯邦

總書記（非常和藹的人）

羅利亞（非常和藹的人）

【多國籍部隊】

米克爾上校（聯邦指揮官）——塔涅契卡中尉（政治軍官）

德瑞克中校（聯合王國副指揮官）——蘇中尉

義魯朵雅王國

加斯曼上將（軍政）——卡蘭德羅上校（情報）

自由共和國

戴・樂高司令官（自由共和國主席）

相關圖

帝國

【參謀本部】

傑圖亞中將〔戰務〕——烏卡中校〔戰務／鐵路〕

盧提魯德夫中將〔作戰〕——雷魯根上校

〔沙羅曼達戰鬥群〕

第二〇三魔導大隊

譚雅・馮・提古雷查夫中校

- 拜斯少校
  - 謝列布里亞科夫中尉
  - 格蘭茲中尉
  - （補充）維斯特曼中尉

阿倫斯上尉〔裝甲〕

梅貝特上尉〔砲兵〕

托斯潘中尉〔步兵〕

[chapter]

I

第壹章

冬季作戰「有限攻勢計畫」

Winter operation, "Limited offensive"

「至少也要送諾登規格過來！
這是要我們拿著結冰的武器，像石器時代那樣互毆嗎？
別開玩笑了！」

——積雪之際，譚雅·馮·提古雷查夫中校的吶喊——

統一曆一九二六年十一月底 帝國軍東方前線地帶 沙羅曼達戰鬥群基地

大量馬匹與車輛來來往往，將補給品運來交給我們的景象——由衷期盼的補給到來。

面對滿身雪花，付出超人般努力的補給部隊，實在是不得不低頭致意。孜孜不倦地將充滿辛勞的工作逐一做好的後方人員，值得讚賞。

按部就班地卸下貨物，交付給沙羅曼達戰鬥群的補給品當中，除了食糧、彈藥外，還包含許多以防寒衣物為主的冬季戰物資。

這些物資很讓人感激吧。

不過，人總是自私的。

仰望著昏暗的天空，身為沙羅曼達戰鬥群指揮官的譚雅．馮．提古雷查夫中校，伴隨著吐出的白色氣息，喃喃說出一句怨言：

「全是本國規格啊。」

「是的，中校。」

考慮到聯邦冬季，鋪棉的防寒衣物實在是太薄了。就連伸手拿起剛卸下來的新衣服，都會讓人不禁蹙起眉頭。

副官謝列布里亞科夫中尉尷尬地點頭，一旁的譚雅則一副「真是傷腦筋呢」的模樣，重新看起手上的領取品項清單。

上頭依舊是寫滿著缺件。

在戰時情況下這個超現實的世界裡，不得不去煩惱該怎麼籌措襪子。就算是受到凍傷對策的必要性驅使，但連一個魔導中校旗下的資深將校都要一齊擔心起襪子的問題！為了籌措襪子而瘋狂動員起所有門路的情況，讓人想笑也笑不出來。

多虧了冬將軍的福，為了尋求襪子，還得擠出一批魔導中隊去幹近乎走私的飛行訓練任務，這就是現狀。

就譚雅所知，沙羅曼達戰鬥群在補給面上有受到優待。直屬於參謀本部，還有像烏卡中校這樣的知己提供最大限度的照顧。在東方，這是沒辦法再多加奢求的好待遇吧。

外加上還具備著航空魔導大隊與補充航空魔導中隊。考慮到能靠簡單的飛行運輸任務到處出名，獲得物資上的通融，可算是處境相當不錯的部隊。

「……也就是說，就連我們都只能拿到這種程度的物資啊。」

身為這個沙羅曼達戰鬥群的指揮官，除了抱怨外毫無辦法，這就是東方的現況。

古有格言：衣食足則知禮節。但很可悲的，現況就是在戰爭中，連衣服都無法獲得滿足。

「食糧、砲彈沒有缺乏就算是救贖了……」

雖然因領完補給物資而鬆了一口氣，不過帝國軍黯淡的現況，讓譚雅甚至感到一陣暈眩。

就算明知這是在遷怒，不經意抬頭看到的天色也讓人不爽；就連飄在聯邦天空上的一朵白雲都叫人可恨不已。

「中校？」

「啊，沒事，沒有問題。」

是感受到譚雅的這種為難吧。

面對眾補給人員一臉擔憂的詢問，譚雅掛上苦笑的表情，就像在說「不用在意我」似的揚起微笑。

就算心有不滿也要坦然而笑，這是軍官的工作。內心與表情早就解除同步已久。將狂妄的笑容作為標準裝備，是早就習慣的工作。

「我很慶幸能到場陪同作業。如有打擾之處，還請見諒了。各位，就繼續作業吧。」

「是！」

吞下疑問，士兵們規規矩矩地繼續作業。這種徹底落實軍紀教練的程度太優秀了。應該要安心地認為，這正是帝國軍引以為傲的強處吧……只要不去考慮他們顯而易見的疲憊的話。

就算臉色還可以，雪花與寒冷也無可奈何地損害了士兵的靈敏度，這是無法否定的現實。這要是補給中斷的話，會怎樣？

標準軍糧的熱量不足，光是要確保高熱量食物就會壓迫到補給，形成惡性循環。馬匹與車輛辛苦運來的大半物資，光是填飽士兵的肚子就沒有餘力了。全面更換過冬裝備、儲備進攻用彈藥等作業遲遲沒有進展。

儘管對補給送達的感謝之意並沒有消失，但一想到領得的物資有多麼不可靠，就反倒讓頭痛變得更加嚴重。

只不過——譚雅甩了甩頭，將消極的念頭甩出腦海。

畢竟在這該死的寒天之下，就連嘆息都會讓人看得一清二楚。得在不小心讓白色氣息洩露出抱怨之前，將心態調整回來。

「好啦，謝列布里亞科夫中尉。要回去了。」

知會副官一聲後，譚雅就邁開腳步。目的地是作為司令部徵收的民宅。駐紮的村莊地區依舊是以四周防禦為前提，在外圍部分構築起防衛陣地。

光是能在村莊裡自由走動，不用擔心敵對勢力的游擊隊、狙擊兵進行的騷擾攻擊，就算是很大的進步了呢，譚雅苦笑起來。

能讓兩名將校一塊兒同行，還真是奢侈。

部署在東方前面的各個部隊光是知道這件事情，就會羨慕起沙羅曼達戰鬥群的狀況吧。

武裝將校能不帶護衛地坦然走動，這治安情況會讓人感到羨慕。光看這件事，就足以讓人察覺到東方正面的情勢極為險惡。

「……總而言之，得做好過冬的準備呢。謝列布里亞科夫中尉，老實回答我。妳認為這次的領取品項如何？」

「……中校，那樣果然是……」

「啊，我懂了。好吧，妳不用再說了。」

謝列布里亞科夫中尉答覆的語調比想像中的還要黯淡。因此譚雅立刻中斷話題。

讓將兵們目擊到高級指揮官表情凝重地走動的模樣，實在難以說是一名優秀指揮官的表現。

既然是工作，就不能露骨表現出動搖。

「哎，想喝杯熱咖啡了。」

「值得慶幸的是，這有列在補給品一覽表上。」

「真的嗎，謝列布里亞科夫中尉？」

是好消息呢——譚雅就像這麼想似的綻開微笑。

考慮到補給送達的狀況，後勤可說是充分揮發了機能……不過，軍隊就算會關注糧食，一旦是在東方這種拮据的戰線，就很容易基於緊迫性的觀點，延後嗜好品的運送。

「雖說是軍給的，該怎麼說呢，是最低水準的咖啡豆，不過確實是真貨。」

「這種時候也沒辦法要求太多……只要不是參謀本部餐廳提供的那種惡夢般的咖啡，就該心滿意足的喝下肚了。」

「我明白了，就交給我去安排吧。」

展露著優質出眾的笑容，謝列布里亞科夫中尉的答覆聽起來還真是可靠。

「我會期待的。」

滿面的笑容是從容的佐證。老是開開心心地攝取壞消息，對心理衛生來說可不太好；就算壓力算是能賦予人類活力的一種動力，過量攝取也是過猶不及。

休息一下吧——譚雅打起精神，一塊兒返回作為司令部使用的房屋。

儘管不大，但能有所期待的感覺並不壞。

「就算再小，也是喜悅吧。」

「嗯？」

拍落沾附在衣服上的雪花，俐落地將襪子與掛在暖爐前烘乾的預備襪子交換後，這才總算是舒坦下來。

就連詩人歌頌著眷戀太陽詩詞的心情，如今似乎也能充分理解。

「光啊，我要更多的光……沒錯吧。」

「我都不知道中校是名詩人呢。」

「我以前瞧不起作詩，認為這儘管具有創造性，卻不具備生產性。就糾正這個誤解吧。這是種非常具有人性與文明感，值得敬佩的思考呢。」

正因為置身於非日常，才會對日常的平凡無奇感到喜悅。

「好啦，能幫我沖杯咖啡嗎？」

「我在想，要不要沖一杯如惡魔般漆黑，如地獄般滾燙，如天使般純粹，同時如戀愛般甘甜的咖啡呢。」

「就拜託妳了。」

雖是玩笑話，不過謝列布里亞科夫中尉說的這句帶有詼諧與教養的話語，讓人愉快至極。敬禮後離開房間的她，是極為有才能的副官。

自從在萊茵戰線組成搭檔以後，就帶著她征戰各地……就人力資本的觀點，她如實展現出符合投資的價值。

經由軍紀教練累積起經驗的資深老手。

至少對於帝國軍來說，下級軍官這個支撐精緻軍事組織架構的骨幹很可靠，絕對不會是一件壞事。

問題在於，並非「志願」而是遭「徵募」的魔導師成為資深老手的事實。

啊——譚雅真想抱頭呻吟。不過，也不得不正視志願從軍的老兵正逐漸耗盡的現實。

「就算戰爭是無可救藥的行為，也沒道理要連我們都一起變得無可救藥。想擺脫這個困境還真是困難。現況下的東方戰線，就一如字面意思是個泥沼，讓我們無法脫身。」

就算為了支撐戰線投入大量兵員，為了供養兵員運來大量物資，這一切也逐漸遭到敵人與雪花吞沒。

就連對帝國本土來說，冬天都相當陰暗；不過，若是跟聯邦的冬天相比，又是截然不同的世界吧；前者要是天色陰暗，後者就是與冬將軍之間永無止歇的生存競爭。交戰兩國都不厭其煩地做出極致的浪費行動，讓這場毫無意義的瘋狂持續下去。

這讓本質上討厭浪費的譚雅驚訝不已，心想著「真虧他們能這麼浪費」。

「在這種天候下打仗，簡直是愚昧。」

就算是基於軍事合理性的請求，缺乏對國家經濟的顧慮這點，也僅讓人由衷感到傻眼。

交戰各國拋開財政，讓負債急速上昇的情況，怎麼想都不正常。這與其說是國家財政遭到軍事費蠶食，更像是把預算編列當成軍事費附屬品的瘋狂行徑。

只不過，能保持理性打仗的人還比較有問題吧。

在非日常之下的理性極為罕見。戰時狀況就像是需求與供給完全崩壞的象徵吧。

這該稱為市場失靈；該痛罵政府介入導致市場扭曲；或是該歸類為侷限在特殊環境下的例外事例呢。讓人非常煩惱。

作為經濟學與倫理學上的疑問，這說不定是個能用來爭取博士學位，相當有意思的研究主題。不過，這也是假設要在戰後寫論文的事了。

畢竟手頭上的理性極為珍貴。只有在戰後的正常世界裡，才有辦法浸淫在哲學的世界之中貢獻理性，爭取博士學位。

在戰場上，就只能將損耗最小化，在能睡覺的時候睡覺；全力戰鬥，全力休息，全力調整狀態，是譚雅等人如今所面臨的任務。

正因為如此，嗜好品確實是讓人感激的禮物。

「中校，久等了。」

來了啊——對於一杯咖啡的眷戀，甚至讓人忍不住抬起頭來。能在戰場上，而且還是在最前線的戰鬥群司令部喝上一杯溫熱的真咖啡，是價值萬金的享受。

謝列布里亞科夫中尉出現的瞬間，譚雅的鼻子就聞到久違得差點忘記的香氣。

「真令人驚訝呢，中尉。那該不會是……」

「是的，我想這不是勉強添加香味的咖啡。」

會像傻住似的睜大眼睛，是因為太過震驚。譚雅凝視起遞到手邊的咖啡杯，喃喃說道：

「這種香氣，真難想像會是配給軍品。」

就算是遭到雪花與寒冷打擊到體無完膚的肉體，也絕對不會弄錯。這是咖啡的濃郁香味。一旦含在嘴中，啊，這就是所謂的感動吧！不僅抑制住了雜味，還在算是能喝的程度內，保持著咖啡的味道。

凡是熱愛咖啡的人，都能瞬間判別出這與假咖啡的不同之處吧。

「我可以問嗎，這真的是配給的公發品嗎？」

「是，我能理解中校的心情。不過……這真的是公發品。」

「還真是難得呢。」謝列布里亞科夫中尉如此感到高興的說。這杯咖啡是她幫我沖泡的這個事實，說起來也有很大的影響吧。

畢竟，要是沒有進行人力資本投資，也會相當難以確保不會把咖啡沖得很難喝的人才。然而，照道理來講，瓶頸會出在咖啡豆本身上。

要用劣質的假咖啡或不好的咖啡豆沖能喝的咖啡，已是屬於鍊金術的領域了。譚雅對此深信不疑。

「這是從哪裡進口的啊。就算只有東方正面，居然能準備好提供給全軍的份量！我還以為這很困難呢。」

儘管感謝卻會讓人傻眼，就是指這麼一回事吧。

畢竟寫到一半的文件上，正在不斷說明凍傷將會如何損害戰鬥群的實際戰力。

假如工作是一面喝著優質咖啡，一面卻要寫著請求補充襪子與禦寒衣物的申請書，感覺腦子都快要不太正常了。

「就我個人來說，咖啡變好喝的確也很值得慶幸啦。不過現在正是想請他們以過冬為前提，準備裝備的時候啊……」

重視嗜好品會直接影響前線士氣的事實是很好；不過，食、衣、住這些最低需求，要是有任何一項無法滿足可就困擾了，這也是事實。

提供給士兵的食、衣、住，不需要格外奢侈。

只是以僅能進行最低限度文化生活這種輕量工作的營養狀態而言，攝取熱量會顯得不足。

在軍隊，吃飯也是任務之一。能吃飽是優秀士兵的條件；能保持適當的睡眠也是士兵所要具備的資質吧。

理由很明確。

就是要保持活力，就是要發揮出最大的戰力。

防寒衣物不足，導致需要消耗更多熱量的事態，本來是不該發生的。

「乾脆命令他們去睡午覺，別做多餘的運動嗎。又不是潛航中的潛艇……」

「恕下官失禮，這樣做或許不會餓肚子……但要是不活動身體，反倒有可能導致失溫，產生問題。」

「就結果來說，讓他們在野外運動會比較好？」

「姑且不論夏季，這在冬季是迫不得已的事。」

確實是這樣呢——譚雅甩甩頭，改變想法。注重冬季戰，將防寒衣物等各式裝備送來，是很叫人感激。

問題雖然一點一點地累積起來，但離絕望性局面還早。

「……這說不定該說『有總比沒有好』呢。謝列布里亞科夫中尉，實際上，貴官認為這樣算是充分的對策嗎？」

「……如果只是整個十一月也就罷了，以長期來看會很吃緊吧。特別是氣溫會驟降的一、二月，應該會變得相當辛苦吧。」

我知道一臉傷腦筋的副官的言外之意。

「未能預期到在聯邦領內的冬季戰環境是個失誤呢。就連傑圖亞中將閣下率領的戰務人員，光是要準備既有的防寒衣物就達到極限了。」

不過，這就跟總公司不懂現場情況一樣吧。

既然從未研究過聯邦領內的冬季戰，到頭來就只能送來有總比沒有好程度的防寒衣物。不論是襪子、內衣還是其他衣物，就算是防寒衣物，也都是基於本國的預期環境決定供給數量。

有東西送來總比沒有好吧。必須得承認這件事。

光是有衣服穿就算不錯了。

「……該說就參謀本部戰務來說，這還真是相當敷衍的工作態度呢，還是該對他們總而言之有即時送來最低限度的物資鬆一口氣呢，真叫人傷腦筋。」

他們恐怕是把有限的鐵路及後勤路線粗暴運用到極限來推動對策，這點毋庸置疑；能理解上頭也付出了非比尋常的努力。

看在譚雅眼中，問題是顯而易見。

「儘管如此，還是不夠。」

單薄的外套不夠穿。就算有努力，結果也不夠完善。

沒有預期到凍徹骨髓的冬季服裝，得穿上好幾來件才總算有辦法禦寒。這些衣服說不定很珍貴，但未能伴隨結果的努力，世間上稱為徒勞無功。

「自行調度的防寒衣物呢？」

「……正在用機密費籌措。主要是向自治議會收購來自聯邦的戰利品。不過就連帳面外的防寒衣物，數量也不夠充分。」

「就算有現金，也沒有現貨啊。」

「是的。」謝列布里亞科夫中尉一臉抱歉地點頭，譚雅說著「這不是妳的責任」，輕輕揮手制止她賠罪。

如果是在聯邦領內樹立的自治議會，應該也會抱持著大量能對應這種寒冷的防寒衣物吧。

……本來的話。

考慮到因為戰爭而烽火四起的狀況，他們沒有太多儲備的主張，倒也有幾分真實。

就算不多，也只能認為有籌措到就算好了。

「畢竟是本來就沒有的東西。就算籌措不到也沒有辦法吧……就期待本國的生產線會送聯邦規格的襪子過來吧。」

搭配著寒冷，焦躁感也達到極為嚴重的境界。

「冬將軍啊。」

將咖啡杯抵在嘴邊，喃喃說出的獨白。

凍傷與寒冷，都是戰史與史書上絕對會記載的東西。

因此，譚雅・馮・提古雷查夫中校自認為比其他人還要多少懂得冬季的影響……然而，百聞不如一見。

「真是棘手呢。光看文獻實在是難以想像。這樣也難怪會眷戀起春天了。」

雖是自言自語，不過謝列布里亞科夫中尉似乎覺得這是在詢問她的意見。

「中校，也別忘了泥將軍。」

放下喝到一半的咖啡，譚雅點頭回應：「對喔。」

「泥將軍？啊，也是呢，融雪後就會產生泥漿。」

這不用看向窗外就知道了。

雪是水分結晶化的物質。

只要暖和起來，地面就會像是注入了大量的水一樣吧。

「儘管容易遭到輕視，不過下官認為對帝國來說，泥將軍說不定比冬將軍還有威脅性。」

原來如此，這是能贊同的理論。泥漿非常棘手。德蘇戰爭的東方戰線會被說是泥濘戰線而遭到忌諱，也不無道理吧。

然而，這也是譚雅不得不困惑的意見。只要想起德國在德蘇戰爭中，有多麼對寒冷傷透腦筋的故事，就會認為最棘手的應該是過冬對策。

「這話雖有道理，不過是會讓人對結論起疑的見解。就我看來，過冬才是最大的問題吧。」

「恕下官失禮，我無法同意這項見解。」

「唔，我想聽聽貴官的見解。」

副官很難得地堅決不肯收回反駁，這勾起譚雅很深的興趣。謝列布里亞科夫中尉是優秀的軍人，更重要的，還是對聯邦情勢相當熟悉的將校。

在兵要地誌（註：以軍事需求，調查相關地區的軍事、地形、氣候等現實與歷史情況所編製的資料，是軍事行動的重要依據）上，說不定是出類拔萃。

「帝國軍太過依賴機動力了。中校，就連我們沙羅曼達戰鬥群也沒有例外。」

「畢竟建軍以來的方針，本來就是針對內線戰略的最佳化。謝列布里亞科夫中尉，就算說帝國軍的編制與機動戰指向密不可分也不為過喔。」

「正因為如此，與無法發揮機動性的戰場，配合度或許是最差的。」

有道理──譚雅一副這種態度的點頭贊同……該說，這也是加拉巴哥化的帝國軍所導致的弊害吧。

「……泥濘啊。妳說得對，聽起來確實會比冬將軍還要來得棘手呢。不過，大規模的聯邦軍部隊也一樣會被泥濘扯後腿吧。」

這雖是自己親口說出的話，不過立刻就被自己否定了。

「是人海戰術與機動戰的差異啊。後者怎樣都難以避免受到地形影響……參謀本部企圖在春季後發動的大型攻勢也很危險吧。」

嗯──譚雅點點頭，把自己的話一笑置之。

「也要能平安過冬吧。」

明年的事情，誰也說不準……就算我不信鬼神，人類的知性有其極限也可說是理所當然的事吧。在許多將兵被禦寒對策追著跑的現況下，參謀本部計劃的大規模積極攻擊計畫，也只是畫在紙上的大餅。

「好啦，謝列布里亞科夫中尉。貴官的見解相當有意思。妳就把這歸納成一份報告書。我會試著提交給參謀本部看看。」

「可……可以嗎？」

「我可不想成為一名會去封殺道理的小心眼指揮官。包含我在內，參謀將校往往會有著過於追求『準則』最佳化的傾向。」

「外加上……」譚雅接著說道。

「只要以現場指揮官的觀點批判這點，上頭也會在某種程度內聽進耳裡吧。最重要的是，貴官是在現場磨練上來的老兵。沒有在一知半解的奇怪『理想論』之下懷有刻板印象，將能讓妳提出多面性的見解吧。」

換句話說，就是經由解構的見解。

參謀本部配屬的參謀將校全都在軍大學接受過紀律訓練，培養出相同的思考模式；均質化的思想，不論好壞都非常不擅長處理意外情況吧。

就跟免疫系統一樣。針對單一病原體強化的免疫系統，會因為未知的疾病瞬間崩潰。

「多樣性正是贏得戰爭所不可欠缺的事物。」

「讓人困擾的是……」譚雅以彷彿吃了一斤黃連的苦澀表情，向謝列布里亞科夫中尉傳達著無法說出口的言外之意。

『帝國太過均質化了。』

帝國軍雖是精密無比的戰爭機器，但本質上，太過於針對自國內的內線戰略進行最佳化；要是不斷進行意料之外的遠征，矛盾就會開始超脫現場機智所能彌補的範圍。正因為是精巧的組織，所以要校正錯誤也是個不容易的難題。

這完全就是帝國軍的罩門。

以國內的氣候、地理條件為前提進行最佳化的裝備規格，造成了許多問題；愈是去想，就愈是覺得問題堆積如山。

「……就快達到飽和了吧。」

等注意到時，譚雅差點發出呻吟。以黯然的眼神望向窗外，會看到渾身是雪的部隊，正在拚命分配補給物資的景象。

「還真是被雪整得相當慘……難怪古人有云，真正偉大的是氣候條件呢。」

不斷堆積的雪，就連在現況下也相當可恨。禍不單行這句話說得還真對。即使積雪融化，不久後也會化作泥濘，阻擾帝國的腳步。

「不牢靠的大地，這可不是在開玩笑啊。」

不論是步兵、裝甲部隊，就連運輸用的馬匹與鐵路都無法從大地上逃離。

縱使航空魔導大隊是例外，以裝甲部隊為中心的帝國軍地面主力，其機動戰力仍很有可能得分散心力對抗這場與泥濘之間的戰爭。

直到受謝列布里亞科夫中尉提醒為止，都太過拘泥在過冬這個眼前的問題上。自己視線狹窄的情況極為深刻。

「裝甲部隊的損耗會非常可怕啊。究竟會變成怎樣，讓人連想都不敢去想……這很可能會演變成維修能力極限之前的問題。這還真是……無可救藥呢。」

帝國軍的裝甲戰力是以「在國內展開部署」為最大前提進行編制。換句話說，運用的前提條件，即是在較為鄰近的地區上有著適當的維修設施。這在東方是完全無法奢望的情況。

「於是乎，逐漸陷入泥沼啊。」

伴隨著怨言，譚雅仰望天花板。

就算沒有像存在X那樣毫無作為，帝國軍參謀本部也一樣對經營模式的變遷傷透腦筋吧。

「謝列布里亞科夫中尉，我說那個自治議會……他們提供給我們的設備一覽表中，有維修設施嗎？」

「如果是戰利品，簡單的聯邦製車輛用的設施有兩間。我記得公報上有寫。」

「只不過……」副官一臉抱歉的表情搖頭。

「能維修自軍戰車的維修工廠依舊是老樣子。有關維修中隊沒辦法處理的損壞車輛，是以後送回本國為前提。」

「那麼，用來回收這些損壞車輛的裝甲回收車在哪裡呢？」

「是的，根據報告……」

不需要問謝列布里亞科夫中尉就知道答案了。畢竟，答案很諷刺。譚雅笑也不笑的板著一張臉，自己回答自己的疑問。

「妳可以不用回答，中尉。」

「中校已經知道了嗎？」

「當然。」這讓人不得不苦笑吧。

「不斷全力運作過頭的結果，就連裝甲回收車也跟著故障的傳聞可是不絕於耳。再不願意也會知道吧。」

戰車接連故障太多次，導致需要回收裝甲回收車的車輛。這是個殘酷的現實。

就在想「至少就含著苦澀的咖啡吞下去吧」，伸手拿起咖啡杯，含了一口在嘴裡的瞬間。

剛要工兵隊鋪設好的有線電話就突然響起。

是想讓我有點時間把咖啡喝完吧。拿起聽筒的副官在與對方說了些什麼後，幫我簡單整理成一句話。

「阿倫斯上尉有事想要報告。」

「換我聽。」語畢，譚雅就接過聽筒。

通訊線路的音質良好。

然而，聽著值得信賴的一名指揮官報告的譚雅，卻有種聽筒裡充滿雜音的印象。

「由於防凍劑不足，讓可運作車輛大幅減少？」

「是的。」部下答覆的語氣很明確。這要是不夠明確，譚雅肯定會認真地再問一遍吧。

「……所以，能用的車輛有多少？」

「就能發揮戰鬥能力的意思上，全車輛都還保有作為砲座的戰鬥能力。」

「我想知道的是能進行戰鬥機動的意思。全車輛能以戰鬥機動為前提運作嗎？」

「……手邊的防凍劑嚴重不足。老實說，實在是沒辦法讓全車輛盡數出擊。」

「可運作幾輛？」

在拖了相當久之後，或許該這麼說吧。阿倫斯上尉這才以不甘心的語氣，說出中隊規模的戰車中隊目前所面臨的數字。

「是六輛。儘管還有五輛勉強有辦法動……」

「等等，阿倫斯上尉。」

譚雅以忍不住插嘴的形式，開口打斷部下的報告。

「滿編二十四輛中，就算放大標準來看，可運作戰車也只有十一輛？」

「是的。」

聽到部下這就宛如被低溫凍住一般的報告，譚雅忍不住蹙起眉頭。就算不假思索地將咖啡杯遞到嘴邊，咖啡也才剛剛喝完。

譚雅微微咂了一下嘴，用視線請一旁的謝列布里亞科夫中尉幫忙續杯後，重新向話筒說道。

「阿倫斯上尉，這可是個驚人的通知。這實際上就等同是全軍覆沒了吧。」

沙羅曼達戰鬥群具有一個裝甲中隊。

滿編是二十四輛。

就算放大標準來看，也有半數以上的車輛無法運作。換句話說，就是殘留數量不足五十％。是軍事觀點上的全軍覆沒。

我們並沒有喪失需要長時間培育的戰車兵。只要車輛送達，想要重新編制就絕不會是一件難事吧。這說不定是不幸中的大幸。

然而。

譚雅不得不感到暈眩地詢問：

「就算不是戰鬥導致的損耗好了，為什麼會發生這種事？」

「……機械方面的事故太多了。儘管持有車輛有二十一輛，接近滿編，卻有十輛有待修理機械故障。」

「維修工廠在幹什麼！不對，我懂了。是因為這場混亂。那邊早就堆滿來自全軍的維修請求了吧？」

「是的。」阿倫斯上尉的答覆語氣很苦澀。這也是沒辦法的事，譚雅邊覺得自己的表情想必很僵硬吧，她邊苦笑起來。

「……冬將軍還真是可怕啊。事實比傳言的還誇張呢。還是調適心情，參考諾登的特殊環境會比較安全也說不定。」

「下官幾乎沒有待過諾登的經驗。儘管形式上有在那邊受過訓，但也就只是夏季的國境線巡邏罷了。」

「短期速成教育的弊害啊。」

為了趕上戰爭，臨時將必要知識塞進腦子裡的教育很脆弱。不過這也不能責怪參謀本部吧。在這種狀況下，算是做得很好了。

實際上，阿倫斯上尉就是一名優秀的指揮官。

受過軍紀教練，必要時還能果敢進行陣前指揮的將校是難能可貴。可說是裝甲將校的模範。問題就在於就算做得再好也有極限的事實。在速成教育下無法避免會受到不夠全面的教育。過度追求即效性，讓人力資本投資太過於針對特定環境進行強化。

欠缺多樣性的人員培育，以長期觀點來看，將充分預期會受到劇烈的反作用力。極端來講，這就像是量產持有珠算證照的人員，並配屬到公司的會計部門一樣吧。

就算珠算不是無用的技術，在外在環境改變的情況下，必須重新教育也是顯而易見的事。這時要是有受過珠算以外的教育，人員就還保有著多樣性的運用方式。

但要是不懂珠算以外的技術時，就另當別論了。

「總而言之。阿倫斯上尉，就先不提人力資本投資的問題吧。言歸正傳，我想集中發揮現有的戰力。」

「聽好。」譚雅接著說道。

「我能理解本來就沒有預期寒帶地區所製造的戰車為什麼會這麼脆弱。那麼，我想聽聽貴官有何對策。」

「關於這件事，我有一個暫時的解決方案。」

喔——接過謝列布里亞科夫中尉遞來的咖啡，喝了一口的譚雅，就在下一瞬間，不經意地差點嗆到。

「在……在冷卻劑裡添加柴油？」

就算是收到防凍劑不足的報告，但居然要用柴油代替防凍劑嗎？

「是的，中校。我想根據現場的判斷做出處置，請問可以嗎？」

「阿倫斯上尉，我要求說明。戰車用的柴油確實是作為燃料，會定期提供的物資吧。因此，手頭上還有一些儲備的量，這我也是知道的……」

譚雅隔著聽筒，一臉認真地再問一遍。

「那可是『柴油』喔，你要把柴油當成防凍劑加進去？」

「基本上，既然沒有正規的防凍劑，只要有能充當替代品的液體就好。也向維修兵確認過了，應該能滿足最低限度的效果。」

「即使是拿柴油替代，那也不是寒帶規格的吧。真搞不懂那些維修兵到底在想什麼。」

「可是。」阿倫斯上尉開口反駁，譚雅則用堅決的語氣向他說道。

「否決，否決。」

「你給我聽好。」譚雅把話說下去。

「就算是冷卻劑管線，也沒有以使用非標準用品為前提下去塗膜吧。你是想說，讓柴油在柴油引擎旁邊循環是對的嗎？」

對譚雅來說，這是個難以理解的構想。

需要似乎是發明之母，不過即使如此，這種做法也太粗暴了吧，譚雅蹙起眉頭。這倘若不是隔著聽筒的對話，自己應該會毫不客氣地朝阿倫斯上尉投以懷疑他精神狀況的眼神吧。

「……我想用一輛正在修理的戰車試試看。」

「給我等一下，阿倫斯上尉。如果硬是要這樣說，就來討論吧。你無論如何都要試嗎？」

「真是非常抱歉，但還請妳考慮一下。」

朝窗外瞥一眼，就會看到雪白世界。

原來如此，氣溫低到極點了。會想要防凍劑，也是發自內心感到緊逼而來的迫切性所提出的要求吧。

「你是真的想拿柴油當冷卻劑用吧……只能試一輛。我就答應吧，如果出問題，責任由我來扛。要避免人員傷亡。」

「遵命。」

「事後將結果報告上來。」

「期待你的表現。」在形式性地補上這句話後，譚雅掛上聽筒。會唉的嘆氣一聲，也早就像是條件反射了。

就算有自覺到必須要忍住，但忍住不嘆氣對心理衛生也不太好。

「戰前的磨耗啊，沒有比這還讓人討厭的事了。」

夾帶抱怨的嘆息。

由於是在室內，呼氣沒有顏色算是唯一的安慰吧。畢竟白色的呼氣，就算想藏也藏不住。

就在重振精神，打算回頭處理指定的例行公事時，譚雅聽到敲門聲而抬起頭來。

就算指揮官就跟沒有閒暇時間一樣，這也太忙了。

門外響起腳步聲與像是在拍打衣物的聲音後，請求入內的人是派遣到步兵部隊的部下將校。

「我是格蘭茲中尉。中校，能借我一點時間嗎？」

「沒問題，什麼事。」

格蘭茲似乎在門外碰碰地拍打著只是勉強套著條看似迷彩的薄布外套，要把雪拍落的樣子。要是不把雪拍掉，室內會變得非常潮濕吧。

不過看他的臉色，也能察覺到他大概是因為要做沉重的報告，所以才會耗在外頭磨蹭吧。

「是有關步兵部隊的事。領取到的裝備未必……」

「等等，格蘭茲中尉。我不想浪費時間聽你兜圈子，請確實進行報告。」

她開口制止他兜圈子的說詞，只要提醒一聲，部下也會知道該怎麼做。果然，格蘭茲中尉就在端正坐姿後，一臉抱歉的訂正報告內容。

「恕我失禮。我就直說了，領取到的裝備並不是預期要在聯邦進行冬季戰的裝備。結果導致不斷發生嚴重的故障。」

「請過目。」他提出的是一份正式格式的報告書。在托斯潘中尉與格蘭茲中尉兩人的聯名之下，詳細整理著步兵部隊所面臨到的問題。

維持高度進行高速飛行的魔導師裝備有在某種程度內施以防寒對策，而且也有受過適當的教育。所以才正式派遣格蘭茲中尉過去監督會給我捅婁子的托斯潘中尉，這該說是有所斬獲吧。

儘管遺憾的是，這實在不是能坦率感到高興的那種成果。

「步兵部隊的輕兵器結凍了？該死，儘管早知道最壞有可能發生這種事……但太快了。現在才十一月耶！」

「是的，誠如中校所言。當然，步兵部隊也有自行想辦法處理裝備……」

「有辦法處理嗎？」

面對伴隨嘆息的對話，得到的答覆是讓人不知道該怎麼反應的一句話。

「『自治議會』派來的專家要我們澆上熱水。」

當地專家的說法也很有道理吧。要是油結凍了就澆熱水解決的方法儘管粗暴，卻不是個壞主意。雖說要是沒有潤滑油，損耗率就會讓人不忍目睹，但就算要拿去烤火，也比沒辦法開槍的武器來得好。

「……這說起來確實是很合理吧。只不過。格蘭茲中尉，如今是能讓士兵充分保有鍋爐與燃料的狀況嗎？」

「坦白說，手邊的物資並不足。」

格蘭茲中尉以十分抱歉的語調繼續做出的報告，難以說是會讓人愉快的內容。

「儘管禁止這麼做，但現況下還是不時讓魔導師出手幫忙。」

這是就連要哼的一聲嗤之以鼻也沒辦法的問題。

竟然讓應該保留戰力的魔導師去代替鍋爐燒熱水！……由於不能在戰鬥前就讓魔導師疲憊，所以本來是禁止這麼做的……

但可悲的是，就算要我準備熱水……能量守恆定律也是殘酷的。沒辦法無中生有。

只要沒辦法確保燃料，就必然會陸續出現難以忍受寒冷而把魔導師當暖氣人員運用的部隊；就算官方通知不要這麼做，這也是逼不得已的事。

「顧得了這個，就顧不了那個。自治議會風格的建言儘管也很感激，但實際的問題是非常難維持下去啊。」

「托斯潘中尉表示，至少必須要讓機槍解凍。」

格蘭茲中尉的話語，讓譚雅不由得蹙起眉頭。

「就以能運用步兵關鍵火力的觀點來看，這確實不是個壞主意……」

但可悲的是，要讓機槍配備充分的子彈是相當困難的一件事。這裡要是補給穩定的萊茵戰線附近，就能確保消耗品與彈藥的供給，所以總會有辦法應付過去。然而，以在東方前面展開部署的帝國軍補給情況來看，實在是難以奢望受到這種熱情款待。

既然如此，就有必要保存彈藥……托斯潘中尉要讓槍枝能夠開槍的提案，以他來說算是相當不錯的看法。

不過，擔任戰鬥群指揮官的譚雅，可沒辦法點頭答應。

「全面性地提高步兵火力才是關鍵吧。首先，當敵人闖進四周防禦陣地內時，是打算怎麼應付。總不能連同友軍一起，統統用機槍掃射打死吧。」

機槍是很方便。以基本層面來講，機槍這項兵器太過方便了。只懂得依靠機槍的步兵，往往也非常容易崩潰。

步兵是在前線戰鬥的兵科，這是永恆的真理。習慣躲起來等待掩護的步兵，戰意會明顯遭到侵蝕，讓人不得不用「曾是步兵」的過去式來形容。

「假如機槍的支援中斷，你打算怎麼辦？」

「最壞就使用鏟子，以近身戰排除。」

「格蘭茲中尉，我不否認鏟子是文明的利器。」

看著語氣強硬堅決的部下，譚雅就像是忍著頭疼似的開口——這又不是石器時代的戰爭，真希望你能聰明到別讓這種情況發生。

「就連聯邦軍都不會在敵方以輕兵器武裝的狀況下讓部下只靠鏟子戰鬥，身為指揮官……」

就在這時，譚雅忽然注意到自己口中這句話的奇異之處。

「嗯，等等。聯邦他們也有『武裝』吧。」

「是。」

格蘭茲中尉當場愣住，一臉「這不是當然的事嗎？」的表情。

發覺詢問領悟力差的他是問錯人後，譚雅就換了一個詢問對象；就像是該循問的正確對象應是熟知敵人的人物似的，將視線移到副官身上。

「謝列布里亞科夫中尉，我記得貴官也看得懂聯邦官方語言吧。」

「是的，我當然看得懂。」

很好——譚雅點點頭，開口說道。

「……我們需要能用的武器。而敵人的武器，就連在這種低溫下也能使用。既然如此。答案就很簡單了吧。」

臉上浮現「該不會」表情的副官，領悟力相當優秀；相對地，該說一臉困惑的格蘭茲中尉，不論好壞，腦袋都太過死板了吧。

不對，只要累積經驗，觀念也會飛躍性地提昇吧。

「就用敵人的武器吧。」

「要用戰利品嗎，恕下官失禮……」

格蘭茲中尉會瞎扯什麼沒有足夠的數量，也是早就預測到了。

「格蘭茲中尉，所幸我知道幾個能夠籌措到足夠數量的地方。」

好啦——譚雅一副若無其事的態度開口。

「謝列布里亞科夫中尉！」

「是的！」

「我記得有繳獲敵人的輕兵器呢，去試用看看吧。」

「遵命。」

一旁的副官沒有提出任何疑問，開始從書架上取出戰利品名冊。一拍即合的默契非常重要。能夠再次確認到像謝列布里亞科夫中尉這樣不僅能幹，還能當場理解自己意思的副官是個難能可貴的人才，甚至會讓人感到高興吧。

「中校，這是戰鬥群保管的物資清冊。」

「跟我來吧，格蘭茲中尉。我想確認一下這究竟能不能用。」

於是，就進行了一場小型的對照實驗。

接受測試的是帝國軍的全套標準步兵裝備。除了演算寶珠外，讓一整套的帝國軍裝備與聯邦軍裝備進行對照實驗的結果，相當震撼。

「手邊就只有本質上已加拉巴哥化的武器！這是個怎樣的時代啊！我們就像是渡渡鳥吧？」

待在指揮官室內的譚雅．馮．提古雷查夫中校獨自長嘆。

會落得對現況發出詛咒之聲的下場，完全是因為對環境判斷錯誤所造成的失策。

從總評來講，就是設計理念相差太多了。

聯邦製的輕兵器簡樸到就連醉漢都能分解保養，製作得非常堅固。

帝國軍的正式裝備可沒辦法這麼做。因為在設計上不斷勉強將功能擴充到極限的帝國製輕兵器，儘管性能高，卻也變得太過複雜了。

這全是不得不將四面八方視為假想敵的帝國軍，與不得不預期恐怖冬季的聯邦軍，雙方置身的戰略環境差異所導致的結果。

「面對擅長取捨最低需求的對手，投入無意義的多功能產品的我方會遭到壓制，也只是時間上的問題……『這是個要靠減法，而不是加法去製造產品的時代啊』。」

嘲笑他們加工精度粗糙的帝國軍軍械局，大概是缺乏想像力吧。擁有冗餘性的系統，就整體上來講，會比將剩餘空間削減到極限為止的系統來得堅固。

追求唯一的勝算，絞盡腦汁想出內線戰略，就算只有一％也要盡可能提高可行性，以針對國內的機動戰進行最佳化為目標的軍隊——精密無比的帝國軍這個暴力裝置，換句話說，就像是加拉巴哥化的手機。

在他國的市場上，致命性地缺乏競爭力。

就算資本主義的競爭是分秒必爭，不過一旦到了戰爭，只要遲了一分一秒，就很可能要用自己的生命付出代價。或許該說正因為如此吧，譚雅不得不毅然承認這個問題。

「該死，聯邦是企鵝啊。既然要適應這個環境，我們也必須變成企鵝。」

儘管帝國軍嘲笑聯邦軍是不會飛的鳥，但要是闖入聯邦軍擅長的環境裡，會痛苦掙扎的可是我們自己。

看在譚雅眼中，這是個極為嚴重的誤算。

「前線需要的不是能在實驗室裡使用的武器，而是能在前線使用的武器。」

掌握到問題，代表距離解決問題已通過一半的路程了。總而言之，既然問題在於不適合聯邦的環境……

「只要用現成的東西彌補就好。」

喃喃自語，注視起貼在牆上的地圖後，譚雅破顏竊笑。

從零星分布著聯邦方村落與森林的地區傳來複數的遇敵報告。那裡毫無疑問有著儲藏武器彈藥的倉庫吧。

也有出現游擊活動的動作，不論幸還是不幸，都不用擔心沒有獵物。

畢竟，這裡是前線。

就算自治議會與帝國軍的游擊隊聯合掃蕩作戰，確實有迅速取得成果也一樣。

既然人手有限，會以後勤路線的穩定為優先也是沒辦法的事；這樣一來的結果，就是會放任游擊隊在敵前線附近猖獗。

想必為了過冬努力營建陣地，成天忙著領取補給物資並煩惱防寒對策的帝國軍各部隊也一樣吧，畢竟在這種狀況下，可沒有辦法採取陣地防衛以上的積極攻勢。

正因為如此，譚雅．馮．提古雷查夫中校就在短暫思考後，將她所信賴的副隊長與副官找過來，並單刀直入地發布軍令。

「拜斯少校，去編成選拔中隊。」

「是的，中校是說選拔中隊嗎？」

「沒錯。指揮也由貴官擔任。我要你選出最精銳的隊員。」

「全照中校的命令。」

以嚴肅的表情提出反問的部下，看來是做好覺悟了吧。

能感受到他不論是多麼艱難的任務，都會勇猛果敢地執行的堅強意志，還真是可靠。

「我想在編成之際，詢問一下任務概要。」

「是掠奪。」

「是……咦，中校是說掠奪嗎？」

「中……中……中校？」

表情僵硬，聲音尖銳地重複譚雅話語的拜斯少校與謝列布里亞科夫中尉的態度真叫人意外。

就算還不到名畫《吶喊》的水準，驚愕的表現也比一般拙劣的畫家來得出色，讓譚雅不得不苦笑起來。從不知道他們的表情這麼豐富呢。居然連至今一直保持沉默的副官都忍不住插話。看來是相當震驚吧。

「怎麼啦，我這是在開玩笑喔。」

對接著說出「你們就笑吧」的譚雅來說，這是要讓他們放鬆緊張的貼心舉動。只要看好不容易才讓緊繃的表情鬆懈下來的拜斯少校，就能一眼看出他們一點也不覺得好笑；看來自己跟拜斯少校與謝列布里亞科夫中尉的幽默感果然有差啊。

「還請中校別再說這種讓人笑不出來的笑話了。」

「誠如少校所說的……儘管很失禮，但這笑話太刺激了。」

「我可是個忠於國際法與軍法的軍人喲。完全沒有會想跟祖國與近代法為敵的感性呢。」

還期待如果是相處時間不短的部下，就能多少有著相同的幽默感，老是看到可悲的現實呢。品味差異是相當難以妥協的東西吧。

即使如此——譚雅重新打起精神。

就算部下全是幽默缺乏症的戰爭販子，既然有對工作展現出專家的姿態，就難以說是瑕疵。

「作為無可救藥的現實，我方的補給線被聯邦的冬天癱瘓了。」

最重要的是，譚雅自負能客觀看待事物。

自己是個只有認真算是優點的人，這點譚雅早有自覺很久了。當然也早就做好對策。為了培養幽默感而費勁苦心苦學。只不過看來是很難獲得進步也說不定。

「實際上，是呈現混亂狀態。」

缺乏幽默感說不定會被認為其實是個不苟言笑的人，也沒辦法否定這種可能性。

因此，會為了專注在工作上而特意用上平淡的口吻，也是沒辦法的事吧。譚雅有意識地維持事務性的語調，注視著拜斯少校述說起狀況。

「在傑圖亞中將閣下主導的自治議會成立後，我方的後勤情況也逐漸多少獲得改善。儘管如此，這卻不是個能期待即效性的狀況。」

「即使後方的治安改善也一樣嗎？」

「儘管遺憾，不過正是如此。」

在這方面上，拜斯少校也是個專家。

轉換話題，並配合自己確實改變氣氛。點頭表示了解事態的拜斯少校，做出穩健的對應。這種展現自己已把握情勢的態度，帶有穩定感，深得我心。

「後方地區的穩定，以要素來說是很重要。與自治議會的聯合治安作戰獲得的成果也不小。只不過。在最根本的層面上，要是沒有東西，就什麼事也辦不了。」

「……現場並沒有感受到流通的改善。」

「沒錯。雖然確保了流通管道，但重要的是過冬裝備。過冬裝備的生產沒有趕上情勢變化。」

一旦達到校官階級，就不容拒絕地必須認知到帝國軍所面臨到的現實，所以說起來也是當然的事吧。就連微微點頭的謝列布里亞科夫中尉，也是待在譚雅身旁見識過後勤情況的副官。

兩人都毫無疑問地有確實把握到狀況。

該說是不用她多費唇舌吧，不過譚雅還是特意開口。

「而在這種狀況下，我們沙羅曼達戰鬥群被逼著做過冬準備。大致上的狀況就是這樣吧。」

畢竟討厭浪費與風險極小化並不矛盾。因為不想多花一點工夫，而讓事故的機率極大化，可稱不上是理性主義者；就單純是懶。

是該拖去槍斃的垃圾。正因為如此，譚雅十分重視循序漸進。

「因此，或許該這麼說吧。為了讓我們戰鬥群發揮出最大的戰力，就需要從某處籌措最佳化的裝備。」

「……恕我失禮，請問要上哪籌措？」

拜斯少校就像是在問「該不會是……」的表情。

也就是說，他很懂得自己的意思。譚雅向他點頭，就像是在說「就跟貴官想的一樣」。

「根據國際法，我們應該有權利『繳獲』敵方的國有財產。」

就算聯邦沒有批准國際法，帝國軍的交戰規則，原則上也是以國際法為準。譚雅對這方面調查得一清二楚，甚至自負能默背出在軍官學校學到的陸戰法規。「法律不是用來打破的，而是要用來鑽漏洞的」。

「我記得應該只要是屬敵國所有之『現金、基金及有價證券、儲藏武器、運輸材料、庫存品及糧秣等其他一切有助作戰行動之國有動產』，就連國際法都允許我們扣押。」

「誠如中校所說。」

「因此，只要從聯邦軍身上籌措就好。選拔中隊就是為了這件事的突擊人員。讓我們去回收儲藏武器、庫存品、糧秣等其他有助作戰行動的國有動產吧。」

「請容我指出一個非常微妙的問題。要區別國有動產與私有物品，是很困難的一件事……」

他是名優秀的軍人，不過感覺似乎是偏離社會的樣子。

就連譚雅也覺得，要深入討論國際法的詳細規定是很好；也不是沒辦法基於知性的好奇心歡迎他這麼做。

只不過，僅限於不妨礙實際工作的時候。

「拜斯少校，看來你也太過疲倦了呢。貴官到底認為自己是待在『哪裡的戰線』啊？」

「咦？」

拜斯少校不得要領地做出答覆的態度，讓譚雅忍不住朝謝列布里亞科夫中尉看了一眼。自己的言外之意，用視線就足以傳達了。

「戰線……嗯？」

「啊。」副官就像是察覺到似的，譚雅向她點了點頭。

「我們在東方戰線的對手，不就是聯邦這個『共產主義國家』嗎！美好的共匪可是否定私有財產，不顧一切地在推動國有化。」

這就像是1＋1＝2一樣。

會追求公理的證明的人，終究就只有數學家；只要從實用數學來看——譚雅就非常歡迎整除的重要性。

否定私有財產。

推動國有化。

結論相當明瞭。也就是聯邦領地上的資產，大半都能算是「國有動產」；國際法上並沒有禁止軍隊徵收敵國的國有動產。

「所以，我問你……有法規禁止在沒有私有財產的環境下徵收動產嗎？」

「這難道不是過度曲解嗎。就算是聯邦，就實際情況來講，也不免會有個人等級的私有財產吧……」

謝列布里亞科夫中尉的反駁很正確。姑且不論法律，在現實中不可能做出這種分離或區別。

只不過，譚雅不得不特意提及這件事。

「當然，『實際情況』說不定是這樣。不過，我們就只是基於『聯邦當局』所制定的『聯邦』民法，判斷物品的所有權。我們既然不是司法單位，就沒有重新解釋聯邦法律的權限吧。那麼，他們是如何定義私有財產的呢？」

「……如要曲解，在聯邦幾乎所有的動產都會是國有財產。」

「正確答案，拜斯少校。」

就某種意思上，這恐怕是國際法學者作夢也沒想過的特殊環境。未能考慮到共產主義狀況制定的國際法，真是太棒了！

畢竟，在譚雅所置身的環境下，這是在將行動正當化之際的最佳道具。

「在法律上，會容許進行相當程度的徵收吧。」

法學的世界只要追根究柢，就會是法論理的世界，而非倫理的世界。合法的事情在倫理上正不正確，全看個人的判斷。

所謂的法律，就是這種東西。

這就跟遊戲規則一樣吧。

因此，譚雅．馮．提古雷查夫中校這個個體的存在，就以墨守規則綱要的表現認同這麼做。

「有關公共設施等不動產的定義，在國際法上會很麻煩呢。不過襲擊聯邦體系的游擊隊，跟他們分點武器彈藥來用這件事，在國際法上是一點瑕疵也沒有。」

「……這確實是該稱為掠奪經濟的戰爭型態啊。」

「看來貴官也愈來愈了解戰爭經濟了呢。」

「這樣非常好。」譚雅回應著他。

這就跟孫子兵法一樣。

在敵地籌措到的物資，有著與本國物資相差懸殊的傑出效能。

首先，運輸成本就跟免費一樣；不用花費勞力與時間，經由漫長的鐵路網，將物資從本國送到最前線。

再來，不僅能壯大我方，還能夠弱化敵方。

在各方面上都滿是優點。不得不說這實在是太棒了吧。

「儘管不覺得能滿足戰鬥群的一切需求，不過比起將魔導中隊投入陣地建設，算是更有益的運用方式吧。我就借你謝列布里亞科夫中尉當翻譯。去跟鄰居分一整套武器彈藥與糧食回來吧。」

「哈哈哈，重視分配的共產主義者似乎會喜極而泣呢。」

「對吧。畢竟要入境隨俗呢。我也不過是嘗試一下共匪風格。這就是所謂的組織徵收喲。很想試著做一次看看呢。」

「好啦。」譚雅微笑。

拜斯少校的幽默缺乏症疑慮，就目前來看是沒問題吧，光是能確認到這件事，就算是很大的收穫了。很高興他還有說笑的餘力。

不過，也不能怠慢工作。所謂的軍務，說到底也是工作之一。

「基於以上理由，我想派遣選拔中隊出門一趟。從共匪體系的武裝集團身上，分一點補給品回來。」

「我知道了，搬運也是由我們中隊負責嗎？」

「沒有，不需要做到這種程度。我預定派維斯特曼中尉的補充魔導中隊過去支援。」

「原來如此，他們基本上是兼進行熟悉飛行的運輸人員吧？」

就像在說「我明白了」似的點頭後，拜斯少校問道。對於他一拍即響的回話，譚雅一副「完全正確」的態度竊笑起來。

「正是如此。」

她忽然間想起，就在這時補充傳達了一點注意事項。

「就維斯特曼中尉等人的個性來看，應該會希望積極參與戰鬥吧，可別答應喔。」

「遵命。」

「那個……」被這句話插話的譚雅，轉頭朝副官看去。

「……這樣好嗎？我覺得實戰經驗應該是任何事物都難以取代的東西吧。」

謝列布里亞科夫中尉的意見確實是有道理。維斯特曼中尉等補充魔導師的經驗不足。讓他們體驗一下現場，應該不會是件壞事吧。

不過，譚雅還是搖搖頭，如實表示否定的意思。

「抱歉，不過這樣失去訓練不足的新人的風險更高。」

先進行確認是對的。針對這點，譚雅做出補充說明。

「聽好，拜斯少校、謝列布里亞科夫中尉。這對我們來說太理所當然了，說不定就跟毫無感覺一樣呢。不過以襲擊隊形長驅直入再脫離的襲擊戰，意外地累人喲。新兵們光是要跟上就竭盡全力了。」

點頭同意的兩名軍官，看來都忘了這件事吧。

「我就知道是這樣。」

這也是沒辦法的事吧，譚雅就在這時苦笑起來。

第二〇三航空魔導大隊的戰歷驚人。

自萊茵戰線以來就一直跟著我的謝列布里亞科夫中尉，就連在大隊之中也是屈指可數的資深人員；這也就是說，她就算在帝國軍當中也是稀有的經驗豐富軍官。

就連具備常識的拜斯少校，譚雅也確信只要揭露本性，也會是戰爭販子的同類。

他們會不覺得強人所難的事情強人所難，也不無道理吧。

「你是用我們來作為判斷的基準對吧？」

「誠如中校所說。」

「哈哈哈，很像拜斯少校的個性。貴官是很優秀，不過太過要求周遭的人跟你一樣，根據時間與場合，很可能會落入陷阱喔。」

「我會銘記在心。」拜斯少校一臉明白的點頭……不過客觀來講，譚雅很擔心他究竟有理解多少。

畢竟隊上的老兵們，不論是誰，都是不辜負最精銳名號，身經百戰的勇者。

第二〇三航空魔導大隊的魔導師全都是 Named，或是達到準 Named 水準的人。標準的長距離襲擊幾乎是家常便飯。

去稍微襲擊一下在周圍展開部署的游擊隊或聯邦軍的祕密補給據點，再帶點土產回來，不算「多辛苦」的事吧。

真是可悲，世間一般可是會說這是非常辛苦的任務。

「總之，就讓新兵去累積長距離飛行的經驗。」

這是要長驅直入敵地深處的據點襲擊戰。就算只是陪同，只要不是資深人員，就顯而易見地會受到一定程度以上的磨耗。

光是這種體驗，就足以算是超乎尋常的經驗了。

「恕我失禮，物資確保與新兵訓練，哪一邊算主要任務呢？」

「我不否認這很困難，不過任務概要是籌措物資。但是，要讓新兵受到的損害最小化。」

對於拜斯少校的疑問，答案很清楚。

也不能忘了逐二兔者不得其一的道理吧。因此譚雅告知部下單純的方針。

「就結論來講，只要貴官與維斯特曼中尉的部隊沒有出現損害，我就不打算追究任務達成率的問題。」

換句話說，就是要以在職訓練關鍵的參觀階段優先。

「也就是要優先讓累贅成為戰力吧。」

「這是為了讓手牌好看一點的努力。為了這件事，我可是把謝列布里亞科夫中尉借給你當翻譯喔。就給我好好幹吧。」

冷不防地丟下工作把新人操到掛掉，就只是單純的黑心企業；簡直就是共匪風格，是只有在人力資源豐富的情況下才允許使用的究極手段吧。

「遵命。我會在與謝列布里亞科夫中尉商量完後，編成選拔中隊。即刻起，前去執行掠奪任務。」

「就當作是特殊調度任務吧。」

「聽起來柔和一點了呢。」

「就是說啊。」譚雅一臉認真地回應。

就算是為了避免國際法上的誤解，也希望能盡量以安全的表現與名目指示作戰行動；換句話說，這就跟防禦性醫療一樣。

「我先把話說清楚，要避免向民眾開槍。也禁止對游擊隊做出過當的暴力行為。」

當然，我可不打算成為光只會提出要求，帶給現場無意義限制的無能。

「坦白講，這就戰場的現實來看幾乎是在強人所難吧。但我希望你們在行動時，能作為一個品行端正的軍事組織。」

「……我會盡最大的努力。可詢問下達這種指示的背景嗎？」

「因為我想在對敵政治宣傳上，看到善良的敵軍與邪惡的友軍這種構造。我不想刺激到民族主義，而是要大幅扼殺敵人的國族主義。」

這該說是一種心理戰吧。

「基於對抗聯邦政治宣傳的觀點，我想展現出帝國軍是受過紀律訓練的軍隊這件事。也能兼作為對自治議會的宣傳，是一石二鳥。」

「我明白了。我想確認一點……」

拜斯少校微微壓低音量，開口詢問。

「視情況……也可能會目擊到友軍的非法行為。能下達在遇到這種情況時的指示嗎？」

「違反軍法毫無疑問是『利敵行為』。當然，儘管不認為我軍將兵會做出這種行徑，但要是貴官有目擊到，就給我做出嚴正的處置吧。」

「……可以嗎？」

「是沒帶上憲兵隊的情況，如有必要就給我採取臨時處置。如果需要正規的手續，那怕是參謀本部，我也會過去爭取。對於部下將兵遂行任務所必要的正當支援，我可沒有吝嗇的打算。」

「感謝中校。」

順便也會在細節部分加上自保的要素，這算是沒必要說的部分吧。

即使是在與敵國交戰，這也是非日常；等到終於回歸日常時，要是弄髒了雙手，就難以避免麻煩事，這不論在哪個時代都一樣。

要讓會被挑毛病的要素最小化，讓法律成為自己的夥伴。看在譚雅眼中，不得不說這是不可欠缺的顧慮。

「準備一份明確記載權限的命令文件，在貴官出發前送達。萬一命令文件沒送到，就延後出擊。」

「是。」

「我想想，就以基於有限攻勢的特殊觀察、鎮壓作戰的名義準備吧。以符合參謀本部直屬部隊的感覺，弄一份調查敵方實情的命令文件。」

「一切就交給我了。」

做出一如教範規定的漂亮敬禮的拜斯少校，還真是可靠。譚雅一面答禮，一面說出「就拜託你了」這句帶有期待任務結果意思的話語。

同時期　聯邦首都莫斯科　特別地下會議室

莫斯科的地下會議室，就算開著暖氣，將照明開到最亮，也依舊是隱隱作寒。是因為各位同志全都擺著張臭臉，還一臉陰鬱地讀著報告書的情況慢性化的關係吧，羅利亞內務人民委員苦笑起來。

在共產黨的權力結構上，這是必然的事；不論是誰，都沒辦法興高采烈地提出攸關自己性命的報告，這也是無可奈何的事。

無法避免與生俱來的扭曲開花結果。這是人人都意圖在報告時，將失敗矮小化，成功極大化的空間。一旦變成這樣，現實所需要的，就會是冷靜甚至冷酷地客觀看待事物。儘管這事實往往都會遭到遺忘。

或許該說就打從剛剛開始吧。在羅利亞面前讀著報告書的占領地對策委員會的主任同志，也是一丘之貉吧。

……更正確來講，是有意圖地在掩飾現實吧。

「以整體狀況來講，帝國軍各部隊因為冬將軍而面臨到重大阻礙的樣子。另外需要補充的是，特別是以溫暖的帝國本土為前提整備的精密機器，全都面臨運用困難的事實。」

這真是優秀的情報。

就連羅利亞的情報人員，也傳回相同的報告；換句話說，就是「沒有錯」吧。不過，就算構成的要素裡沒有謊言，最重要的分析結果卻太淒慘了。

「身為內務人民委員，我有幾件事想要請教。」

羅利亞以若無其事的態度，向打算結束報告的占領地對策委員會同志主任開口。

是以極為平穩的語氣，偽裝成好奇心發出的詢問。

「有關帝國軍所面臨的困難，你報告得很好呢。不過有關敵方的實際戰力，想請你再稍微向在場的各位同志說明一下。」

「目前正在分析敵情的詳細內容。」

他這句正在分析的認真程度，對羅利亞來說相當可疑……提出尚未分析完畢的情報也是，儘管還不到譴責他不謹慎的地步，卻不得不讓人有種造假的感覺。

「也就是說，敵情不明嗎？」

羅利亞的視線默默注視著他。

突然被放到砧板上的當事人，狼狽地游移起視線。苦惱著該怎樣辯解的模樣，太丟人現眼了。

只想在會場上提出好的報告的心情，即使可以「理解」，卻沒有該尊重的理由。

「有關這方面……儘管還只是概略的參考消息……」

正因為如此，當占領地對策委員會的主任同志像是下定決心開口時，羅利亞微微蹙起眉頭。叫他交出分析情報，卻拿出參考消息？簡直是在胡鬧。

「根據當地的各位同志表示，也有確認到帝國軍的實質戰力，已經減半或降到更低水準的報告。」

「……主任同志，這份報告無誤嗎？」

「正在調查當中。」

羅利亞要求的是冷靜的分析與詳細報告，不過他似乎是無法理解；完全沒回答到問題。列席者很快就注意到這件事了。就在眾人散發起「真受不了這傢伙」的氛圍時，在會議室眾人狠瞪的集中砲火下，他連忙開口辯解。

「不……不過，帝國軍的實際可用部隊減少這部分，是千真萬確的事。」

「也就是說，他們因為冬將軍而面臨到困難？」

「是的，內務人民委員同志！我認為可以斷言，帝國軍已經被低溫凍住了。」

原來如此——羅利亞點了點頭。他偷瞄了對方一眼，看見認為自己已經過關一樣，表情鬆懈下來的愚蠢模樣。

看在羅利亞眼中，還真是讓人失望的愚蠢。

早在完全沒提到半點有關自治議會的情報時，他就是個垃圾；毫無疑問是沒能理解到他所被期待的職責。

……另一方面，內務人民委員部早已取得相當的情報。

就連帝國方樹立的「自治議會」的主席團內部，都成功安插了相當數量的間諜。

針對帝國軍所面臨到的各種問題，取得了遠比占領地對策委員會的蠢蛋還要大量的情報。

帝國軍確實是深陷苦境吧。

不過——羅利亞就在這時苦笑起來。有個蠢蛋忘記了辛苦的可不只有對手的事實。而無法忍受這件事的人，看來並不只有羅利亞一個。

突然開口的人，是直到剛剛都還保持沉默的武官。

「這跟以第十三航空軍為中心的空軍提出的報告互相矛盾的樣子。我們空軍別說是保持空中優勢，連要維持均衡狀態都沒什麼把握。」

「我很清楚各位同志的奮戰，但還請不要無視我們的機材比敵方帝國軍航空艦隊來得舊型的事實。」

就像是粉飾太平這句話的具體表現一般的反駁。軍人們聽到他這句胡說八道時的表情，要羅利亞形容的話，就像是緊咬著獵物不放的狼。

……該說就算是黨的軍人，也變得愈來愈像軍人這種人種了吧。

「儘管很遺憾得要否定同志的話語，不過第十三航空軍的編制，是以比較新式的裝備為主。問題是出在數量上。」

聯邦軍參謀本部派來的軍人以不悅的語氣反駁。

或許該說不論是好是壞吧。接連的戰敗或許磨鈍了他們的感覺；讓所謂的軍人至少逐漸取回勇氣，報告不利於己的真實。

就羅利亞看來，這是返祖現象。就算是領悟到這是在威風凜凜的政治語言擺布下，怎樣都跟現實對不上所發出的忠言，也很值得注目。

「真是件怪事呢。要是帝國航空艦隊被凍結在跑道上的話，我們空軍究竟是在跟誰交戰啊。」

「我要正式警告軍方的各位同志，發言要……」

就在形勢變得不利的蠢蛋要開口反駁時，羅利亞敲下了鐵鎚。

「各位同志，就到此為止了。」

「「「羅利亞同志？」」」

迅速環視全場，在得到總書記同志表示默認的點頭後，羅利亞開口說道。

「我想提出內務人民委員部所掌握到的情勢報告。各位同志，首先就從承認兩件事實開始吧。」

「聽好。」羅利亞一面指示部下分發事前準備的資料，一面簡單扼要地說明重點。

「首先，投入游擊活動的各位同志，他們的報告並無虛假吧。帝國軍苦於冬季，這不是樂觀的觀測，而是單純的事實。」

首先是對帝國軍苦於寒冷的事實做出保證。

「作為針對軍方疑問的回答，我準備了確實的物證。想各位確認一下。」

「……這是維修工廠嗎？」

「沒錯。」一面點頭回應，羅利亞一面等照片資料傳到眾人手中後，繼續說下去。

「有看到大量的機材吧。」

就算是不清晰的照片，專家也能輕易看出影像上的情報。對軍人們來說，他們就像是看出過於充分的判斷材料似的點起頭來。

「應該可以確認，這正是他們陸續將設備後送的證據吧。就如同附加的照片所示。」

在維修工廠內部拍攝的照片，是就算把聯邦軍參謀本部的將校嚇到忘記呼吸也情有可原，該說是極為機密的東西。將帝國軍試圖隱瞞的機密赤裸裸地暴露出來，這本來毫無疑問是能擺出高姿態耀武揚威的成果。

不過，真正讓軍人們驚訝的是，他「隨手」提出這些照片的事實吧。具體來講，隱藏情報來源是諜報活動的一大原則。

假如沒有相當的自信，不可能像這樣大規模地公開諜報資料。

他們看得出來，這就相當於是內務人民委員部確認，「帝國方」是絕對不可能掌握到這個情報來源的意思。

「同時，我們不得不承認第二個事實……或許該說儘管很遺憾，帝國軍正在迅速學習當中。」

人人都專心傾聽著羅利亞內務人民委員接著說出的話語。心想著，他們究竟是掌握到多麼深入的情報。對羅利亞的話不感興趣的人，頂多就是在羅利亞面前班門弄斧的占領地對策委員會的主任同志。

「這主要是成為他們傀儡的『自治議會』，啊，總歸來講就是分離主義者裡頭，也包含著多數的前聯邦兵所致。儘管很遺憾，不過冬季戰的訣竅毫無疑問是外流了吧。」

「恕我失禮，羅利亞同志。帝國軍與『組成自治議會的分離主義者』聯手，這件事確實是事實嗎？」

占領地對策委員的詢問聲，隱約帶著像是在壓抑顫聲的情緒起伏。

意圖在羅利亞的報告中盡可能找出瑕疵的垂死掙扎。這也是無可奈何的事，對他來說，這就一如字面意思的是在賭命；打算帶給眾人「羅利亞的情報就跟自己的情報一樣不是確定情報」的印象，主任同志無謀地向羅利亞挑起舌戰。

「我認為這也有可能是帝國方的政治宣傳，在這件事上做出誤判，就很可能會導致重大的過失。羅利亞同志，你認為如何？」

「這毫無疑問是事實吧。」

「……那麼，雙方對彼此有著多深的信賴關係呢？」

唉——羅利亞甚至必須要強忍住笑意。面對蠢蛋的詢問，羅利亞非常慎重地答覆。

「儘管不得不承認，但這對我來說，是個相當難以答覆的問題吧。正因為如此，我才想反問你呢。」

他究竟是有多無能啊？

「同志，你究竟為什麼會問我這個問題呢？」

這個愣住的男人，職務是管理占領地區；本來的話……羅利亞體貼地藉由說明，讓這個負責人認清現實。

「聽不懂嗎。嗯——還真是奇怪呢……同志。有關『政治』的調查，不正是黨託付給你的任務嗎？」

緩緩地，說出尖銳的譴責話語。

解說

【分離主義者】 指「一國」之中的少數派或非主流派的人，以從中央分離獨立為目標的人物。

「我一點也搞不懂。究竟要怎麼做，才會連自治議會這種組織的成立都會沒注意到？設立後直到現在，都還沒有提出情報？」

看在羅利亞眼中，權限重疊的單位也很礙事。

當然，如果是能幹的競爭對手，對羅利亞來說就會是個相當重大的威脅吧。

然而，真正可怕的是……

「要我換個問題嗎，背叛者，你收了帝國多少錢？」

無能的我方，是個惡夢。

這就相當於是背叛。因此必須除掉。

「我……我……我沒有！」

「既然如此，那就是無能、破壞分子，或是怠忽職守了。不論事實如何，你的工作表現都太慘不忍睹了。」

只需要喃喃說一句「帶走」就夠了。

一旁待命的內務人民委員部的保安軍官就會闖進來，「極為民主且人道」地帶領著不知道在鬼叫什麼的男人離開會議室。再來就是他們的工作了。

應該不需要一一指示吧。揣摩長官的意思是部下保安軍官最低需求的能力。就算是羅利亞，也不擔心部下會把事情搞砸。

正因為如此，這樣愚蠢的前同志的問題就解決了。

「坦白講，這對我們來說會是攸關生死的重要情報吧。目前正以諜報所能努力做到的極限，分派人力去探查當中。」

在收拾完畢後，羅利亞再度讓話題回到自治議會的存在上。

「……那麼，各位同志。這件事由於前任者的怠慢，讓我們遲了一步，為了讓事情有所進展，在此我想提出一個方法。」

羅利亞以平淡的語調繼續說明下去。一面以若無其事的語調，讓眾人不去在意方才將「一個人」處理成「一個人的過去式」的事情，一面掌握主導權，將提案提出來討論。

「雨天時的朋友，才算是真正的朋友。我想測試一下帝國與自治議會兩者，究竟是不是連在下雪的日子裡都還是朋友，不知各位意下如何？」

測試「帝國軍」是不是真心打算與「自治議會」結交朋友，是會影響到往後的重大問題。

整理潛伏在自治議會裡的鼴鼠回報，得知分離主義者對帝國抱持著相當大的期待。帝國軍要是打算積極地對這份名為期待的幻想施肥，這就會是一場惡夢；這很可能意味著應該是單純的暴力裝置的帝國軍，已化身為在政治策略舞台上的勁敵了。

「參謀本部的各位同志。」

我們聯邦軍的參謀們膽小地縮了一下肩膀，讓人想對他們長嘆一聲窩囊廢。

不，接連失態的聯邦軍參謀本部，情報流通已變得順暢，威脅他們實在有點可憐。

由於想起同情的重要性，所以羅利亞溫柔地揚起笑容。

「以純軍事觀點來講，事情很單純。我想攻擊敵人，看看他們的反應。因此我代表內務人民委員部向你們提出正式請求，希望能在這個冬季期間，準備一個針對帝國軍的有限反攻作戰。」

「恕……恕我失禮了，不過羅利亞同志……這是為了達到政治目的的軍事作戰嗎？」

軍人們緊繃的表情，竟會如此明顯地述說著一切。軍官口中「不論面臨怎樣的情勢，都要保持冷靜沉著」的教誨，看來是意外地沒有受到遵守。

我曾聽說過眼睛亦可傳達訊息，不過看來軍人不論是用哪裡說話都一樣誇張啊。

「沒錯。」

「內務人民委員同志，我代表參謀本部……」

「好啦，先等等。」

羅利亞抬起手，讓武官們閉嘴。

「單刀直入來講，這是為了政治目的的武裝偵察。沒什麼，我不會將純軍事上的失敗視為各位的缺失。要以戰略目標優先是當然的事吧。」

「要……要武裝偵察嗎……敵軍的防衛線本身早已大致把握清楚了。就純軍事的觀點來看，這很可能會是一場不必要的攻擊。」

「同志這話說得很對。」

羅利亞點頭贊同，不過毫不退讓。

戰爭是政治的延伸。

這就本質上來講，會是戰略層面的問題。把握帝國軍與自治議會的關係，是在制定長期戰略時絕對不可缺少的行動。

尤其是……羅利亞在內心做出補充。

「……機會難得。就兼作為國際協調，把這件事弄成聯邦軍與國際社會的聯合作戰吧。既然是政治目的的軍事行動，同時兼具各種目的也不壞呢。」

可以嗎？用眼神詢問長官後，得到首肯。

既然如此，羅利亞將話題轉到實施手段上。

「好，就來談談作戰準備的事吧。目前合州國的支援？」

「還處於透過船團運送物資過來的階段，不過有個問題。直接外銷武器會觸犯合州國內的各項法規，所以要經由第三國間接外銷，可能會多耗費一點時間。」

哼——羅利亞一面笑起，一面為了著手安排不斷採取行動。

如有問題，只要解決就好。既然知道這是讓戀情實現的堅實的一步，不操之過急也很重要。

chapter I

統一曆一九二六年十二月上旬　聯邦領內　多國聯合軍司令部附近

由聯邦發起，為了展現國際合作關係的多國籍部隊構想。

目的是要誇耀集結自不同國家的夥伴並肩作戰的姿態；對內也說明是為了取得與帝國交戰時的聯合運用經驗，期待能成為前例而實驗性設立的原型部隊。

就結論來講，聯合王國儘管不太願意，最終還是同意了聯邦的提案。或許該說不知是幸還是不幸吧。

一名派來執行運輸船的護衛任務，現在正好待在聯邦領內的海陸魔導中校的存在，對聯合王國軍當局來說，毫無疑問是個福音。

「拜這所賜，讓我好懷念大海啊，就連要在優美的酒吧裡乾上一杯都不行。真正恐怖的事情是當官吧。」

聯合王國軍的德瑞克中校喃喃抱怨著。

一張任命書下來，就是與聯邦軍的聯合作戰任務。

基於特殊指揮系統的關係，自己的裁量權也非常大。

又不是帆船時代戰列艦的敕任艦長，在領到「盡最大努力協助對方之請求」這種古文風的命令文件時，瞬間差點笑了出來。

「說什麼盡最大努力協助聯邦軍的請求啊，真受不了。」

要「懷著善意與敬意」，對同盟國軍的作戰行動提供「可能的支援」；這話也就是說，要是很勉強，也可以不用協助。

甚至不用靠現場的智慧與苦心去解釋命令文件；不論由誰來看，看上去都等於是實質上的否決權。聯合王國軍當局居然給了區區一介中校拒絕聯邦軍司令部請求的否決權。

「也真虧聯邦……」

肯吞下這種條件——身為聯合王國軍人的德瑞克中校，不免會顧忌說出這種話。

為了自重而走向戶外的德瑞克中校苦笑起來。

高舉著美麗的理想，為了擴展國際協調的圈子而設立的盟軍聯合作戰群，儘管廣開門戶，不過實際情況卻是拼湊部隊。

只要看來自世界各地的士兵出身組織，用肯定的說法，就是能感受到廣闊的世界性吧。光看軍裝，就有聯合王國軍、聯邦軍與自由共和國軍；只要專心環顧，甚至還能看到協約聯合流亡政府軍以及合州國體系的義勇兵吧。

對抗帝國這個單一個體的多樣性。

是在多民族齊心一致，集結起來共同對抗帝國這個強大敵人的口號下，齊聲高喊著人類的進步與普遍性的一場最棒的示威運動。

拍成照片肯定會極為上相吧。

在政治宣傳這方面上，聯邦共產黨可說是毫不吝嗇地發揮了極為出色的本領吧。等注意到時，甚至會心生讚揚。

一面信步遊走到野外，德瑞克中校一面不惜發出讚嘆。

「真該把本國殖民地省的官員們也帶來瞧瞧。他們還是稍微學習一下聯邦的宣傳本領會比較好吧。」

在管理並支配多民族這方面上，聯合王國是有拿到及格分數。能優秀地分而治之進行統治是很好，不過再怎麼放寬標準，也頂多是拿到B吧。

在管理並運用潛在活力這方面上，還應該要跟共產主義者多多學習。

能毫無忌憚地說話，還真是讓人感到自由有多麼美好。慶幸著身旁沒人跟隨，德瑞克中校喃喃抱怨出真心話。

「又不是只有分而治之才算是本事……姑且不論對內戰爭，一旦發展為對外戰爭，比起分割，更該學習整合的妙處吧。」

然而，只不過，話雖如此——也該這麼說吧。

茫然地仰望天空，要是在地面上見識到國家企圖用漂亮事掩蓋一切的自私自利，也會想長嘆一聲。

「……身為配合政治宣傳的一方，叫人怎麼受得了啊。」

聆聽起多語言的熱潮，似乎就會讓頭痛更加嚴重。

直到獨自出來散步之前，德瑞克中校都只能單方面聽人說話，也是基於多國籍部隊的背景吧。那是各國語言混雜的情況。

該說是軍事指揮官惡夢的混雜指揮系統，再加上這種情況；也就是會讓意見溝通變得非常難以理解。

就連在設置司令部的宿舍裡，也沒有例外吧。

「巴別塔剛倒塌時的情況，肯定就像這樣吧。」

傳達消息的手續愚蠢到驚人的地步。

用聯邦語發行的官方文章，要先翻譯成各國軍人能夠理解的文字，然後再將他們對翻譯文章的答覆，重新翻譯成聯邦語。

就連一般交流都是這副德性。不出所料，集結起來的部隊指揮官全都對此頭痛不已。在必須即時處理大量情報的現代戰場上，應該沒有軍人能發自內心做出這樣能撐過實戰的評價吧。

就算是為了體面的政治宣傳，不合道理的事也會有個極限。

唯一的解決對策，極為單純。

就是採用口譯。而且還要大量地採用。也就是以數量正面突破。作為實際上的問題，疑似早就從聯邦各地的語言學校中徵募過來的學生，儘管還不太熟練，總之還是開始講起各國語言。

在現況下，能擔任翻譯的人不論再多也不夠用；人手不足的情況極為嚴重，甚至就連校官層級，也沒辦法讓口譯陪同。

雖說正因為如此，自己才有辦法享受在野外自由閒逛的奢侈行徑——德瑞克中校就在這時注意到一名朝自己走來的軍人，嘆了口氣。

「米克爾上校？」

就像在「嗨」的打招呼似的，朝自己揮揮手走過來的身影，是聯邦軍的指揮官。德瑞克中校也不會說對方的語言，不過總不能靠比手劃腳對話吧。

「該怎麼辦呢，抱歉，我現在就找口譯……」

「我想不用吧，Mr. 德瑞克。」

正打算用手勢表示「我去找口譯」的德瑞克中校猛然僵住，目不轉睛地打量米克爾上校的臉。

「讓人懷念的母語呢……真是作夢也想不到會從上校口中聽到。儘管失禮，不過還真是相當久違地聽到下官不擅長的發音呢。」

從對方口中發出的話語，是不可能會聽錯的自己的母語。

而且還是正統派的女王英文。在這種邊荒地帶，竟有機會恭聽倫蒂尼恩上流階級的發音？這世上還真是充滿驚奇啊。

「你就直說這是生了鏽的女王英文無妨。太久沒說了，我有自覺到舌頭完全轉不過來。」

「你不是一直都帶著口譯嗎？」

「是被上了項圈呢。在斷頭台下，就連自由對談也無法如願。」

以言外之意來說稍微有點露骨。項圈與斷頭台這兩個單字，難以說是謹慎的比喻。

不過，德瑞克中校能理解米克爾上校的心情。

「……是不想讓政治軍官聽到的對話呢。」

「應該說，是我不想呢。」

「哈哈哈。」德瑞克中校一面笑，一面點頭贊同。

光是與同盟國的軍人親密對話，上校層級的魔導將校就必須考慮自身安全的社會，是個難以想像的世界。

不論是好是壞，眼前苦笑的米克爾上校都是一名完美的正派軍人；像他這樣的職業軍人，會遭到他所宣誓忠誠的祖國懷疑？

還真是個寒冷的時代啊。

在這嚴冬時代下，別說是骨頭，就連靈魂都可能凍結的無情事實。

「上校也很辛苦吧。恕我失禮，是否有必要讓那名政治軍官在不久後的將來，不幸地遭到流彈擊中呢？」

「不不不，沒這個必要。還請不要這麼做。」

「喔，真意外。你對那名叫做莉莉亞．伊萬諾娃．塔涅契卡的女性有這麼高的評價啊？」

德瑞克中校倒是對她沒什麼好印象；具體來講，就是看她不順眼。

正確來講，這不是個人的喜好問題。

就算不論她個人的內在，身為職業軍人的德瑞克中校，沒辦法將那些政治軍官視為夥伴；所以他不會把他們視為單一個體，而是在心中叫他們「政治軍官」。

畢竟名字是人類從祖先身上繼承下來的東西；而叫作「政治軍官」的單一裝置，亦有著叫作「政治軍官」的名詞吧。真的有必要用專有名詞稱呼他們嗎？他由衷懷疑。

「老實說，要把到處亂聞夥伴的狗當成人來對待是很難的一件事。我本來想說清除野狗這點小事，就交給我來處理就好了呢。」

「為了向貴官表示敬意……我就老實說吧。那個還算是不錯了。不對，甚至可以說是相當好了。」

現在想必是露出了連自己都覺得很蠢的錯愕表情吧。

要不是米克爾上校的女王英文說得流利，還真想提醒他把不錯跟相當好這兩個單字的意思搞錯了。

「這麼說儘管相當失禮，但你還好吧。你說那個政治軍官算是相當好了？說那個還算是不錯了？是字彙的意思在我不知情的時候遭到大幅修訂了嗎？」

關於莉莉亞·伊萬諾娃·塔涅契卡這個人，德瑞克中校只有著奇特的共產黨員這種認知。硬要說的話，就只有在政治軍官上貼著這種標籤程度的認知；難以跟相當好、不錯等單字對上。

「德瑞克中校，我只會說事實呢。」

在德瑞克中校「你是在開玩笑吧」的視線注視之下，米克爾上校的疲憊臉龐仍未動搖。

「考慮到有可能會分配不像樣的傢伙過來，與那個好好合作的想法，會比較有生產性。」

「我只能說，太驚人了。」

丟下這話，德瑞克中校仰望起天空。雪白的天空是這殘酷世界的象徵嗎？他忍不住深深懷念起祖國的陰天。

就連在戰場上，要說有沒有不講理到這種程度都很微妙吧。

「……唉，冷得刺骨呢。」

德瑞克中校痛切地喃喃低語後聳了聳肩；要是不這麼做，就很難維持住理性。

「所以，可以問你偷偷邀我進行這場密會的理由嗎？」

「我想感謝你。然後，啊，對了。還要跟你謝罪呢。」

「咦？」

「我從伊萬諾娃政治軍官同志那裡聽說，聯合王國海軍的德瑞克中校有幫我說情。」

幹麼這麼客氣——德瑞克中校再度聳了聳肩，開口回話。

「是要我說，事到如今，這是會讓人莫名感到距離感的一句話嗎？」

「共產主義可沒辦法與自由主義者交好。」

「是這樣嗎，這麼說儘管很冒昧，不過我倒覺得我倆能合作愉快就是了。」

「即便如此，你也是為了捍衛自由主義而戰的軍人，真擔心你能不能跟前來支援共產黨的共產主義者好好相處呢。」

這是會讓人笑說「別開玩笑了」的情況吧。還真是扭曲反常。讓人忍不住在冰天雪地的聯邦雪原上，放聲大笑起來。

在盡情大笑過後，德瑞克中校不得不承認一件事。

「是我輸了。這下可被你擺了一道呢。」

「只不過。」德瑞克中校接著說道。

「縱使你是共產主義者，只要是戰友就沒有問題了吧。『就算沒辦法選擇家人，也有辦法選擇朋友』。要是自己選擇的朋友是共產主義者，那麼就只能把這當作是朋友的個性，甘願承受了。」

「而且。」德瑞克中校笑著說下去。

「……真是被小看了呢。」

「什麼？」

「我們可不是為了追著聯邦軍人的屁股，才從大海來到陸地上的。」

自從擔任RMS安茹女王號的直接掩護，飄洋過海來到這裡以後，就作為軍人一路奮戰至今。我們不是來受人保護的。

「我們是來打仗的。而且，還是來與戰友並肩作戰的。」

就算國家沒有永遠的友情。

戰友也是永遠的。

「也就是說，儘管不中意，卻讓人很在意吧。如果友軍要戰鬥，就並肩作戰；如果友軍要死，就在這死去吧。這就是所謂的軍人。」

「哈哈哈，你說得太好了，德瑞克中校。」

「喔，不叫我同志嗎？」

「因為我想叫貴官戰友。」

自己想必露出了滿面笑容吧。

這是經歷過相同戰場的人才能擁有的共鳴——說這種裝模作樣的話就太不解風情了。總歸一句話，就是對夥伴的敬意。

「那麼，該是工作的時間了。」

「是呀，就去上工吧。」

點頭對視後，對撞起堅硬的拳頭。

……很多事不需要說出口。

「「祝你武運昌隆。」」

這是戰友的拳頭。

是在用拳頭與戰友對話。

既然如此，就不需要再多說什麼了。

[chapter]

II

第貳章

矛盾

Paradox

戰爭是政治的延伸。

摘錄自《戰爭論》

統一曆一九二六年十二月 聖誕節前夕 聯邦領內 多國聯合軍司令部附近

出乎意料地，密談這種事，愈懼人耳目就愈容易曝光；畢竟鬼鬼祟祟做著虧心事的傢伙更容易引人注目。

「預定執行的那項作戰，目的是什麼？」

「我聽說是要以有限攻勢，讓帝國軍的損耗極大化。」

公然溜出聯合作戰司令部，一同返回分配到的宿舍的德瑞克中校與米克爾上校，你一言我一句的討論起急忙安排要在幾天後執行的軍事作戰。

「在這種下雪天？」

德瑞克中校嘆了口氣，喝了口冷掉的紅茶。

聯邦自豪的冬將軍可是不分敵我；在對付帝國軍這點上是很優秀，但不懂得區分敵我這點可就傷腦筋了。

更正，德瑞克中校在心中重新喃喃說道。冬將軍並不是聯邦的愛國者吧。畢竟對誰都一視同仁的傢伙，也不會是任何人的友方。

中立的存在，往往也會是旁若無人的傢伙。

「當冬將軍肆虐時，最好是乖乖地加強防備。就算是社交派對也要看時期吧？」

「你說得沒錯。就連我也覺得納悶。」

「不過……」米克爾上校疲憊似的笑起。

「我們收到的是軍令。還是莫斯科相當高層的人所發布的嚴格命令。不是能提出異議或反駁的狀況。」

德瑞克中校隨即注意到，狠狠說著「束手無策啊」的米克爾上校，立場相當艱難。講明白點，就是陷入要移動殘酷天秤的困境。在要求絕對要取得成果的情況下，他甚至不得不捨棄情同手足的部下吧。

能輕易就做出決定的人，肯定是有著某種缺陷。真是可悲……這是指揮官在戰時情況下所必須面臨到的難題。

「要是你有收到聯合王國方的見解，就算是私下通知也好，我也想要了解一下。」

「抱歉，米克爾上校。下官也不清楚。」

「咦？」

「那個，上校。事實上，我只有收到『與聯邦軍合作』的命令。就連最新的通知也沒有知會我內情。」

腳跟併攏，注重形式的報告。在說這種蠢話時，要是不變得他媽的認真，還真是說不下去。

「……看來，彼此都很辛苦呢。」

對米克爾上校的話聳聳肩，德瑞克中校從裝在牆上的櫃子中，拿出蘇格蘭威士忌的小瓶酒。就以紅茶的佐料來說，果醬儘管也不錯，但要化解怨言，還是老朋友最好。

豪邁地注入茶杯，大口喝下。

「要來一點嗎，調味一下。」

「哎呀，是同盟國軍人的敬酒嗎。考慮到兩國關係，就外交禮儀上也不好拒絕啊。就給我來一點吧。」

「……好，就讓我強勸你一杯吧。」

米克爾上校呵呵大笑，在茶杯裡注入蘇格蘭威士忌，一口喝下調味過的紅茶。才不會說什麼這不是茶配酒，而是酒配茶之類不解風情的話。畢竟在這世上，有著太多要清醒著面對會有點太過荒謬的現實了。

「真傷腦筋呢，德瑞克中校。」

米克爾上校喃喃說出的一句話，莫名地消沉。這也是沒辦法的事吧，這種時候默默喝茶是種禮貌。

不需要太多話語。

過沒多久，就在默默委身酒精到最後時，米克爾上校突然切入主題。

「官方上是要透過『有限攻勢』確保立足點，藉此為預定的春季大反攻做好準備。就我個人所見，這在現況下是個相當勉強的作戰。」

就像在眺望窗外似的，遙望著遠方說出的這句話很沉重。

「還不至於說是有勇無謀。但我身為愛國者，可以斷言這很危險。」

「體制已整頓得差不多了也是事實吧。」

「是呀，在文件上。」

朝著用眼神問「該不會」的德瑞克中校，米克爾上校聳了聳肩。

「總之盡是些新兵。弄得不好，甚至會有目前正在徵召的傢伙先被登記的案例發生吧。」

領悟到這是極為重大的暗示，德瑞克中校瞬間就像是血管裡被塞進冰塊似的渾身發寒。

「這可是就連濫酒的舒暢感都會瞬間遭到驅逐的震撼消息。是事實嗎？」

「是事實吧。」

這要是真的，事態會極為嚴重。而可悲的是，德瑞克中校也認為這應該是事實。聯邦方向聯合王國駐外武官傳達的情報與現場的實際情況悖離，是眾所周知的事實。

用不著感到驚訝的事實，正是聯邦與聯合王國的同盟關係究竟有多麼美好的佐證吧。

「……這是重大且嚴重的洩密行為呢。」

「你不知道對吧？」

「我們只有收到精銳部隊隨後會陸續集結的通知。」

只要聯合王國情報部沒有特意交給德瑞克中校假情報，結論就很簡單明瞭。交給聯合王國的聯邦軍情報，就算不全是假的，也是離完美相差甚遠的東西。

「是要對同盟國也打腫臉充胖子吧。就某方面來講，也能算是在保密吧……想隱藏弱點可是黨的本能呢。」

「真受不了。實際上的情況如何，你覺得春季大反攻有可能嗎？」

面對德瑞克中校的詢問，米克爾上校在蹙起眉頭後，就像是把話吐出來似的，從喉嚨裡擠出回答。

「老實講，辦得到吧。」

「戰力有在恢復？」

「儘管戰力重建有某種程度的進展，不過更進一步的重建……是打算用相當勉強的手段趕上時期。聽說對帝國戰線以外的國境線，實際上只剩下老人與小孩了。」

「這樣一來，在這個冬季儲備戰力才是正確答案吧。」

畢竟就算說是有限攻勢，但有必要由我們主動攻擊嗎？

戰鬥教訓所指出的答案很清楚。胡亂發動攻勢，往往不僅要付出過高的犧牲，有時甚至會引發意外的反擊。

「搞不懂。是因為政治上的必要性也說不定……」

「……嗯——那對這項作戰的答覆，會變得有點困擾呢。」

「什麼？」

儘管對愕然反問的米克爾上校不好意思，不過這該說是基於軍務上的理由吧。對德瑞克中校來說，首先必須得要提醒他一件事。

「我們不想受到損害。況且，我們也沒有義務奉陪聯邦軍的無謀之舉。」

「啊，原來如此。我重新了解貴官的立場了，德瑞克中校。」

德瑞克中校從本國那邊獲得的權限很廣泛。所以如有必要，就連要拒絕聯邦軍的請求，都會理所當然地受到認可。

畢竟德瑞克中校也不想奉陪聯邦軍那愚蠢的面子與意氣用事。這是接掌將兵的軍人所該盡到的義務。

是賦予指揮官的神聖不可侵犯的責任。

「……我沒辦法強制你同行。的確，這項軍事行動是有太多疑點了。這麼做的目的究竟是什麼，會懷有這種疑問也很正常吧？」

「那你們呢？」

「既然這是黨的命令，就不容拒絕。」

自嘲沒有否決權的米克爾上校，表情很爽朗。

「你是說不容拒絕？」

「是呀，對我們來說。就像是打從一開始沒有選擇權一樣吧。」

家人留在集中營裡的人，說的話很明確。正因為抱持著德瑞克中校只能想像的壯烈覺悟，才會說出這種話吧。

……不過，他們選擇戰鬥。

各位戰友要前往戰場。

「我了解貴官與旗下部隊不會積極參與的事情了。就這點上，如果能請求各位做最低限度的支援，我會替各位準備『後方警戒』的任務。」

因此，米克爾上校這句話真是太讓人失望了。

唉——德瑞克中校深深嘆了口氣，舉起老朋友——蘇格蘭威士忌的小瓶酒，將琥珀色的液體一飲而盡。

愚蠢的顧慮。

「……米克爾上校還真是見外。只要你『一句話』，這不就沒問題了。」

米克爾上校筆直注視起自己的眼睛。

彷彿難以理解這句話的意思，他就像是忘了怎麼說話似的沉默不已。

「我們是軍人。講話就該言簡意賅吧。強詞奪理是司令部與政治軍官的工作。」

畢竟，德瑞克中校是魔導將校。

所謂的海陸魔導部隊，全是些與其當膽小鬼還不如衝向敵人彈幕的大海男兒。因為暴風雨到來，就對夥伴見死不救逃走的傢伙，還不如丟到海底去餵魚。

「我會在雨天幫忙撐傘的。能跟我說一聲嗎？」

苦惱到最後，米克爾上校開口說道。

「抱歉，請助我一臂之力。」

答覆早就決定好了。

管他那些大人物會怎麼說。只要是軍人，就會理解我吧。因為這是要為了夥伴前往戰場。

不需要多說廢話。

「樂意之至。」

chapter II

統一曆一九二六年十二月　聖誕節前一天　帝國軍東方前線地帶　沙羅曼達戰鬥群基地

「SalamanderＣＰ，這裡是 Cherubim01。警報。」

「Cherubim01，這裡是 Salamander01。你說警報？請說明狀況。」

「貴隊的轄區內確認到聯邦軍部隊的滲透。規模約有二～三個大隊。此外，還有多數疑似魔導部隊的反應，正朝第十八區塊的村莊地區前進。」

友軍魔導偵查分隊傳來的報告，讓譚雅忍不住蹙眉站起。假如記憶中的地圖正確，那裡是離前線的警戒線相當深入內部的地點。

看來有個不得了的聖誕老人來襲了；就像存在Ｘ一樣該死的傢伙們！

「Salamander01 收到。沒有弄錯嗎？」

「收到。一切正常。」

「該死，太近了。前線的巡邏突擊部隊在搞什麼鬼啊！」

「請等一下。那個是……滑雪突擊部隊。已確認。」

一面觀察一面回報的 Cherubim 分隊表現相當出色。

會是技術卓越的魔導部隊吧，譚雅如此猜想，就懷著只要他們的戰力可以期待……這微薄的願望詢問。

「感謝情報提供。貴隊目前的任務是？」

「是長距離偵查的歸還。」

嘖——譚雅忍住咂嘴的衝動。

既然是偵查歸還，就要以帶回情報為最優先事項。況且，如果是長距離偵查的話，就會是司令部的意思吧。要是造成妨礙，就會嚴重有損司令部的觀感。

儘管遺憾，也只能靠自己解決了。

「Cherubim01，沙羅曼達戰鬥群即刻出發。請向上級司令部報告詳細情報。此外，當有後續情報時，還請通知我們部隊。」

「收到，Salamander01。祝妳武運昌隆。」

站在立刻切斷的無線電前，譚雅瞬間陷入沉思。不管怎麼說，他們都會幫忙向上級司令部報告吧。這樣一來，也不是不能等候上級的判斷……但既然是針對負責區域的入侵，果然還是不得不出面迎擊，把他們打回去了。

這是會讓人想長嘆一聲的事呢。

「在這種下雪天打過來？聯邦那群傢伙，還真是一群愛惹是生非的集團。」

好啦——譚雅思考起該怎麼安排……不過步驟很單純。

該說是幸運吧，自己不久之前才剛派拜斯少校前去執行最近這段期間不斷重複的游擊任務；全副武裝並正前往執行戰鬥任務的一個中隊，已在空中待命。

此外作為後續部隊，還有一個訓練中的中隊正在待命出擊。也就是說，Cherubim 分隊的報告還真是來得正是時候。

「02，這是01的緊急通知。變更任務概要，即刻起改為往第十八區塊。」

「……發生了什麼事？」

拜斯少校直截了當地詢問，不愧是幹練的軍人。不會浪費時間是件好事，讓譚雅十分滿意。

「友軍的魔導偵查部隊目視到聯邦軍的大規模突擊部隊越境。目前推斷，恐怕是要去襲擊村莊地區。」

正因為如此，譚雅該告知的內容很單純。

就是對拜斯少校下達任務。

還要盡可能簡明扼要。

「敵情是二～三個滑雪突擊大隊，加上規模不明的敵魔導部隊。貴隊請立刻前往從事防衛支援，阻擾敵軍前進。」

如果基於以上的情勢，譚雅就在這做出明確的指示。

「請前去支援各位友好的村民，努力擊退或是爭取避難的時間。」

雖說還不到愕然屏息的程度，不過就算是拜斯少校，也沒辦法輕言答應吧。

他在沉默片刻後，做出苦澀的答覆。

「恕下官失禮，這件事能否重新考慮？即使要是進行遲滯作戰，帶著非戰鬥人員的遲滯作戰也是……」

「這難以說是我的本意。不過也沒辦法無視。現在要是對自治議會的村莊見死不救，可是會被傑圖亞中將閣下視為利敵行為宰掉的。」

這是譚雅的肺腑之言。自治議會的設立是傑圖亞中將閣下主導的，為了分割敵方戰力所堅決實行的計畫。

假如沒辦法確保友好勢力的安全，就無法期待能在游擊戰中獲得勝利。說到底，安全保障的基礎是實力與信賴……所以要是無法提供安全，就沒辦法取得信用。

「在聖誕節前，或許該這麼說吧。像這樣，該怎麼說好呢……還真是非常無法提昇士氣的通知呢。」

「沒什麼，這也是政治。是親愛的參謀本部送我們的聖誕禮物喲，少校。」

「……真是感謝這美好的禮物。」

不過，還是把拜斯少校的反應當作是現場的反應會比較妥當吧。因為政治理由進行的軍事行動，往往很容易演變成為了愚蠢面子的愚蠢行為。

就算很不爽國定假日的名目，也能理解部下衷心期盼著聖誕假期。雖然不知道官方禁止過聖誕節的共產主義者是怎樣，不過就連沙羅曼達戰鬥群的猛將都毫無疑問是衷心期盼著聖誕節的到來。

「不清楚這能不能讓貴官滿意，但我有個好消息。那附近應該有構築簡易的陣地。只要自治議會他們有好好工作的話，不過……」

「外行人的陣地，我還是別太期待好了。」

要是能點頭贊同「你說得對」，就輕鬆多了吧。

有辦法靠外行人構築的防衛陣地抵禦聯邦軍的攻勢嗎。這要是事不關己，肯定會認為這是場無法信賴的賭博，一笑置之。

可悲的是，譚雅的立場是左右為難的中間管理職。

「我也不會要你挺身奮戰到全滅為止。大隊其餘人員由我率領，立刻出發。」

正因為是強人所難，所以要是能允許他撤退，會有多麼讓人開心啊！唉，譚雅此時甩甩頭。別再抱怨了，至少也要將工作趕快結束掉。

結論很單純。這事有必要迅速解決，也沒辦法無視敵人，所以這事才讓人討厭。會以「政治理由」這四個字組成的魔法咒語將魔導師推落艱苦戰鬥之中的世間，真是沒救了。這正是神不存在的證明吧。

要是懷疑的話，就去見識一下存在X這名惡魔橫行霸道的作為就好。總而言之，將思考重點切換到軍務上的譚雅，迅速告知聯絡事項。

「再補充一點，那裡應該有派遣連絡主管軍官過去。發出通訊，要他們去避難。貴隊向前移動，專心進行機動防禦。」

「收到。預備中隊是由我們接管嗎？」

「考慮到訓練程度，就待命吧。由本隊過去。」

「收到。那我就先前往村莊地區了。防衛時要下達焦土戰的指示嗎？」

對於這個問題，譚雅的答覆極為簡潔而且迅速。

「No。」

「很可能會無法守住，這樣可以嗎？」

在過冬之際，確保床鋪是不可欠缺的事，以村莊為中心的戰鬥，也會是為了取得溫暖床鋪的戰鬥；如果讓房屋落到敵人手中，就會被作為野營地運用吧。

可以輕易料想到，拜斯少校恐怕會「不過下官很想燒掉」的不斷追問吧。

正因為如此，譚雅的答覆打從一開始就決定好了。

「無所謂。02，這是『政治性戰爭』。」

「是要擺出『從聯邦這名惡魔手中捍衛居民』的姿態嗎？」

你這不是很懂嘛，譚雅在心中點頭。

提供安全保證的政治理由，不會容許我們見死不救。要是在聖誕節這個國定假日前後留下這種嚴重醜態，毫無疑問會成為足以影響往後發展的禍根。

只不過，能夠為了明確的夥伴之外的對象拚命……也只有某種怪人才辦得到吧。畢竟正常的軍人可是憎恨著這種浪漫主義。

他們如果是自國國民……沙羅曼達戰鬥群的將兵也會不問詳情的犧牲奉獻吧，但無法否認討論的層級有差。

「我先警告你，別做出徒具形式的防衛行動，給我全力以赴。本隊也會派出增援。其餘的魔導大隊會由我親自率領趕去。」

「02收到。我會早本隊一步，前去從事遲滯防衛。」

就算提不起勁，也不能對工作偷懶。事先叮囑，將前鋒託付給拜斯少校後，譚雅也開始行動。是在無線電通訊途中過來的吧。一瞄到總是在必要的時候，待在必要的場所的謝列布里亞科夫中尉，譚雅就開口說道。

「謝列布里亞科夫中尉，向戰鬥群發出警報，通知全員就警戒位置。」

「是的！我立刻去辦！」

就連副官的本事，譚雅也毫無不滿。不論是副隊長也好，副官也罷，部下的資質還真是太棒了。能確實做好彼此分內工作的團隊合作，正是處於這個時代所需要追求的事物吧。

「其餘的第二〇三航空魔導大隊準備全力出擊。作為據點防衛的預備部隊，讓維斯特曼中尉的補充中隊留下。要他們嚴加警戒。本官要親自率領第二〇三航空魔導大隊。」

「將指揮權交給阿倫斯上尉嗎？」

「沒錯。」譚雅點頭同意，並補上追加的指示。或許是跟太過慎重的梅貝特上尉比較的緣故吧，不過像阿倫斯上尉這樣的裝甲指揮官，往往會過度偏好採取積極的行動。

雖然沒有要再三警告的意思，不過指示必須明確；畢竟不明確的指示所導致的混亂，就跟智力缺乏症的上司做出的愚蠢行為一樣。

「幫我傳達，要他防衛據點。如經過七十二小時都尚未收到後續指示，就向東方方面軍司令部報告狀況，請求指示。」

當然，我也不想考慮萬一的情況。只不過，這是程度上的問題。與其成為把自己音訊不通時的事情「誰理他啊」的丟在一旁的蠢蛋，這樣要來得好多了吧。

畢竟我可不是小孩子，不能丟下交付給我的工作職責不管。

那怕這是份與薪水不符的工作；既然這是雙方同意的契約，這就是沒辦法的事吧。

「對了，然後幫我向 Cherubim 突擊部隊表達謝意。想請妳幫我轉達，說我想請他們喝一杯，作為早期發現敵蹤的小禮物。」

就算是讓工作量增加了，但遷怒帶來壞消息的人，可不是健全的行為。如果將想成為國王的新衣裡的國王那種瘋子視為例外，正確的情報可是在做決定時所不可欠缺的東西。對於提供適當情報的人，必須給予適當的讚賞。

一臉明白的點頭後，作為傳令飛奔而出的謝列布里亞科夫中尉很清楚這件事。我確信如果是她，就能幫我適當地把事情全部做好吧。照這個樣子下去，她將會成為一名優秀的高級軍官吧。

那麼——在做好部署的指示後，譚雅獨自思考起來。滲透襲擊是早就預料到的事。畢竟這是在打仗。這點小事大概雙方都在幹吧。

「哎呀，我詛咒勤勉的共產主義者與民族主義者啊。」

一面碎碎唸著，譚雅一面「總覺得難以理解呢」的不得不發起牢騷。

寒冷是大自然的暴虐。不論是聯邦還是帝國，都會平等地面臨到。就算聯邦軍很熟悉冬季戰，這也不是非常適合遠足的環境。

對運用部隊來說太不適合了。

「在這個冬季發動攻勢，怎麼想都是瘋了。會是武裝偵察嗎？可是，聽說他們就連要集結反攻的戰力都不太順利了……」

一個閃過腦海的主意，是根據戰略目的進行逆向推測。武裝偵察是為了達成後續目的為前提的作戰行動。

當然，前提是要有能基於武裝偵察的結果，發動大規模攻擊的餘力。

只不過，譚雅有點難以理解。

大規模攻勢假如沒有以存在著足以發起攻勢的大規模戰力為前提，就會產生矛盾。聯邦軍有著這種戰力嗎？

「難道聯邦軍戰力恢復的速度比軍方的情報還要快嗎，怎麼可能？」

戰線停滯也才不過一兩個月的事。

就算是聯邦軍，也沒辦法超脫物理法則；就算有著足以說是能從田裡採收士兵的巨大人力資本基礎，也絕對需要最低限度的訓練時間與裝備。

照道理來講，他們應該就連能拿出來進行總反擊的戰略預備部隊都沒有；假如有，聯邦軍絕對會在戰線崩潰之前投入防禦吧；要是不這麼做，聯邦軍參謀本部就等同是產生了一批巨大的游離部隊。

……不過，就算大喊在以推論配合假設之下應該是××之類的話，也無濟於事。

一旦乾脆地無視前提，譚雅將問題做個明確的整理。重要的是敵人的意圖。

「首先，這是不是武裝偵察。」

經由自問自答，能在某種程度內整理狀況。如果是全面攻勢，包含無線電在內，整個戰線都會熱鬧起來。曾參與過好幾次大規模作戰的譚雅，還記得在大部隊行動的戰場上有著一種獨特的氣氛。

在這方面上，譚雅有著不會誤判的自信。

「暫時沒有全面攻勢的可能性。」

仰望著天花板，喃喃說出的這句話充滿確信。

如果是總攻擊，ＨＱ與前線的航空管制官早該慘叫了；如果沒有，事情就奇怪了。基於金絲雀沒有叫的事實，可以毫不迷惑地做出判斷。

「這樣一來，就是有限攻勢。判斷這是武裝偵察的目的會比較妥當。」

假設要盡可能單純。

姑且不論背後的意圖，無法否定聯邦軍發動攻擊，是為了刺探帝國軍防衛線的可能性；重要的是選在這種時機的理由。

「……他們為何會做出這樣合乎風險的判斷？」

跟最初抱持的疑問相同。聯邦軍有辦法確保能夠活用武裝偵察結果的兵力嗎；假如沒辦法，就是在徒然浪費人命。就算是聯邦，也很難想像他們會容許這種徹底的浪費行為。

當然，如果是根據武裝偵察的結果放棄攻擊的念頭，還能說是「最小的犧牲」吧。如果能用少數的犧牲保護全體的安全，肯定就連軍組織都會讚揚這是一場悲劇。

然而，這是徒然的犧牲。

既然如此，就該考慮其他的可能性吧，譚雅重新思考。

「可能性之一，這是騷擾攻擊。」

最有可能的答案是騷擾。

以讓我方的疲勞極大化這點來講，也可說是種古典的戰術。問題在於，動員的敵部隊光是確認到的就有一個旅團規模的事實。

以騷擾攻擊來說，投入的部隊太過剩了。

況且還沒辦法保證越境入侵的部隊就只有這些。假如各地戰線有敵人潛伏的話，也無法否定是分隊的可能性。

狀況可說是水裝滿一半的杯子吧。該樂觀地認為還有一半，還是該感慨只剩下一半，全看譚雅怎麼想。

覆水難收。

在這種情況下，倒出去的水即是時間，也是主導權。不能再讓杯子裡的水繼續流失了。沒辦法了，譚雅重新做好行動的決心。

一下定決心，就必須徹底展開行動。其餘部隊的快速反應出擊要迅速且極有秩序地進行。

第二〇三航空魔導大隊的本隊，是由兩個中隊組成的部隊，由提古雷查夫中校親自率領。他們形成空中突擊隊形，一路趕往村莊地區。

就算途中收到東方方面軍司令部傳來，聯邦軍經由複數地點越境入侵的消息，沙羅曼達戰鬥群的任務也依舊不變。真是幸運，譚雅確信自己選擇的行動沒錯。要是慢了一步，就會得要在杯子更加傾斜的狀態下出擊吧。

「……該說果然是武裝偵察吧。」

有種難以接受的心情。

不過，分心思考是很危險的事。必須要有名為時間的奢侈水源，才有辦法湧出良策；只能先完成本分，然後再花時間思考。

這儘管非我所願，但也不能放著眼前的威脅不管。

「副官，敵電波有變化嗎？」

「依舊沒有。聯邦軍部隊不是只使用近距離部隊內的加密通訊，就是正在徹底施行無線電靜默的樣子。」

「……奇怪，不是說有複數部隊越境嗎？」

正常來講，複數的部隊如果要合作維持作戰行動，就必須要有長距離通訊；因此對監聽方來說，就會想反過來利用敵方的長距離通訊，掌握他們的所在位置。

沙羅曼達戰鬥群與司令部之間的通訊就是個很好的例子。就算是聯邦軍，在監聽到我方的通訊後，就算看不懂內容，也肯定會將「司令部」與「不明部隊」互相通訊這件事，作為判斷材料加以運用。

「是的，中校。雖說受到天候影響，電波狀況不太穩定……但直到現在都沒有收到長距離通訊電波的話，就可能是敵方特意這麼做了。」

「意外地會想呢。」

譚雅苦笑回應著副官的話語，在心中坦率讚賞起敵人的狡猾。

就算是像謝列布里亞科夫中尉這樣當地居民等級的聯邦語使用者，也不可能當場解讀加密過的短距離通信。

「我想是因為還不熟悉合作方式，所以乾脆選擇單獨行動吧。」

「恐怕是吧。」

這下棘手了——譚雅在心中微微抱怨。

只要複數的部隊互相通訊，也比較容易鎖定所在位置……一旦敵方不頻繁使用無線電，就甚至必須預期意料之外的偶發遭遇戰；就算是為了與從其他路線先行的拜斯少校的一個中隊在當地會合而趕路的途中……沒辦法掌握敵情也讓人很不愉快。

或許乾脆就容許一點時間損失，先為了集結戰力讓部隊會合吧，正當譚雅思考起這種打算時。

「02呼叫01，急報。02呼叫01，急報。」

是參雜著些許雜訊，拜斯少校緊繃的聲音。

聽到通訊的譚雅立刻反問。

「這裡是01。通訊狀況正常。什麼事？」

「02呼叫01。已接觸敵軍。」

是所擔心的意外遭遇戰。

「正與疑似聯合王國軍的魔導突擊部隊交戰中。」

「01收到。」

「該死。」譚雅沒能收回脫口而出的罵聲，狠狠地罵了出來。

聯合王國部隊？

就算在戰場上誤認敵人是常有的事，拜斯少校會看錯的可能性也是微乎其微。是聯合王國軍部隊在協助聯邦軍的作戰行動嗎？

「全都慢了一步啊。判斷材料太少了……」

視情況，可能還會有聯合王國軍部隊的增援。

「與聯絡軍官的通訊呢？」

「可能是電磁干擾，或是無線電受到損害吧。聯繫不到對方。」

就算知道沒用，也還是詢問副官所得到的答覆，不出所料。

不僅無法把握敵情，而且還懷疑起有未確認到的敵戰力存在的情況。就連派去救援的戰力是否足夠，也漸漸無法確定了。

不管怎麼說，狀況不太樂觀。

「通報司令部，更新狀況。」

譚雅條件反射似的下達通報的指示。她在甚至想咬牙切齒的衝動驅使下斟酌起狀況。

身為指揮官思考的是眼前狀況的棘手程度。

敵部隊恐怕有複數單位正在各自單獨行動吧。理論上，這也能說是對分散配置的敵人各個擊破的好機會，但在缺乏偵查手段的現況下，這只能說是紙上談兵。

依舊無法否定偶發遭遇戰的可能性，棘手的是，就連敵方的規模都無法確定；要說這是戰場迷霧的話，就束手無策了，但就算是這樣，也不能放任這種狀況繼續下去。

救援很困難。

「……沒辦法回報無法救援的立場，真是痛苦。」

帝國軍假如對自治議會的支持者見死不救，就會陷入惡性循環。

這弄得不好，將會成為心腹大患吧。認為帝國軍無法信賴的自治議會，有可能會完全倒戈到聯邦陣營。傑圖亞中將奇蹟似的建立起來的後方地區安寧將會化為烏有，讓帝國軍的後勤路線暴露在比以往更加龐大的風險之中。

「或是說……這就算回報無法救援，也回不去吧。」

只要考慮到狀況緊迫，答案就很明白了。

畢竟戰局所追求的是不會對自治議會見死不救的姿態。在這種狀況下，帝國軍參謀將校的典型思考是冷酷無情的。

「不論會成功還是失敗」都要送出救援部隊吧。

如果成功那就好；如果失敗，也會說著儘管未能趕上，不過我們也為了救援付出了莫大的犧牲，在他們面前掉幾滴淚。參謀將校就是這種生物。假如祭品的羔羊不是自己，譚雅也肯定會很樂意地舉雙手贊成獻上祭品。

撤退完全不在考慮的選項之中……這豈不是跟聯邦軍的立場相反了，有種甚至讓人想罵出這句話的錯亂感。

「嗯……錯亂？」

不經意說出自己的想法，譚雅忽然思索起來。

有什麼跟往常不同。

那會是什麼？

相反的立場。

「該不會，這該不會……？」

只是可能性的假設。

然而，譚雅腦海中浮現的是恐怕是在從事武裝偵察的聯邦軍人的心理狀況。侵入敵地享受惡作劇的一群人。就連撤退時機也會充分留意吧。

不對，是不得不去留意。

只要站在對方的立場上思考，行動原理就一目了然。要是能逃的話，當然會想逃走啊。真的必須要感謝學校教育有教導我們，「要成為懂得站在對方立場上思考的人」。

「……提升高度！提升到高度八千英尺！」

因此，譚雅將隱匿的努力狠狠拋開；當場放棄以低空匍匐飛行前進，隨後在闖入戰鬥領域前上升的既定計畫。

對於副官以下一臉錯愕的將兵，譚雅以堅決的語氣下達指示。

「將魔導反應提昇到最大輸出！上升，給我上升！」

朝著用眼神詢問「這樣好嗎？」的副官，譚雅咆哮起來。

「給我做！」

「聽好。」繼續說下去的譚雅充滿確信。

「將我們的所在位置清清楚楚地傳達給敵人知道！也將無線電頻道開啟，要做公開廣播。給我用最大輸出。」

「咦……咦？」

「向村莊廣播：『我們是帝國軍沙羅曼達戰鬥群。趕路中，再稍微堅持一下。』同時進行帝國語與聯邦語的廣播。」

「我想村莊那邊恐怕接聽不到……」

「這種時候，無所謂。」

因為發出叫喊的行為本身就是目的了。

特意展現的姿態，只要擺出來就有意義。能不能傳達到，就算放在第二、第三順位也無妨。

「可以嗎？」

「『自治議會』與『聯邦軍』會接聽到吧。」

譚雅斷言。

參謀本部肯定會贊同她的做法。

第二〇三航空魔導大隊準備朝著大批敵軍全力突襲的演技。

就算沒能趕上，光是有展現出動軍前往的模樣，情況就相當好了吧。

「這很可能會讓敵方做好迎擊態勢。」

「無所謂。敵方要是這麼做，就會減緩對村莊地區的攻勢吧。通知他們增援正在接近的事實並不是件壞事。」

只要公布所在位置，就還能期待聯邦軍部隊自己靠過來的可能性。這種情況下，只要拿救援途中的意外遭遇戰作為藉口，給他們阻擋下來就好了吧。

幾乎沒有問題。

只要除去損耗會大幅提昇這點就是了。

「我期待聯邦軍的魔導部隊會是個膽小鬼。去教育一下那群小偷吧！大隊，以最大功率發出突擊信號！跟上！」

當天　多國籍聯合部隊

廣範圍發射的無線電波，輸出功率大到讓德瑞克中校當場傻眼。

除了突擊信號外，還露骨地展示己隊位置的衝鋒；只要感應魔導反應，就算再不願意，也能識別出是一票 Named。

自萊茵戰線以來，就一直記得的波長。

不可能會搞錯的。

是他，是他們來了。

萊茵的惡魔，那群惡鬼。

「中……中校！」

「我知道！」

當下感到大事不妙的德瑞克中校，轉身衝向米克爾上校的本營。

「米克爾上校，是那個 Named 大隊！」

「我有收到電波！情況如何？」

「已有一個魔導中隊迂迴包抄後路，正在與我方的防衛部隊交戰當中。敵我戰力差距極大，我一個中隊光是遲滯作戰就達到極限了。」

「……該死！這是最糟的情況啊！」

在朝應該是帝國軍前來方向的天空看一眼後，米克爾上校會破口大罵也不無道理吧。

聯邦軍參謀本部的事前預測，是估計帝國軍的初期反應會相當緩慢。他們甚至還保證時間會充裕到足以壓制村莊並化為防禦陣地。

現實是如何呢。

帝國軍的反應未免太快了。

「壓制狀況？」

「……整體來講不太樂觀。照目前的狀況，沒辦法衝進村莊內部。」

「不過就是村莊耶！這怎麼可能！」

德瑞克中校忍不住大叫起來。在步兵與魔導部隊的聯手下，就連一個村莊也壓制不了？

「那是構築好四周防禦的要塞啊！」

「怎麼可能，我們可不是在襲擊軍事據點耶！」

有點難以置信。

就德瑞克中校所知，所謂的村莊是居住地，並不是什麼依防衛目的所構築的野戰陣地；儘管如此，卻受到據點化了，這讓他無法理解。

「魔導師的火力打不穿嗎？」

「已嘗試過兩遍了。想定反裝甲情況的貫通術式打不穿。儘管是以沙袋為主的原始防衛陣地

……應該帶重砲來的。」

傻眼就是指這麼一回事吧。明明是隨便抽選的村莊地區，卻化為沒有重砲就難以攻略的陣地？

「……沒想到會徹底到這種地步。」

他畢竟是對反叛亂治安鎮壓戰，就只會在殖民地引起騷動這種程度認知的海陸魔導軍官。

愕然的德瑞克中校，就像忍不住似的抱怨起來。

「真難想像……當地居民被逼到得做出如此水準的野戰築城嗎？」

讓人覺得乾脆說是暗號遭到解密，還是高層之中有鼴鼠潛伏還比較有真實感。

不過這種疑慮，卻遭到站在身旁的一名男人以狠狠說出的苦澀話語否定了。

「……恐怕是有可能吧。」

「米克爾上校？」

「對他們來說，我們聯邦軍是共產黨的軍隊。畢竟是我們親愛的黨，想必對他們……『施行了相當多的暴虐行為吧』。」

他狠狠說出的這句能用過於強烈的敵愾心說明的話語，充滿著諷刺意味。

米克爾上校儘管應該深愛著聯邦，卻沒辦法說他是共產黨的忠犬；儘管不是，卻一樣得忙著收拾主人的善後。

還真是矛盾啊。

不論是誰，都同樣發自內心厭惡著共產黨；儘管如此，卻因為立場不同而面臨交戰的下場。無法互相理解，還真是深感遺憾。

沒辦法，德瑞克中校甩甩頭。

對話需要時間。對戰時狀態下的軍隊來說，時間這項資源實在太過珍貴了。

就算是武裝偵察，也沒有成為優秀祭品的道理。對確保好退路，提心吊膽地侵入敵地的一方來說……可是想盡快回家的。

對德瑞克中校來說，只要能得到某種程度的成果，他就會立刻掉頭回營，甚至已經跟米克爾上校私下談好了。如有必要，甚至考慮以聯合王國軍的德瑞克中校提出抗議的形式撤退。

「……需要成果啊。」

「莫斯科想要的是就是這個吧。」

然而，也沒辦法兩手空空地逃回去。米克爾上校也有他的立場。真是可悲，如果失敗，就得將尊敬的友人交到慈悲為懷的黨的手中。

「那就替聯邦與聯合王國的聯合作戰錦上添花吧。就算只是表面上，也必須得贏。」

「沒錯。」就在米克爾上校帶著苦笑，點頭贊同自己的說詞時。

兩人目擊到企圖接近碉堡化的牛舍的步兵分隊，觸動到疑似設置在排水溝裡的炸彈而遭到炸飛的模樣。

最後還遭受到就像做過歸零調整似的射擊。

「啊，該死。這是最糟的情況啊！」

在抱怨的德瑞克中校眼前呈現的景象相當驚人。

在倖存者陸續倒下的情況下，儘管覆蓋防禦殼的聯邦軍魔導師衝上前去，不顧一切地投出煙霧彈，防守方的槍擊也依舊毫不中斷。

就算聽不懂聯邦語，此起彼落的怒吼與悲鳴的內容也是世界共通的吧。讓自負經歷過悽慘戰場的他，會在心裡想起所知道的一切髒話朝上帝罵去的景象。

就算是聯邦軍，也不會默默讓人打不還手。魔導部隊朝碉堡發射大量的術式，步兵則是在這波支援之下接近牛舍，用炸彈讓防守方安靜下來。

這是要將碉堡化的房屋，一個一個依序擊潰吧。

但就算這麼做，犧牲依舊是增加了。

就在為了收容少數傷患，四處投擲煙霧彈，好讓聯邦軍部隊重整態勢的空檔，軍官單手拿起擴音器，大聲喊道。

「我們是負責武裝游擊隊掃蕩任務的部隊！只要各位交出游擊隊，我們就會保障村莊的安全！」

「投降吧！」

「我們拒絕！」

反應十分激烈。共產黨似乎是幹得相當過分的樣子。

「……由聯邦軍來喊，會是這種反應啊。」

喃喃自語後，德瑞克中校把跟在身邊的口譯找來。

儘管趕時間，也還是將要說的話確實翻成聯邦語，雖說講得很爛，不過在確認完足以把事情辦好的發音後，德瑞克中校就開始行動。

「米克爾上校，這件事就交給我們了。」

「什麼？」

一回到準備再次攻擊的米克爾上校等人身旁，德瑞克中校就直截了當地提出要求。

他很清楚要是在這裡取得承諾，恐怕會對米克爾上校在聯邦軍內部的立場不太好吧。以大半是獨斷獨行的形式，德瑞克中校用拙劣的聯邦語大聲喊道。

「我們是聯合王國軍！請向我軍投降吧！身為國王陛下的軍人，我們會基於國際法準備各位的待遇！」

什麼？——瞬間的沉默蔓延開來。

在厲聲拒絕投降勸告的居民面前，做好覺悟的德瑞克中校把心一橫，為了展現自己的軍服採出身子。

就算是魔導師，只要防禦殼被打穿也一樣會死……但不好面子、不瘋狂的海陸魔導軍官，就像是沒有靈魂的人。

「要是拒絕，我們就會讓聯邦軍衝進村莊裡！」

用聯邦語把話說完的德瑞克中校，確信自己的話語造成了影響——止歇的槍聲就是佐證。

最重要的是，闖進毫無遮蔽物的空間裡的德瑞克中校自己並沒有遭到射擊。

第一階段過關了。

之後就是把嚇得半死的口譯拖到這裡來進行交涉吧，德瑞克中校原本這樣認為，不過他的預測卻朝好的方向落空了。

「你……真的是聯合王國軍嗎？」

他聽到了熟悉的母語。

「連軍服的差異都看不懂嗎？」

邊用母語吼回去，德瑞克中校邊再度向上修正他對村莊地區的評價。為什麼住在這種邊境地區的聯邦公民，能夠自然地說出聯合國官方語言啊？

「交出你們不是聯邦軍的保證來！」

「我能挺起胸膛斷言！我看起來會像是連自己的所屬軍隊都搞不清楚的蠢蛋嗎！」

「別開玩笑了！」

居然會淪落到要用聯合王國官方語言互罵的下場，人生還真是難以預料啊。不過，能省時間是值得歡迎的事。

「投降吧！我向軍旗發誓，『只要你們肯交出戰鬥人員』，我們就會保證非戰鬥人員『在這裡的安全』！」

他們會理解話中的涵義吧。拜託……還請聽懂啊。德瑞克中校在這瞬間向上帝祈禱著。很幸運的。

上帝似乎是聽到了自己的願望。

「……現在就出去！」

「很好，把『戰鬥人員』交過來！」

他們擠出來的答覆，正是迫不及待的答案。

這是妥協的交易。

不過，也是雙方最低限度的讓步。

「停止開槍！別給我幹蠢事！」

米克爾上校發出怒吼，幫自己避免擦槍走火事態的舉動，還真是可靠。畢竟要是在最後關頭把事情搞砸的話就危險了。

感覺就像是經過了極為漫長的一段時間。

「拋下武器，舉起雙手過來！」

「該死。」

步槍被輕輕拋在雪地上。

就在一把、兩把地逐漸增加之後，十幾名男人在德瑞克中校面前舉起雙手排成一列。

特意走到他們身旁的德瑞克中校，故意在眾人面前大喊。

「給我綁起來！想定以空運回港口的情況，給他們穿上厚衣物。以俘虜身分送回本國。可千萬別給我犯下讓俘虜凍死的失誤啊！」

這些話大半是為了讓俘虜安心，同時也是在對恐怕激起敵愾心的聯邦軍做出警告。

這麼做是很費事，不過是必要的手續吧。

就在聯合王國軍的軍人確保俘虜的過程中，一旁的德瑞克中校就像卸下肩膀上的重擔似的嘆了一口氣。

實際上，這就跟成功解除了村莊地區的武裝沒有不同。由於是要他們交出戰鬥人員，所以對方交出的全是成年男性。

……現在要是試圖控制村莊地區的話，毫無疑問會遭到反擊。

「辛苦你了，德瑞克中校。不僅抓到俘虜，還在形式上壓制了村莊。這會是充分的戰果吧。立刻撤退吧。」

「你是怎麼了啊，就再稍微玩一下吧。」

「感謝你的關心，不過沒必要。考慮眼前的狀況，就只能撤退了。」

就像在說「我聽不懂你在說什麼耶」似的，德瑞克中校把手放在耳朵旁邊給他看。

差點破口大罵「別鬧了」的米克爾上校，就在德瑞克諷刺地指著在遠處現身的政治軍官後，一臉恍然大悟的點了點頭。

就用語言障礙的名目，讓政治軍官也跟撤退的判斷扯上關係。這是德瑞克中校所策劃的小鬧劇的劇本。

「也就是要讓她口譯吧。」

「是呀……偶爾演場鬧劇也不錯吧。」

「這個劇本要是順利通過，就轉行去當劇作家如何，德瑞克中校。我會幫你向倫蒂尼恩的老劇院寫封推薦信喔？」

「哈哈哈，到時就拜託你了。」

一臉明白的米克爾上校用聯邦語叫喚著政治軍官。

當然，這是個能視為任務已經達成的狀況。不用說，撤退是最適當的選擇這種事，就連政治軍官這種半吊子的軍人也很明白。

正因為如此，三流戲劇也能獲得某種程度的成果。

就算聽不懂米克爾上校向她滔滔不絕說出的聯邦官方語言，德瑞克中校也能推測出對話的內容。

畢竟劇本是我寫的，這也是理所當然的事吧。

「……米克爾上校說他還能戰鬥嗎？」

在以根據氣氛判斷出情況的感覺插嘴詢問後，政治軍官就一臉困擾地點點頭。

「真是非常抱歉。德瑞克中校，能請你稍等一下嗎？」

政治軍官一面向我賠罪，一面向米克爾上校說起什麼事來。就算是理當聽不懂的異國語言，現在卻不可思議地能猜出內容，這還真是相當愉快。

大致上，應該是政治軍官很讓人感激地在說服或是勸說頑固的米克爾上校撤退吧。就如同德瑞克中校的劇本，演出著米克爾上校有別於真正想法的不肯撤離，而將政治軍官牽扯進來的德瑞克中校，則是堅持主張撤退的戲碼。

這種太過簡單的劇本，仔細想想還真是齣鬧劇，不過考慮到針對聯邦高層的表現，這就會是必要的手續。只不過，這齣戲也沒辦法慢條斯理地上演太久，總不能讓看慣三流戲劇的帝國客人看到這種蹩腳戲碼。

正在趕往這裡的帝國軍魔導部隊，恐怕會是一批棘手的傢伙；負責確保退路的部隊正在與處於優勢的敵軍交戰，也有必要迅速脫離。

「恕我失禮，能先安排將俘虜後送的手續嗎？」

「這是不得已的措施吧。米克爾上校這邊會由下官負責說明。還請隨意安排。」

「多謝關照。」

一取得政治軍官的許可，德瑞克中校瞬間就為了迅速安排後送的手續返回部隊。

一旦要將十幾名成年男性後送，實際上，就跟一個魔導中隊脫離戰線是相同的意思。魔導部隊要獨自脫離是很簡單，不過在帶著步兵部隊的情況下，也不能放棄對他們的支援。

沒辦法，德瑞克中校毫不遲疑地選出最適當（沒有用）的部隊。

「蘇中尉，去準備後送俘虜。」

「是要後送俘虜嗎？」

「沒錯。由貴官負責，將向我方投降的俘虜確實移送。預定會在RMS安茹女王號修理完畢後，用那艘船送往本國。」

將後送俘虜的事情交給最派不上用場的中尉的中隊負責後，德瑞克中校的心思就早早跳到撤退的步驟上。

敵人自稱是救援部隊。

也就是說，目的會是村莊地區的防衛與救援吧。

就算想期待他們不會窮追不捨，但也不能把希望寄託在樂觀的推論上，還真是讓人為難。

……就這層意思上，想優先讓步兵撤退——正當他考慮到這裡時。聯邦軍步兵部隊就在拿起卸除的滑雪板後，開始迅速離開村莊。

總算是結束了——或許該這麼說吧。

朝我走來的政治軍官臉上也露出安心的神情。

「米克爾上校理解了嗎？」

「是的，中校！上校同志已發出後退命令了！」

「太好了！」

很好——德瑞克中校點頭回應，就在他準備快步衝出時，注意到政治軍官有話想說的表情。

「是要在貴國進行軍事審判嗎？」

「他們是也有朝我方開槍的凶手。總之，會嚴格追究他們的刑責的。」

是這一回事啊——在理解她想說什麼後，德瑞克中校就掛上虛假的冷笑，向她做出會進行嚴厲懲罰的保證；雖說是俘虜，不過坦白講是一群立場讓人同情的人，所以是打算用葡萄酒與蘇格蘭威士忌還有香菸，充分地追究他們的責任。

「還希望你能從輕量刑。」

「咦？」

「他們也是我國的國民……雖說有著不幸的經緯。」

這還真是出人意料。

德瑞克中校有著一種成見。認為共產黨的走狗往往都會是一群虐待狂。正因為如此，才會單純地以為共產黨員會希望對俘虜嚴懲吧。

「身為一名政治軍官，我想拜託你。只能口頭答謝是很過意不去，但還希望能從輕發落他們的待遇。」

大概是有著不會干涉戰場的自制心吧，不過一等戰鬥結束就冒出來的習性，怎樣都無法喜歡。

而且還若無其事地說出這種漂亮話來！就德瑞克中校看來，這只能說是難以理解的感性。

「我方的軍事審判對匪賊的最高刑責是槍決……他們會有怎樣的待遇，我也難以斷言呢。」

「德……德瑞克中校？」

「中尉，還有事嗎？」

要是沒問題就開始行動。德瑞克中校就像是在這麼說似的擺動下巴，把麻煩事的源頭趕走。

「……這聽起來是很嚴厲，不過法律要是不去遵守，就會失去意義。不是嗎？」

「告辭了。」打過招呼後，德瑞克中校就快步衝出。雖然是理所當然的事，不過戰爭最困難的即是撤退戰。

身為指揮官，他要做的事情太多了。

飛上天，俯瞰村莊……還近在眼前。會覺得一面支援友軍脫離一面後退是魔導師的本願，就只有一瞬間而已。

後送俘虜與確保退路的任務，對瑪麗來說也不是什麼瞧不起人的命令。

只不過，還是會覺得不捨。

「追擊要來了！脫離！脫離！」

粗暴喊出的撤退命令。

「阻擾戰鬥呢？」

「敵前鋒是疑似快速反應的魔導部隊。那種人數，只要越過防衛線就不會再追了！」

「大家別擔心。」指揮官做出保證的對話讓人煩躁。

『要升空了！』在響徹天際的叫喊聲中，瑪麗也明白自己不得不脫離了。

逃走非我所願。

如果可以的話……真想轉身迎擊，讓帝國軍，不對，是讓萊茵的惡魔大吃一驚。

「……還不行。」

我知道對方是強敵。

也很清楚在銳牙能傷到她之前，必須要避免做出讓牙齒折斷的行為。

不過，總有一天。

在不久的將來，我絕對……

「會奪回來的……我們會奪回來的。」

仍舊是無法觸及。

仍舊是力量不足。

仍舊是比不上她。

一堆仍舊是。

「然而，我是不會放棄的。」

父親的敵人。

大家的敵人。

……因為我們必須得要回去。

「現在，就只有現在，我們會離開。」

如此喃喃低語的瑪麗耳中，聽到大叫撤收的次數逐漸減少。

必須得快點了。

夥伴已陸續做好脫離的準備了吧。

就算不甘離去，內心嘶吼著想在這裡戰鬥到最後一人為止……也不得不忍下來。

就算是後送俘虜的任務，也是個優秀的任務；再猶豫下去，不只是會給自己，還會給全員增添困擾。

所以，就在此發誓吧。

瑪麗俯瞰著，再一次回頭，在心中重新發誓。

「我，我們，絕對……」

接連敗北。

這次也比不上她。

但是，總有一天。

最後一定會。

「……我絕對會回來的。」

這一天的戰鬥，假如以後世的客觀角度來看，帝國、聯邦與聯合王國這三者全都達成了自己應當達成的目的。很難得的，他們全都發自內心自負自己是勝利者，就這點看來，這甚至可說是一場罕見的戰鬥吧。

帝國軍直截了當地說，就是戰術上的完全勝利。

對於發動有限攻勢的聯邦軍，帝國軍前線部隊分別在各處毅然展開反擊戰；甚至獲得自治議會體系的民兵支援的帝國軍，沒受到多少損害就完成了防衛戰鬥。

藉由向自治議會與市民展現出提供安全保障的意思，讓雙方的合作關係發展成名副其實的同盟這點，也值得大書特書一番。

最後，不僅成功抽出精悍的預備部隊，還局部性地推進戰線的帝國軍所達成的成果，讓帝國能以純軍事的觀點自負為勝利者。

另一方面，聯邦軍則是在重大但可容許的損害範圍內，成功獲得所渴望的戰略情報。

共產黨首腦集團因此注意到，所預想的帝國與自治議會關係，由於所謂「獨立的糖果」發揮效能，讓針對聯邦的分離主義明顯橫行的情況，比想像中還要嚴重。

在這件事上，據說聯邦軍參謀本部因為有機會讓政治局服下名為「現實」的劇藥而大聲稱快。

戰場的現實，將名為意識形態的透鏡打破了。

沒有面臨到致命性的軍事敗北，就成功讓他們看清楚軍事上的現實，這一點讓聯邦軍參謀本部與內務人民委員部，在對內方面取得了巨大的勝利，值得大書特書一番。

而或許該說就結果來看吧。聯合王國軍的派遣魔導部隊在這場戰鬥中取得了微薄的戰果——少量的俘虜與少量的軍事成果。

儘管如此，有利於政治的勝利，不論要說得有多誇張都行。

勝利會伴隨著讚揚。聯合王國軍的德瑞克中校等人海陸魔導部隊的活躍，就作為對大家都有利的成果受到極力稱讚。

然而，這是日後的觀點。

在當時的聯邦，很少有人能將大聲指責著之前的戰鬥是「慘敗」的人，視為搞不清楚狀況的蠢貨。

就身為少數例外的羅利亞內務人民委員看來，只能說周遭人的理解能力差到令人噴飯。因此，這一天的羅利亞內務人民委員是發自內心地感到極為不悅。

「就武裝偵察而言，這是純軍事上的慘敗吧。必須將我軍在小規模戰鬥中的戰術劣勢視為一項重大的課題著手解決。」

這是針對「難道不是依照你的計畫行事才敗北的嗎？」的彈劾，做出的答覆。

儘管沒有比遭到連簡單明瞭的結果都無法理解的人譴責還讓人不爽的事，他的語氣依舊是極為平靜。

「……不過，更重要的是政治問題。倒不如說，能掌握到這件事，就足以將這次的犧牲全部正當化了吧。」

打從一開始就囑咐過，這是為了把握政治情勢的出兵。

他向書記局、政治局，到處不斷地，再三地，可說是不厭其煩地要求他們理解，這是為了把握狀況的作戰行動；途中由於連聯邦軍參謀本部也有這個意思，所以還一起進行說服工作。

儘管如此，到頭來還是冒出大量以為「這是打擊羅利亞與參謀本部陣營的大好機會！」而意圖把事情帶到政治鬥爭上的蠢蛋……對羅利亞來說，這就只能替他們挖好墓穴了吧。

只不過，羅利亞表面上依舊不改拚命提出反駁的表現。
釣魚需要忍耐。就跟戀愛一樣，是一種策略。
就這點來講，羅利亞知道耐心等待才能得到最大的成果。這是在與妖精的戀愛策略中學到的。
「這個政治課題是什麼，很簡單。各位同志，帝國散播的『獨立保證』對聯邦來說，已成為最糟糕的毒藥了。」
他在瞥了一眼後，朝會議室說出的話語中，帶有極為重大的意思。
能理解這點的賢明之人皆無言點頭，誤以為羅利亞是在掩飾自己失態的蠢蛋，則是揚起難以忍住的笑意。
想欺辱他的氣氛，竟能如此簡單地看出來。啊，知性會表現在臉上呢……羅利亞甚至難以忍住苦笑。
「帝國軍拋出的『民族自決』這個夢想，已發揮出效果了吧……不得不判斷，分離主義者與帝國軍的關係性是超乎想像的強固。」
儘管如此，羅利亞姑且還是把這當成工作，繼續報告下去。
聯邦軍面臨的反擊比想像中還要強硬。偽裝成「當地居民」的武裝集團所做出的激烈抵抗，就彷彿是在對侵略者做出的抵抗。
只要整合潛入觀測員的回報，答案就顯而易見。就連前線附近，都對聯邦軍絕望性地缺乏信賴；就連敵愾心，都受到廣泛的認同。

「就如各位已經知道的，帝國軍部隊已大幅恢復行動自由的樣子，不過目前已確認到更加不妙的因素了。」

占領地區的治安維持，是由少數民族的分離主義者擔任，這是早就知道的事實；不過就算知道，也依舊不改這是個驚人消息的評價。

讓聯邦共產黨中樞不得不為之顫抖的理由，就只會是帝國軍有辦法建立起能將治安維持交給「分離主義者」的「信賴關係」這件事。

開戰最初的敗北是很震撼。帝國軍縱橫馳騁地展開機動戰的惡夢極為強烈。從廣大空間的治安維持中解脫的帝國軍部隊，能夠自由行動？而且甚至還不會因為游擊活動受到損耗？

這不叫恐怖，還有什麼算是恐怖啊？

「由於政治軍官隱瞞實情，所以全貌尚未明朗。」

「聽好。」羅利亞說出彷彿讓在場眾人為之凍結的一句話。

「雖然只有部分，不過聽說也有目擊帝國軍與『分離主義的當地居民』並肩作戰的案例。」

並肩作戰，肩挨著肩的奮戰。

這所代表的意思，可沒有字面上這麼簡單。

信賴與信用是很沉重的。再怎麼說，只要經歷過動亂的時代，就不可能誤解這個意思吧。

假如不是信賴著具備戰鬥經驗的武裝異邦人，擁有著能成為身旁戰友的信賴關係，是不可能與他們並肩作戰的。行動明確述說著信賴這個單字。

「……能把握到正確的敵情，應該值得高興吧。因此，我們不得不承認，不太能期待獲得占領地區的各位同志協助。」

「可以請教一件事嗎。同志的發言聽起來，就彷彿是共產黨員已敗給『分離主義者』一般的言論。老實說，難道連地下活動的根基都沒辦法打下嗎？」

基於教義的正確指責——羅利亞在內心裡苦笑。

這種正確性在現實的戰場上毫無意義。竟然忘了必須得和現實妥協，還真是慘不忍睹。

只不過，不能無防備到讓人正面指責可是聯邦政治的本領。正因為如此，羅利亞誇張地點了點頭。

「就結論來說，這並不是不可能的事。」

「請聽好。」羅利亞接著說道的語氣非常平靜。

「只要有適當的支援，投入適當的人員，並由適當的指揮官擔任指揮，就不會有任何問題吧。總而言之，可以說未來是由人所開創的。」

「對了。」就像靈機一動似的，羅利亞拋出話題。

「不知意下如何啊，同志。倘若你能為了人民挺身而出，就再好不過了。」

「……你……你是說我嗎？」

「現場傳回的報告也很混亂。當下的狀況需要正確可信賴的報告者。倘若同志肯表明堅決的意志，我也想拜託你身負此任呢。」

暗示要將他送往現場，羅利亞溫柔地展露微笑。

把這些只會出一張嘴，以為事不關己的傢伙丟進殘酷的游擊戰中，心情想必會非常愉快吧。

「等一下，羅利亞同志。」

遊戲總是會在最盡興的時候不得不結束。

「你說就連情報的流通都很容易中斷？也就是說，就連內務人民委員部的情報網都受到相當大的壓制嗎？」

會讓羅利亞必須立刻端正姿勢的對象，就只有一個人。

「是的，總書記同志。誠如你所言。」

羅利亞立即表示同意。

「……我非常能理解反動主義者與分離主義者討厭我們。」

呢喃聲的主人，出乎意料地以理性的語調詢問。

「但是，為什麼會討厭到這種地步？」

這是對「我們共產黨遭到討厭」所提出來的詢問。

要正面回答，就政治上來講會很困難吧——羅利亞在內心苦笑。

「誠如總書記同志所言。我們在民族政策上應該對他們做出相當程度的讓步了。侵略者為什會這麼受到歡迎呢？」

「也就是資本主義者與帝國主義者的政治宣傳優秀到這種地步吧？」

看似隨聲附和的傢伙一臉不可思議地表示同意的模樣也顯得可笑；要是真的不懂，他們就完全是無能吧。

至於總書記同志，肯定是太過討厭「不利的報告」了。算了——羅利亞切換思考。

既然他想知道，就只能指點一番了。

他忍著苦笑，在舉手示意「方便發言嗎？」後，以嚴謹的態度插話。

「民族主義是沒有道理的。」

基於加以活用的立場，羅利亞很清楚情緒所具備的作用。不是因為道理或現實主義，浪漫主義的要素才是一切。

要視為是創造出來的存在一笑置之，早已是不可能的事吧。

民族只是一種幻想——這個共產主義的官方綱領，在民族大夢這句話之前，還真是顯得虛幻無實。

「羅利亞同志？」

「就連我們，不也有充分運用這點嗎？」

共同的大義，民族的防衛，總而言之就是民族主義。

正因為有所共鳴，聯邦軍至今才能連無法確定是否信服於黨而送去集中營的將兵們，都能善加運用。

「高舉著民族的大義，揮舞著民族的大旗，以民族的話語歌唱著民族的歌曲。這儘管是太過常見的事，不過效果極為強大。」

對推動這件事的羅利亞來說，獲得了甚至讓他瞠目結舌的成果。

那些有過集中營經歷，本以為一定會背叛的將兵，叛離率卻低得驚人，願為了黨驍勇奮戰。

只要肯明確承認，他們也是出色的愛國者。

是在愛國心的驅使之下，為了與祖國的敵人交戰，拿起武器的一群人！就算只是徒具形式，不過向聯邦共產黨這個組織宣誓效忠的前集中營居民也不罕見。

「我就在此唸出來自前線的報告吧。只要是為了祖國而戰，全體將兵都會為了應當守護的物

解說

【集中營】 矯正不良習慣，教導勞動之美的訓練營；經由充滿勞動價值的喜悅，讓人達到壓倒性的成長。另外，愛嚼舌根的傢伙們也把這叫做強制收容所。

事，毫不猶豫地持槍戰鬥。」

不可能做到細微的控制。

祖國愛、愛國心或是鄉土愛。

這些全是情緒。因為是情緒，所以不會接受道理；比起道理，能否引起共鳴才是一切。

很不幸地，共產主義在這點上明顯不如人。

能夠高舉著理想。而且是美好的理想，而不是惡劣的宣傳材料。特別是對誤以為自己很聰明的蠢蛋，有著出類拔萃的效果。

然而，這只是表面上的說法。

「……也就是說，從集中營釋放出來的聯邦軍將兵，是為了『祖國』而戰，而不是為了『黨』而戰。」

「正是如此。」

對於黨員的詢問，羅利亞立即答覆。

因為這是無從否定的事實。

就羅利亞所知，因為愛著共產黨而前往防衛祖國的人數也不是零；畢竟實際上，要說共產黨局部性地改善了人們的生活也沒有錯。

另一方面，發自內心憎恨共產黨的人們，人數也在這些人之上吧。

雖說為黨犧牲的人數不會從官方紀錄上抹消，但這是因為沒辦法連親戚都徹底抹消的緣故。

「嗯，這是個好消息呢。」

「是的，總書記同志。」

「向……向二位說出這種話，儘管非常失禮……不過這可是存在著一批對黨毫無忠誠心的傢伙喲，很難算是好消息……」

「不不不。」羅利亞伴隨著笑聲，打斷列席者的發言開口。

「同志，就換個角度想吧。」

忠誠心是一種多層次的概念。

就算對黨機關不忠之輩是聯邦這個祖國的愛國者，也不會矛盾。只要視帝國為共同的敵人，不會反抗黨的指示的話，不論是誰都能視為忠實的人力資源。

就連動搖分子，都會為了守護聯邦這個國家與帝國交戰吧。

「這是在讓敵人與潛在的敵人互相廝殺。比起關在集中營裡狠狠使喚，讓他們在戰場上為了名譽與神話而戰，可以說稍微比較有效率吧。」

這真是個簡單的道理。

甚至是冷酷的原理。

然而，也是永恆的真理。

「我們的角色極為明確。只需要扮演好民族主義守護者的角色。然後，再強調黨與祖國的一體化就好。」

諷刺家的字典上，不也是這麼說的嗎？

愛國者是征服者與政治家的犧牲品。

愛國心是壞蛋最初的依靠。

統一曆一九二六年十二月聖誕節　聯邦領內　多國聯合軍基地

乾杯的口號，一直都是這句。

「聖誕快樂！」

只要有人呼喊，就會有人回應。

為了慶祝聖誕節，粗魯的軍人帶著笑容唱起耶誕頌歌，將混著酒精的甜蛋酒如沐浴一般狂飲的模樣，看起來天真無邪。這是在事前從事武裝偵察作戰，成功達成自身任務的聯合王國軍與聯邦軍的魔導師的休息時光。

當然，休息的方式也有著很大的個人差異。

有人會去向砂糖確認歷史性的友誼吧；也有人會拘泥在用餐這種根本性的行為上吧；而當中以不會花心的硬漢自居的德瑞克中校，就在義務性地陪完甜蛋酒後，把重點放在最老的朋友蘇格蘭威士忌上，與它確認起這一年來的友情。

就連指揮官層級都能像這樣盡情放縱的，也就只有這種日子吧。在遠離故鄉的異鄉之地慶祝聖誕節，讓人格外懷念起故鄉。鄉愁對海軍與海陸魔導師來說是個熟悉的東西。

正因為如此，對士兵來說，聖誕節是個神聖不可侵犯的節日。考慮到就連斷言宗教是鴉片的共產主義者，都會將聖誕節視為世俗化的節日慶祝的話，今天顯然就是個不可侵犯的一天吧。

「……中校，發生問題了。」

「什麼？」

在聖誕節喝得微醺時收到壞消息，是一種極為不愉快的經驗。德瑞克中校瞬間蹙起眉頭，並在下一瞬間啞口無言。

「向我軍投降的俘虜，被移交給聯邦軍了……？」

腦袋一理解部下的報告，隨即就焦急地把慶祝聖誕節的蘇格蘭威士忌酒杯胡亂推開，帶著猛然的凶惡氣勢飛奔而出。

沒有在派對會場喊出「這怎麼可能」是個奇蹟。

對德瑞克中校來說，這種愚蠢的事態，他身為軍人可是連作夢都沒有想過；因此，他直接衝進待著少數值班軍官的司令部。

他很清楚自己的呼氣中充滿酒味。平時的話，肯定還會有著等到酒醒之後再過來的自制心。

然而，唯獨這次沒辦法這麼悠哉。

該怎麼做才能把人搶回來啊——德瑞克中校瞬間盤算起來，領悟到就只能暗中與米克爾上校合演一場戲的事實。

要無損雙方的面子，不過也要避免雙方在政治上的失分，這是極為困難的事吧。為什麼我得在聖誕節煩惱這種事啊？

「……太蠢了。這真是太蠢了，該死。」

然而基於人道，我不得不做。

推開就像是看到可疑人物的值班衛兵司令，一衝進值班軍官待命的值班室，德瑞克中校就不容拒絕地將當事人拖到司令部宿舍的郊外。

我可沒有同意要移交俘虜；也不可能同意。因此，有必要搶回來。不論是要演鬧劇還是玩弄詐欺手法，都絕對要把人搶回來。

作為口譯待命的傢伙，就承認這是場災難吧。不過，你們必須陪我走這一趟。於是，德瑞克中校就在「觀眾聚集的舞台」上，遵從自己分內的義務頂撞米克爾上校。

這是一如字面意思的來勢洶洶。

「請把人交出來。」

語氣堅決。

德瑞克中校整個人向前傾，就像要抓住米克爾上校衣領一般逼近，聲音相當粗暴。他的要求簡單明瞭。就是聖誕節前，武裝偵察時所確保的俘虜歸屬。

如果不是戰友，恐怕會誤以為這是要跟他認真對罵吧。實際上，如有必要，他也不打算克制髒話辱罵。

「他們是我軍捉到的俘虜。」

就像要將參雜酒精的白色呼氣朝對方臉上吐出似的距離下大聲喊道。無禮就是在說這種行為吧。

這是幅就算看在旁人眼中，也任誰都能如實理解到德瑞克中校正暴怒不已的構圖。知道這是三流戲劇的，就只有主演的自己與米克爾上校。

「請把人交出來！」

「辦不到。」

面對以堅決語調大喊的德瑞克中校，米克爾上校在口譯翻完對話的瞬間，沉重地開口。態度就跟德瑞克中校喊出的聲音同等堅決。

「他們是我國的俘虜。」

他以沉重的口吻，在聽眾面前斷言。

「因此，管轄權在我國手上。」

強調著關於俘虜的認知差異，就像一步也不肯退讓般對峙的德瑞克中校與米克爾上校之間，散發著險惡的氣勢。

只不過，這全是場鬧劇。

米克爾上校自己儘管有著甚至能視情況靈活運用女王英文與公認發音的語言能力，卻還是透過口譯在進行對話。換言之，這是齣由德瑞克與米克爾主演，觀眾是擔任監視人員的政治軍官與諸位口譯的，十分讓人提不起勁的戲劇。

就只有在場的兩名當事人，知道彼此是共犯。

「別開玩笑了！這顯然是露骨的違反協定！他們是以聯合王國之名，由我們，由我抓到的俘虜！」

就連內容也很明確的議論。

環繞著交出來與不交出來，看似沒完沒了的爭論。

如果不是兩人不斷透過聯合王國軍與聯邦軍的正式口譯官對話，還真像是小孩子在吵架。

「他們是向聯合王國的軍旗投降的俘虜喔。」

「……貴官的部下也同意移交。」

「這只是值班將校與你們的政治軍官是私下的好友罷了！依舊不改這是明確的越權行為，並沒有向身為負責人的我提出正式請求！」

「聽好。」德瑞克中校向口譯官說道：「這一句一字都不准翻錯。」

「『這是我軍的統帥權』。」

這全是為了要說給宣稱要旁聽卻沒在聽的傢伙（監視人員）聽的發言。如果不吸引眾人的目光，騙過眾人的耳目，事情就沒辦法繼續下去。親身體驗這就是聯邦這個社會，難以說是愉快。

本來，用這種愚蠢的形式對話半點好處也沒有……但在聯邦裡，這卻是必要的行為。

……還真是個驚人的時代啊。

「貴國的政治軍官有權利干犯聯合王國軍的統帥權嗎，別開玩笑了。這是對同盟國的國家權力重大且嚴重的干涉！」

妥協點大概就在這裡吧。就算是至今一直沉默，徹底當著旁觀者的政治軍官也一定明白。

露骨地掛著一張困擾表情的米克爾上校，大概是在心中算準時機正好吧。

「塔涅契卡中尉？」

「……就跟德瑞克中校說的一樣，確實是下官私下委託蘇中尉這件事。」

聯邦方的口譯沉默下來，不打算翻譯這段對話。

不過，德瑞克中校早就料到可能會有這種事，有好好地把聯合王國軍的口譯官拖過來。用心安排的事前準備，獲得了神的微笑，他就在這時竊笑起來。

「我可以視為你們認罪了嗎！」

德瑞克中校就像是發現到突破口似的嚴厲斥責。在做出決斷、決意並發起攻勢這方面上，德瑞克中校是極為果斷。

他將視線從米克爾上校移到擔任監視人員的政治軍官身上，走到她身旁筆直盯著她看，最後狠狠罵道。

「這是越權！請停止這種擾亂指揮系統的作為！」

「下官有權對政治方面的事……」

她透過口譯，講出讓人不耐煩的話。順道一提，德瑞克中校也很清楚，這名自稱莉莉亞的政治軍官會說這邊的語言。

平時老愛多管閒事，卻在這種時候躲回母語？

肯定是心中有鬼吧。

「給我閉嘴！我是聯合王國的軍人！」

「我作為黨所派遣的政治軍官……」

德瑞克中校好不容易才克制住朝她大罵「走狗給我閉嘴」的衝動。

必須忍耐下來，不能向似乎不懂道理的共產主義者宛如暴風雨一般破口大罵。怒氣要是突破力不足，就只會是在嚴重浪費能量。

為了喘口氣，他特意在這種寒天之下深呼吸。

靠著吸入肺裡的冰冷空氣，控制住險些沸騰的情緒。

「我就在此說明吧，作為向『國王陛下誓忠』的國家軍人，願在聯合王國軍的軍旗之下擔任祖國守衛的『我們的名譽』。」

德瑞克中校十分清楚自己恣意選出了會讓共產主義者忍不住發火的字眼。

實際上，莉莉亞政治軍官甚至就像是有話要說似的，險些開口。

她要是早知道會這樣，大概會想打從最初就用女王英文對話吧，不過現在就只能忍了。

儘管如此，要是欠缺誠實與篤實，就沒辦法成為軍人，只能去當騙徒了。

「我們是自由之民。是不受我們以外的任何人支配的高尚之民。為了守護我們的尊嚴，不斷邁向大海，跨越萬里波濤。」

因此，德瑞克中校就像是在宣告一般的大聲喊出。

「關於貴官擁有對聯邦軍的指導權一事，我不打算說三道四，但要是經由非正規管道對我軍做出干涉，這就是明確的違反協定！」

一臉錯愕的政治軍官，大概無法理解吧。

……正因為如此，德瑞克中校由衷同情起被綁上這種走狗作為項圈的米克爾上校。不懂軍人為何物的傢伙，居然一臉得意地干涉軍務，而且還進行監督！

啊，該死。

居然會被要求和告密者一塊工作，真是作夢也沒想到會有這一天。

他瞥了一眼政治軍官後，狠狠說道。

「米克爾上校，我的要求很單純吧？」

故意用粗暴的口吻詢問，表明憤怒。

為了不想讓演技被看穿，視線還夾帶對共產主義者的憤怒，有意識地狠狠說出這句話。

「現在，請立刻將我們捉到的獵物交出來！」

狩獵的規則，誰獵到獵物就是誰的。

雖說這也能說是貴族風格的論調，不過在這種場合下，是最簡單易懂的比喻。

即使是聯邦的人，也能輕易理解成是有「貴族興趣」的「聯合王國軍人」在拘泥著「自己的獵物」，這點也對情況有利。

「把被那邊的政治軍官帶走的俘虜交出來！立刻，立即，無條件地！」

「我的回答依舊不變。這辦不到。」

就像是連等候口譯的時間都感到不耐煩似的，針對這等候已久，一如預期的回答，發飆起來的既定事項。

「說什麼蠢話！那可不是你們的獵物！」

與米克爾上校進行的場面話衝突。

就即席合作來說，算是滿分吧。比起三流腳本的戲劇來得逼真。

實際上，我早就知道就憑米克爾上校「他自己的立場」，是沒辦法移交俘虜的。很可悲的，被套上項圈的將校，就連這點程度的自由都沒有。

正因為如此，就算只是表面上，德瑞克中校也必須要勃然大怒，以要翻桌的氣勢表示抗議才行……關鍵就在於要將場面維持到政治軍官想起「政治解決」為止。

不能將場面破壞掉，不過也不能讓人起疑。

「請理解政治軍官的權限，德瑞克中校。儘管沒有要干涉貴軍指揮系統的意思，但這裡是聯邦的主權領域。照道理來講，的確要將應當遵從我國法律的自國國民移交給我們吧？」

唯獨口譯者會很辛苦吧，儘管只是表面上，但還是被拖到兩軍指揮官正面對峙的現場了。

不過，還請他們把這當作是一個好經驗。

「他們是否為貴國的國民，目前還尚未確定。更進一步來講，聯邦與聯合王國之間，應該沒有簽訂移交俘虜的協定！」

強調著頑固與偏執，德瑞克中校咆哮。

「請把對我的部下開槍的混帳傢伙移交給我們！」

就結論來講，雙方互瞪到最後，先受不了而投降的是聯邦那邊。這件事本來就只要歸結到微妙的法律面與面子論上……就能靠現場的敷衍了事搓掉。

只要德瑞克中校與米克爾上校共謀，讓事情演變成政治軍官的責任問題，問題就會自然而然消失了。

「我提議不要留下正式的紀錄。」

「……妳的意思是要將米克爾上校對我軍的干涉當成沒發生過嗎？」

「兩軍之間有著嚴重誤會的樣子。這並非是在移交俘虜，終究只是暫時性的移送輔助，還希望你能夠理解呢。」

有別於想得意笑起的心境，米克爾上校與德瑞克中校以認真至極的表情接受這種讓步。事情就一如兩個人意圖發展。

「……但願這次的事件，不會造成兩軍之間的芥蒂。」

「很好，中校。那麼，敬值得信賴的友軍。」

「但願兩國的關係能更加密切。」

透過口譯說出標準台詞，在觀眾面前特意用握手而非敬禮的方式，在形式上讓這件事做個了結。破壞聖誕節氣氛的對話，就到此結束了。

只不過，一度破壞掉的氣氛想再度恢復是非常困難的事。不論實情為何，表面上還是在互相怒罵。

一處理完善後，德瑞克中校就帶著悶悶不樂的心情走向宿舍。

如果修辭上的表現不夠，就補充說明吧。毫無辦法的徒勞感，壓著肩膀沉重不已。這就像是神的試煉吧。

德瑞克中校是個武人。一直覺得粗魯也沒什麼不好。不過唯獨現在，他非常能夠理解那些感慨著自身命運，淚濕枕頭的詩人們的心情吧。

甚至有所共鳴。

「真想喝一杯。」

德瑞克中校一面想著「這時候真想來一杯蘇格蘭威士忌」，一面返回寢室……不過神並沒有向德瑞克中校露出微笑。

「德瑞克中校！」

「……蘇中尉啊，有事嗎？」

……差點把俘虜擅自移交給聯邦的蠢蛋。更正確來講，這傢伙跟政治軍官的親密關係，才是問題的根本原因。這個問題的原因之一來勢洶洶的登場？坦白講，德瑞克中校只感到神的惡意。

主呀，我會恨祢喔。

「是有關俘虜的事情……」

「然後呢，我想出外散個步，這是貴官一定得要在這裡談的案件嗎？」

這事沒什麼好談的。要談，至少也換個地方吧。儘管擺出了這種態度，然而蘇中尉卻是無可救藥地冥頑不靈。

「這事很急，還請借我點時間。」

「可以邊走邊談吧。」

「這是很重要的事情，拜託你。」

唉——德瑞克中校在嘆了口氣後開口。

「……是俘虜的事嗎？」

「是的，就是這件事。」

「我也很不想跟米克爾上校做這種爭執。這件事我也極為不願意。」

會需要麻煩米克爾上校陪我演這齣鬧劇以奪回俘虜……說到底，原因就是這傢伙。

他本來並不想在眾人面前公然爭吵。

會不得不這麼做，全是因為自己必須得要遵從人道與內在良心的聲音。將聯合王國保障的俘虜移交給共產黨，會是極為殘虐的背叛吧。

「……蘇中尉，貴官也太輕率了。為什麼把人交出去？」

不久後——或許該這麼說吧。

露出猶豫的模樣到最後，她開口說道。

「因為聯邦廢止死刑了。」

不會吧——德瑞克中校帶著這種想法，用眼神催促她說下去。

「考慮到非正規戰鬥人員沒有交戰資格時，最高刑可處以槍決的話……」

「怎麼能因為這種理由交人啊！」

德瑞克中校強忍著頭痛，不得不朝她怒吼。

這已經是喜好層面的問題了。

軍官居然講這種小孩子的理由，只要考慮到戰前的軍官教育，這可是個作夢也想不到的愚蠢事態吧。居然說這傢伙好歹也算是個中尉？

是榮耀的聯合王國軍？

「因……因為今天是聖誕節。考慮到他們也有內情……」

對身經百戰的德瑞克中校來說，這是個出乎意料的事態。太過愚蠢到甚至湧上一股虛脫感。

作為聖誕節賀禮，通知要將他們從聯合王國移交到聯邦手上？

就算是撒旦的作為，也不會冷酷到這種地步吧。

「太不像話了。」

瑪麗・蘇中尉沒有理解到這會是多麼殘酷的作為，讓德瑞克中校的頭痛以加速度惡化下去。

「貴官可是聯合王國軍的軍人啊！」

就算這是因為政治上的方便。

或是該說正因為如此吧。身為聯合王國軍人，要是連該守護的底線都不重視的話，就太不像話了。

在聖誕節的節慶氣氛下，我不太想講這種話。

「可是，那個，也沒有必要囚禁俘虜運回聯合王國本國去……讓他們在離故鄉比較近的地方服刑……」

「比較符合人道？」

真讓人不敢相信——沒有抱怨出這句話來，與其說是自制心，驚愕更勝一籌吧。

「還真是出色的人道觀點呢，中尉。」

德瑞克中校在心中堅決發誓。下次在和這個大蠢貨說話前，絕對要預先服用頭痛藥。

「妳是認真的嗎？」

「……中校才是，為什麼要追求『成果』到這種地步，把那些不幸的人當成獎盃似的到處炫耀……」

就德瑞克中校所知，人道在聯邦可是「滅絕物種」。

嚴格來講，人們還保留著溫情與人情。不過，與其委身在共產黨溫情深厚的慈愛之中，還不如衝向嚴寒的寒冬之中會比較好吧。

「我想說在聖誕節帶給他們一點好消息。當然，也不是不會受到懲罰也說不定。莉莉亞，對了，她說聯邦那邊也會懲罰……」

「夠了！給我閉上妳的嘴！」

「聽好。」德瑞克中校謹慎地揀選字眼，為了中斷對話，在不會導致機密與外交問題的程度下，從喉嚨中擠出表面上的道理。

「貴官的主張完全不成道理！我們是派來與聯邦軍執行聯合任務的軍隊，必須執行軍法所規定之軍務！」

正因為有法律論述，才能避免將那些可憐的人移交給聯邦共產黨人稱絞肉機的司法系統。

要嘲笑這是對外原則、官僚主義，還是上下關係的弊害都行。不論是怎樣的事實與現象，都能根據用法，成就善事。

「俘虜的管理，當然也包含在我們的任務之中！我們並沒有認可移交的權限！不能作出錯誤的前例！」

「如果能作出好的前例，那些不幸的人……」

「太不像話了！」

把想大吼「妳說這叫好的前例？」的聲音吞回去，有著難以想像的精神疲勞感。

在恐怕遭到竊聽的宿舍房間裡，被迫跟如此「聽不懂」我真正意思的將校對話，還真是會讓人火冒三丈。

腦海中忽然閃過「能不能把這笨蛋關進聯邦的監獄裡待一晚啊」這種連自己都覺得太過偏激的念頭。

有種想代替聖誕節禮物，送她去收容所體驗一下的心情。

最高刑是槍決的聯合王國俘虜收容設施，與「廢止死刑」的聯邦俘虜收容所，如果能選擇，不論是誰都會選前者吧。

這是在究極選擇之前的問題。

為什麼自己得為了連這種事情都無法理解的小女孩的失態，在聖誕節晚上演出甚至會危害到自己可敬的戰友——米克爾上校立場的危險鬧劇啊。

「到底為什麼要這麼拘泥俘虜呢？」

「也需要帶伴手禮給倫蒂尼恩吧。再來就不是我們該追究的事了。是高度的政治事情。」

這話儘管沒有錯，不過也不是全部。

就德瑞克中校所知，倫蒂尼恩的政府相關人士比起「俘虜」這種能實際看到的成果，更加偏好能述說聯邦暴政的「難民」吧。

不過政治可是一頭怪物，所以沒辦法做出斷言。

……就算是這樣，最多就是做好自己能做的事。

「我也有我的立場。沒辦法再多說了，希望妳能體諒。」

德瑞克中校真正的感情沒辦法傳達給她。凝視著自己的蘇中尉，眼瞳中凝縮著不滿之意。他能輕易察覺到，退下的蘇中尉心中應該極為不滿吧。

既然想說悄悄話，好歹也邀我到野外（不用擔心竊聽的地方）去說啊。真是夠了，想嘆氣的是德瑞克中校這邊啊。

將「以聯合王國軍之名保護」的人交到聯邦共產黨溫柔的懷抱之中，只要是有正常良心的人都會難以忍受。

「該死，真是最糟的聖誕節。」

慶祝聖誕節的心情，不知道消失到哪裡去了。

「為什麼會變成這樣啊。」

自從萊茵戰線瓦解以來，就經常煩惱著。

自己是不是只有著不上不下的運氣啊？

「我自負在最後關頭一定會走賊運。就算是玩牌，也不會輸多贏少，賭運也不算壞呢……」

幸運的女神還真是一點用也沒有。真想狠狠罵她，別說是沒有後髮，根本就戴著假髮（註：出自李奧納多．達文西的話語：幸運的女神只有前髮，意思是一旦幸運的女神離開，就沒辦法抓住她的後髮留下她）吧。

這句詢問會消失往何處去，德瑞克中校自己也不清楚。

不過，他還是忍不住開口說出。

「神呀，為什麼會變成這樣啊？」

[chapter]

III

第參章

穩定狀態

Lull in the wind

理性命令人類追求和平。

—— 伊格·加斯曼上將

統一曆一九二七年一月中旬　義魯朵雅王國　陸軍總司令部

面對聯邦軍的攻勢，帝國軍成功做出反擊。這對各方面帶來了微小卻也重大的影響。儘管才剛過新年，相關單位就為了處理這件事情忙得團團轉。

或許該說「首先」吧。該注意的是角色是「自治議會」。被視為傀儡的自治集團，是個有效性超乎想像的組織，這項事實如果用聯邦政治的表現手法來說，就等同是分離主義者與帝國軍這名侵略者堅定握手了。

對聯邦當局來說，這簡直是晴天霹靂。他們啞然的驚愕模樣，經由政治宣傳廣播「雄辯的沉默」昭告天下。這股衝擊，甚至讓他們啞口無言。

同時，自治議會與帝國軍展現的合作關係……也對各國帶來了不小的衝擊。只不過，要將這視為「帝國已陷入不得不妥協的困境」呢，還是比起「對領土的野心」更加重視「分割統治」，毅然地面對戰爭的氣慨呢，評價出現了明顯分歧。

能信奉毫無根據的樂觀論的人很幸福。

很可悲的，認為應該是後者的主要交戰國，有著不淺的憂慮。

明明早就是一場長期化的戰爭了，卻還無法避免更陷泥沼的長期化。負擔極為龐大。就算想期待勝利的回報，然而發展到這種地步的戰爭，在壯烈的消耗戰過後，就只會留下滿是瓦礫的大地吧。

大戰對成為戰場的主要交戰國來說，就像是一場自掏腰包的零和遊戲。結果，還就連勝利都無法保證！會像勝敗乃兵家常事這樣讓人們苦惱的事實也很少吧。

在這種情勢下，一旦帝國散播起分離主義的嫩芽，就算不是效益主義者，也會感慨起戰爭的成本。

「已經不行了。」

沒這麼說的人還比較不可思議。

有必要在某處讓損害達到上限是顯而易見的事，只要理性思考，就會知道這是個和解的好機會。於是，作為「善良篤實的和平仲介人」，一個男人自告奮勇。

他的名字叫伊格·加斯曼上將。

只要天秤沒有傾斜，他就是帝國軍的好朋友，同時也是各外國篤實的仲介人，總而言之，就是一名熱情的和平愛好者兼博愛主義者。

「閣下，聯合王國、合州國的兩位大使表示願意接受我們的提案。」

「喔，連那種條件都行啊。」

當收到帶著親切笑容的部下——卡蘭德羅上校的報告時，加斯曼上將瞬間不悅似的蹙起眉頭，伸手拿起雪茄。

向世界兜售和平的過程太過順利，對仲介人來說也會是件麻煩的事。

「……哎呀，我們『同盟國的奮戰英姿』看來是超乎想像呢。」

本以為就草案來說，內容會是「獅子大開口」；就算能勉強找到好處，也很懷疑能否成為展開協商，跨出第一步的草案。

加斯曼上將是打算不辭辛勞的調停……但如果可以，是希望能做出讓義魯朵雅的貢獻不會遭到輕視的努力。

帝國軍徹底顛覆開戰前預估的兵力比，激發起雷霆萬鈞之勢的奮戰姿態，把加斯曼等人慎重的利害計算給毀了。

就老實說吧。

儘管是親愛的同盟國，不過帝國軍還是陷入需要友人協助程度的苦戰，義魯朵雅王國會比較感激。

「這樣一來，或許會讓我們的佣金變少。」

混在雪茄煙霧中飄散開來的盤算。

光是打開談和會議前的談判窗口，義魯朵雅王國就能獲得大量的新型航空機、演算寶珠，還有無擔保無利息的借款。

「算了，和平最重要。」

加斯曼上將喃喃低語，將更進一步利益的確保擱置一旁。太貪心可不好。在適當程度下確保適當的利益，正是交涉的本領。

「光是知道他們對和平的渴望，就連蠻橫無理的條件都願意聽看看，就算很好的結果了吧。然後呢，等著最後回答的聯邦那群鬣狗是怎麼說的？」

「已透過駐外武官確認過了，他們也說沒有問題。」

卡蘭德羅上校的答覆，滿是身為情報部精銳的自信。

有別於親切似的好男人外表，這名精闢的現實主義者做出這種保證的意義重大。

「沒有問題，有足夠的證據嗎？」

「……大概是發出指示了吧。報告中的幾個組織都停止危險活動了。」

喔——加斯曼不經意地發出就像覺得有趣似的應聲。

面對「義魯朵雅王國要出面擔任仲介人，所以讓義魯朵雅內部的激進左派閉嘴」這項單純的要求，聯邦的回應可說是極為迅速。

「這群被操控的走狗。」

「總比無法操控的暴徒好吧。」

「你說得對。只不過，跟由政客把持軍政的我國也很相襯吧。」

卡蘭德羅上校看來是慎重地選擇了禮貌性的沉默；不發一語將視線迅速移到壁鐘上的自然舉動，還真是純熟。

哎呀，該怎麼看待這不否定也不肯定的表現啊？

不對——加斯曼上將就在此時切換思考。

「……那麼，上校。要來做件該做的事嗎？」

「風險應該會很大。老實稟告，參謀本部甚至警告帝國軍可能會有激烈反應。」

卡蘭德羅上校的擔憂，說起來確實是很有道理。

現在要做的事情，可說是在捅馬蜂窩的對應；是很可能會讓帝國軍他們在激怒之下越過國境線的危險賭博。

加斯曼自己也無法完全否定這萬一的可能性。

然而，加斯曼上將帶著自信斷言。

「不會有問題的，上校。」

「可是……」

「帝國軍參謀本部確實就連這一類的奇襲都有辦法快速反應吧。他們優秀到足以輕而易舉做到這種事。最重要的是實戰經驗的累積。」

這點是毋庸置疑的。

只能說偏向實戰證明至上主義是很危險，不過否定實戰所證明的事情也很愚蠢。

帝國軍與其精密的參謀本部，有著值得畏懼的水準。

就連與其說是軍人，自負更像是名政治家的加斯曼上將，都不得不對同行的帝國軍抱持著敬意與恐懼。

「但卡蘭德羅上校，我們的安全正是由帝國軍的優秀所保障。在聯邦戰線設立的自治議會，你看到了吧。帝國軍參謀本部是完美的國家理性的極致。不會無謀到想進行更多的多面作戰。」

正因為是卓越的軍事組織，才會去避免擦槍走火的粗糙事態。以鋼鐵般紀律施行軍紀教練的帝國軍，在這點上，可對指揮系統保持著堅若磐石的信賴。

「正因為如此，他們才有辦法避免偶發的事故。既然如此，那就太好了。帝國軍就像作為代表的內線戰略一樣，本質上可是一群家裡蹲。」

因此，對加斯曼上將來說，這是必然的事。

「對於我們的仲介案，也意外地會聽進去吧。」

不是根據感情，而是根據理性。

能期待他們縱使再不甘願，也還是會坐上談判桌；如此一來，義魯朵雅王國就能作為主辦人，替各位親愛的友人進行仲裁吧。

「與其在戰爭中流血，還不如眾人一面揮灑汗水，一面來談述和平吧。」

「……閣下這番話，我想是有其道理吧。」

真的沒問題嗎？卡蘭德羅上校就像在暗中這樣詢問的眼神裡滿是困惑。不過，加斯曼上將輕輕笑起，揮了揮手要他別擔心。

「這年頭，總不能靠聯姻政策擴張領土吧。」

殺氣騰騰的武器鬥爭，要付出很高的代價。

對於在一旁注視著總體戰的義魯朵雅王國來說，這是絕對不能去做的事。正因為是中立國，才不得不注意到包含在這場異常消耗戰之中的瘋狂。

只要具備正常的感性，該在某處追求止血點，就會是顯而易見的事。

「幸運的國家就要收下和平的分紅。為什麼要這麼可悲地不得不一頭栽進戰爭這種愚蠢事態之中呢。」

就義魯朵雅王國陸軍來看，帝國軍的規模已增長到一種不可思議的境界。

為了增加動員人數，不僅是成年男性，這不是連女性都開始局部性起用了嗎？

這看在像加斯曼上將這樣，一直在與政府爭取軍事預算的人眼中是一目了然。

大戰就只是過度的支出與瘋狂的作為。

才持續幾年，就讓國家內情變得破爛不堪。重建所需要的歲月恐怕是難以想像吧。那怕二十年過去，小嬰兒們都長大成人了，都很難說能不能重建完畢。

「硬撐下去，就只是在勉強自己忍耐喔。既然是大家都望眼欲穿的商品，就算是暴利也要賣。就去強行推銷妥協點吧。」

「閣下，交戰各國真的有意願要贖回和平嗎？」

「會有人希望延續這場毫無意義的戰爭嗎。我認為和平這項商品，就算稍微……不，是就算相當強硬地兜售，也一樣賣得掉，是很有道理的看法。」

將理所當然的事，理所當然地回答。

對加斯曼上將來說，自己的話就像1＋1＝2一樣顯而易見。就算斷言這就是公理也無妨吧。

「我們就像是和平的使者嗎？」

「沒錯。就把熱騰騰的披薩與義大利麵塞進他們嘴裡，讓那些板著臉悶不吭聲的帝國人張嘴吧。」

「就算是再好的朋友，也要遵守禮貌不是嗎？」

苦著臉提出忠告的卡蘭德羅上校，有著會徹底做好最壞打算的情報軍官該具備的慎重個性吧。

「沒什麼，說這是武人的作風就好。」

加斯曼上將一面豁達笑起，一面聳聳肩要上校別擔心。

「卡蘭德羅上校，貴官這是在杞人憂天。帝國那些傢伙可是政治性的動物，就算怒不可遏，表面上也依舊能滿面笑容。」

「不管怎麼說，要去迎接那群怒不可遏傢伙的人，可是下官啊。」

「就期待貴官如英雄般奮戰吧。」

「就談到這吧。」加斯曼上將準備結束話題，不過卻注意到卡蘭德羅上校默默凝視自己的擔憂神情。

「還是反對嗎？」

「……我能以情報部軍官的身分，詢問閣下一件事嗎？」

「當然。」加斯曼上將從容點頭。望來質疑眼神的卡蘭德羅上校，大概是有點猶豫吧。

他在游移了一下視線後，才總算開口。

「這實際上，沒錯，是在說實際上。難道不是在特意挑釁帝國軍嗎？這件事讓下官甚至不得不抱持著這種疑問。」

卡蘭德羅上校僵硬的聲音，透露著憂慮之情。

「我肩負著將兵的性命。唯獨這件事，請閣下務必要回答我。」

這是真摯的語調。

是因為他雖然是在後方坐辦公桌的情報部將校，卻也是個懂得實戰的男人吧。不過，加斯曼上將就只能苦笑著回他。

「哎呀，我還真不受信賴呢。我不否認是企圖搞件大事……但總之，是不會發展成戰爭的。」

義魯朵雅王國軍在帝國與義魯朵雅的國境線上全面展開緊急動員，毅然舉行事前沒有預定的大規模實兵演習的計畫，毫無疑問是太過激進了。

「就在你問我理由前，先回答你吧。」

會對這件事投以質疑眼神的人，不只有眼前的卡蘭德羅上校。

在帝國軍舉全軍在東方戰線展開消耗戰，深陷泥沼，感慨著就連一兵一卒都不能浪費的這種時機動員……說得再保守，也是在極端刺激帝國軍吧。甚至是讓以長年駐守義魯朵雅與帝國國境線的卡德洛尼上將為主的數名將官騷動起來。

「帝國跟我們都沒有開戰的意圖，為什麼會有可能演變成戰爭啊……就結論來講，這次是一場徹底的實地證明。就算萬一會開戰……也會是下次的事吧。」

「恕下官失禮，閣下是軍政家。」

所以呢——用眼神詢問他下一句話後，卡蘭德羅上校就明確地回望，發出詢問。

「閣下是不是太過輕視人在戰爭之中往往會偏離理性的心理了？」

也就是根據實戰經驗的提問吧。實際上，卡蘭德羅上校是義魯朵雅王國軍人中，少數從事過殖民地紛爭等小規模衝突的實戰經驗者。在紙上累積軍歷的加斯曼上將，也不吝於承認有許多事要向他學習。

然而，加斯曼自身也有經歷過實戰。也有著在年輕時從事殖民地戰爭，身為持槍作戰過的老戰士的自覺。用不會遭到誤解的說法，就是加斯曼儘管朝軍政發展，但他的心依舊是名身在戰地的軍人。

「我早就習慣被人叫做披著軍服的政客了。只不過，我還以為我們穿的是同一套軍服呢。」

「……是下官說過頭了。」

整句話中所透露出來的怒氣，可不是安樂椅將軍所能發出的。在加斯曼上將直瞪而來的視線前，卡蘭德羅上校迅速選擇戰術性的撤退。

「對閣下的無禮之舉，請容下官鄭重道歉，還請閣下海涵。」

他深深低頭的態度，完全合乎禮節。以漂亮的角度低下頭來。爽朗的人不適合這麼做呢，一想到這，加斯曼上將就聳聳肩，笑了起來。

「這讓我笑了，是我輸了呢。」

身邊盡是些應聲蟲的自軍將軍，是比敵方再怎麼有能的將軍都還要格外可怕的存在。加斯曼很高興自己是個能接受反駁的人。

「貴官的分析也很正確。我就接受謝罪，既往不咎吧。」

「感謝閣下的海涵。」

「別在意。而且……有個保險。帝國軍就算要打過來，應該也能透過物資動員與配置轉換的徵兆，在事前掌握前兆。」

是知道自己越過了底線而對此表示謝意吧……還真是多餘的顧慮。比起循規蹈矩的無能，能毫不客氣發出指責的人，更讓陰謀家來得感謝。

畢竟策劃陰謀的人，必須是個現實主義者。

「遵命……下官願盡微薄之力，閣下。」

也因為如此，我很期待像貴官這樣的情報軍官——這句言外之意應該有傳達到吧。注視過來的視線，帶著可靠的意志。

「就拜託你了。」加斯曼投以強而有力的話語。

同時期　帝國軍參謀本部作戰會議室

參謀本部的會議室不論在哪都是一個樣子吧。

是個在碩大地圖上寫著詳細情報，掛著參謀飾繩的高級軍官一齊板著臉排排站的地方。

帝國軍的會議室也沒有例外。

優秀的參謀將校，總歸來講，不論在哪都很相似。固執、不服輸，還有不惜勞苦的精勤態度。

會被高聲頌揚是「那是勝過世間一切的萊希，偉大且應當恐懼的帝國軍的中心，睿智與深謀所坐鎮之處」，正是因為這份固執與尊嚴。

姑且不論愛慕虛榮而來的優雅外觀，參謀實際上可是非常土氣。

眾多俊傑絞盡腦汁地奮勉工作，一面為戰爭迷霧所苦，一面追求著正確解答，為了拚死掙扎而迎向堆積如山的資料，才是這裡的真實姿態。

話雖如此，「通常」還是會保持著以最低限度來講的規範與禮儀；此起彼落的怒吼聲，只會是危險的訊號。

「你說義魯朵雅動員了！」

自制心蕩然無存，聲音咆嘯吼出。有如號砲般響起的悲鳴，當場化作一陣在參謀本部內部掀起風暴的暴風。「沒有事前通知嗎！」

「這應該跟義魯朵雅王國軍的例行演習行程完全不同吧！」

「是哪裡的部隊行動了！」

「你說是突如其來的動員演習？」

以二月一日集結為準，開始大規模動員演習——義魯朵雅王國的這則通知，將帝國軍參謀本部一把推落悽慘哀號的漩渦之中。

即使官方表示，這次是以動員演習為目的的集結，待動員完畢，預定會在為期數週的野外演習後解散，對參謀將校來說依舊是晴天霹靂。

此起彼落的「怎麼會！」的怒吼，也反映著驚慌失措的醜態。

一言以蔽之，就是心理創傷吧。

「又是側面突擊嗎！」

「怎麼會！情報部在搞什麼鬼！」

帝國軍參謀本部在過去曾誤判過法蘭索瓦共和國的意圖；還記得當時差點就被認為不至於參戰的對手打破側面。

就算勝利了，但當時如履薄冰的情形，不是別人，正是這群參謀將校最為清楚；過去的失態深深刺激著記憶，只要關注起南方情勢，就實在是難以平靜下來。

「被擺了一道嗎？」

正因為也有太過注意東方的半吊子自覺……眾參謀的腦海裡不斷浮現帶有陰謀論的最壞預感，而這也招致了更進一步的恐慌，陷入這種惡性循環之中。

是帝國軍參謀將校不該有的醜態。

「看不下去了。」向身旁可敬友人喃喃說道的男人，將嘴邊的雪茄用力壓在菸灰缸上。

「安靜！各位將校，是想要我把全員踢回軍大學去嗎！」

大喝一聲。在茫然聚集起來的將校們面前傑圖亞中將用力敲打地圖，再次怒吼。

「參謀將校是用來幹什麼的！你們佩掛的參謀飾繩難道是裝飾嗎？」

似乎伴隨著「鏘」的擬聲詞，參謀將校遭到銳利的視線凝視。不知恐怖為何物的帝國軍軍官這才總算是回過神來的瞬間，一陣爆笑聲就在瀰漫著險惡氣氛的室內迴盪開來。

「……哎呀，工作被傑圖亞給搶走了呢。將丟人現眼的年輕人狠狠踹飛的樂趣，居然被人搶走了。」

盧提魯德夫中將就像是覺得很蠢似的笑了起來。不過，他儘管說得溫和，內容卻很辛辣。

「好啦，是工作的時間了。將義魯朵雅各軍的動向與狀況判斷整合起來吧。」

說到這裡，盧提魯德夫中將就一臉微微驚訝的表情。

「然後呢，為什麼我沒看到狀況報告？」

聽到這一句話，作戰參謀們才總算是開始動作。

只要收到該怎麼做的指示，他們就能依照受過的軍紀教練，條件反射性地為了完成自身的職責讓大腦活化。

「摘錄駐外武官的急報內容，負責人是伊格．加斯曼上將。」

「加斯曼上將？」

「不是北方方面的卡德洛尼上將？」

那是個讓傑圖亞與盧提魯德夫兩位中將發出疑問句的人選；是會讓一些人錯愕提出疑問的陌

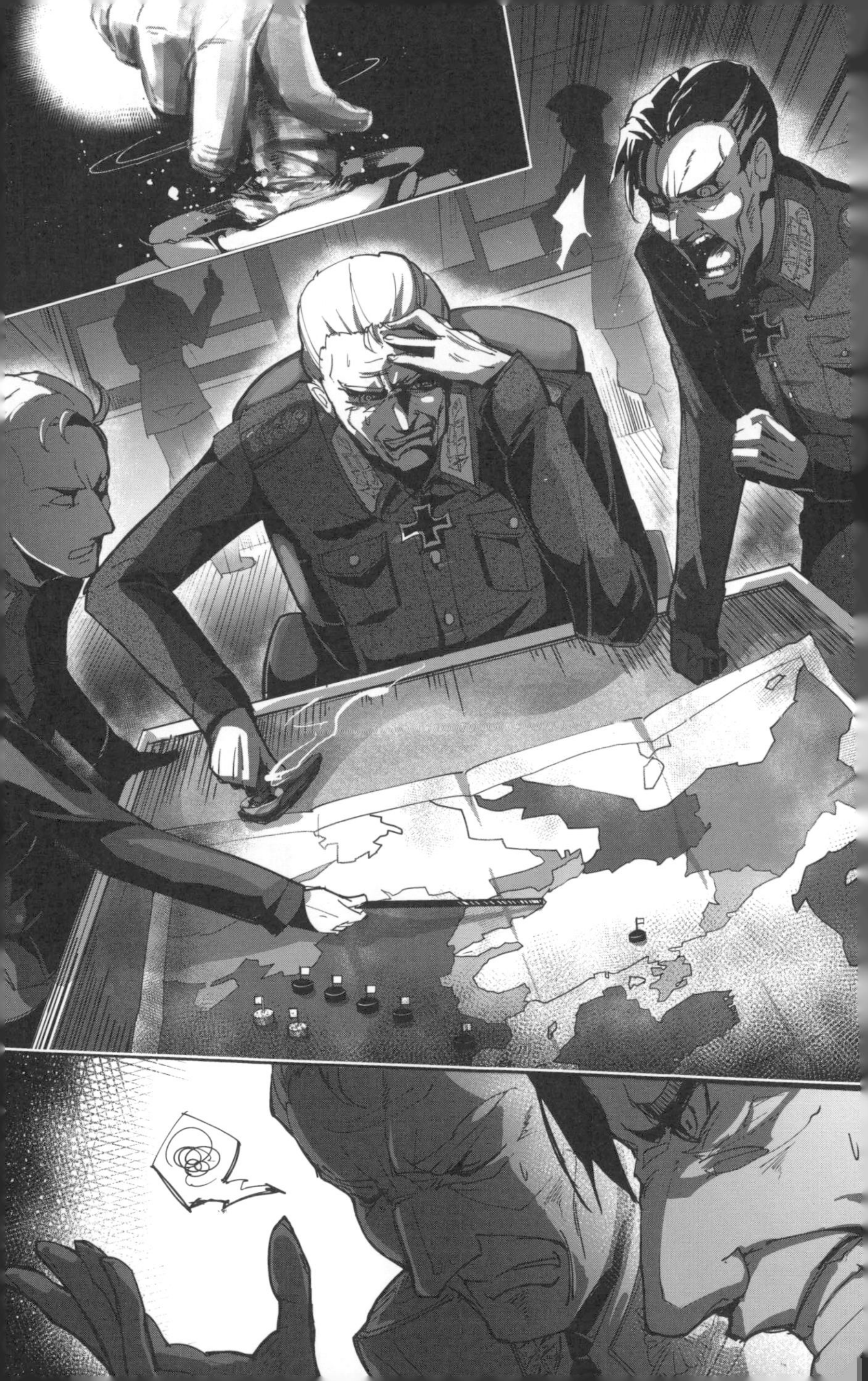

生名字。

對作戰領域的人來說，大概會完全沒有聽過吧。他們就像是在跟隨「咦？」了一聲歪頭困惑的盧提魯德夫中將一樣，一齊露出困惑表情。

這也是情有可原吧。

畢竟，傑圖亞自己也沒辦法立刻想起來。在記憶深處翻找一番後，才總算是想起來的，是一名與其說是軍人，更像是穿著軍服的政治家的人物。

「我記得伊格．加斯曼上將是名軍政家……長年擔任中央勤務，應該沒有對外露面過吧？」

「是的，誠如閣下所言。」

直到翻找資料的將校肯定為止，就連傑圖亞都無法確定的低調人物；偶爾也會有這種類型的軍人；擅長內部調整的傢伙；與其說是野戰型，更像是軍政領域的優秀官員。

儘管是同盟國軍的將官，卻缺乏個人情報，這是個讓人頭痛的問題。而且，這種包含傑圖亞在內，就連後方部門的專家都沒辦法立刻想起的人物會很棘手。

「關於加斯曼上將的情報，等下再拿資料給我。總之作為作戰領域的人，我想知道動員的義魯朵雅王國軍的指揮系統。」

煩惱起來的傑圖亞中將，在聽到盧提魯德夫中將的聲音後回過神來。

該說是有作戰家風格的果斷吧。去做在所知範圍內能夠做到的事情，這種姿態繼承了重視臨機應變的優良傳統。

「……是由加斯曼上將自己統轄指揮嗎，還是演習本身是由在當地的卡德洛尼上將擔任指揮？」

「根據詳細報告，卡德洛尼將軍被任命為侍從武官長與元老院議員，所以被召回義魯朵雅王國元老院了。」

盧提魯德夫中將點頭要人繼續報告，作戰課的參謀將校交出了簡單整理好的報告。

「這次是由擔任演習總監的加斯曼上將本人親自檢閱的樣子。同時，還想經由駐義魯朵雅武官，招聘同盟國的武官。」

「……暫時不管是由偏向軍政的將軍出面這件事。重要的是動員規模。有通知預定的部隊數量吧？」

「是的，請過目。」

就像是等待多時似的傳來一張油印資料。

是疑似駐大使館的駐外武官急忙傳來的信文；是在掌握到第一報後，立刻拍的電報吧。接過信文的傑圖亞中將，對這份理想的簡潔報告感到佩服。

・義魯朵雅發布動員令。

・規模四百，大隊，有通知。

・指揮官，伊格・加斯曼上將。

・詳細報告，如能維持通訊，預定通報。

還預期到通訊線路最壞有可能會遭到截斷的情況，就算斷斷續續也要打出重要情報回報的表現，值得讚許。

以在義魯朵雅北方方面緊急展開為前提，約有四百個大隊的動員演習，這個第一報的情報相當充足；看來也能期待他傳來詳細報告吧。要說哪裡有問題，就屬情報有些難以理解了。

「以師團編成來講，具體來說是何種程度的戰力？」

「大約是我方的二十五個師團吧。」

「……也就是說，義魯朵雅幾乎動員了平時所能出動的全部戰力？」

盧提魯德夫中將說出的疑問，算是象徵性的表現吧。

對於不太熟悉義魯朵雅王國軍式編制的帝國軍軍官來說，不得不稍微多花點時間在理解與把握數據上。

「如果是這種程度，也不是沒辦法檢討的水準吧。雖然還無法斷定義魯朵雅是否要正式發動侵略，不過就來檢討防衛措施吧。」

「遵命。」

對作戰家來說，會需要基於這項判斷檢討對應方式吧。這樣很好，不過危機管理沒必要只限於一種方式。基於職務上的義務感，傑圖亞中將從旁插話。

「試著請求他們中止。就算無法期待對方停止演習……就算只是形式上，我們也必須表達抗議。用語要極為溫和並且有禮。」

「對了。」說到這，傑圖亞中將微微揚起唇角笑起。

「就算有禮無體也無所謂。這種時候，就先強調兩國的友情與友誼吧。」

這事交給點頭表示理解的參謀去做就沒問題了。

表達抗議是很重要的事；就算無法期待抗議成功，也能留下抗議過的事實；這樣就解決了一件簡單的問題。

問題是，預期最壞情況的對應策略。

「那麼就立刻向南方方面軍與南方大陸遠征軍發出警報。」

作戰課的將校開口提出為了防衛的建議。

這是不錯的對應方式吧，不過卻有點不太中意。為什麼？傑圖亞中將思考起這件事，占據腦海的是義魯朵雅王國軍在地緣政治學上的重點。

他們均衡發展著陸軍與海軍。換句話說，他們不是一個能光靠陸軍打仗的國家。如果真的打算發起戰爭，就會集結主戰力的艦隊戰力吧。

如果要戰爭的話，這麼做就是當然的事。

「義魯朵雅海軍的動向呢。我想確認主力艦隊的所在位置。」
雖然盡可能佯裝平靜地詢問，不過這卻是意義極為重大的一句提問。
「並未確認到集結的動向。」
「例行的演習方面也毫無異常。也有緊急向海軍方面確認，不過並未確認到以進入戰術行動為前提的配置轉換。」
當海軍情報的眾負責人語調平穩地報告的瞬間，傑圖亞中將這才鬆下肩膀上的力道。如此程度的安心，還真是難以形容。
至少看不出具體的開戰意圖。光就確認到的艦隊動向，看得出是著重在平時戰備或中立上的領海、船團護衛這種程度的分散配置。
現狀下，義魯朵雅王國以動員兵力攻打過來的可能性幾乎是零吧。
儘管如此，傑圖亞中將還是為求萬無一失，再度提問。
「製藥公司的股價如何？」
「義魯朵雅國內並未確認到重大變動。」
真奇怪——傑圖亞中將就在這時露出懷疑的表情。一旦進行大規模動員，藥品消費量也會飛漲的可能性很高。
現代戰爭是人命的龐大浪費。

為了將浪費控制在最低限度，有必要在事前備妥各式各樣的醫藥品；就跟砲彈一樣，醫藥品要是來不及送往戰場就毫無意義。

「立刻去確認合州國以及第三國的情況。也有進口的可能性。」

「我立刻去確認。」

如果是沒有要正式侵略的恫嚇演習，或是說正因為是恫嚇，購買大量的醫藥品儲備作為偽裝，才會是通常的做法。

無法理解狀況啊——是傑圖亞中將的心聲。

如果義魯朵雅王國國內的主要製藥公司沒有面臨到大量需求，那會是在暗中籌措嗎？

假如對方的合作關係密切到能做到這種程度……就長期來看，會是個威脅不輕的嫩芽吧。

「查清楚後，立刻向我回報。不論是什麼時候都無所謂。」

向部下發出指示後，傑圖亞中將就沉默下來。

因為他知道就算是作為補充資料，對製藥公司的股價情報感到興趣，但在解讀近期事態時，光靠手邊的情報就足以做出充分判斷了。

所謂的軍事是無法擺脫後勤的。不考慮後勤問題的軍隊，到頭來就跟被補給拋棄的軍隊是同樣的意思吧。自己假如是這種軍隊的將官，肯定會湧上難以承受的羞恥心，當場吞槍自盡。

「……不過，結論毫無動搖吧。」

傑圖亞中將作為冷靜透徹的現實主義者……在研究起義魯朵雅王國軍突然的演習背後幾項可能的意圖後，最後判斷是示威行動。就這點來講，儘管做出解讀的本人並不知情，不過傑圖亞中將就一如加斯曼上將的期待，幾乎是以正中紅心的形式解讀了義魯朵雅王國的行動。

「十之八九是一如通知的演習吧。」

帶著明確的意思，傑圖亞中將開口說道。

「……不過，也無法坐視不管。」

「真是難辦。」

「就是說啊。」互相露出疲憊的笑容。插話的盧提魯德夫中將也有理解到問題吧。

不論義魯朵雅有沒有侵略的意圖，極端來講都無所謂了。他們已藉由示威行動，以明確的形式表示他們有這個能力。足以讓所學到的「預期最壞的情況行動」的規範，在腦海裡敲響警鐘了。

「義魯朵雅是個威脅」。

既然「是個威脅」，就必須做好防備。

這個單純的合理結論實在是太過愚蠢了。要一面懷著希望部署到南方的守備部隊成為巨大游離部隊的矛盾，一面從在東方展開的大陸軍殘骸中抽出相當數量的戰力吧。

需要大幅修正對聯邦戰的預測。盧提魯德夫朝作戰家瞥了一眼，就像是忍無可忍似的漲紅著臉說。

「……如果能捅那些通心麵混帳一刀，不論要我出多少錢都在所不惜。」

這如果是用餐時間，就算明知道會違反餐桌禮儀，盧提魯德夫也肯定會把叉子捅在通心麵上吧。可敬友人帶著敵意與激憤的一句話，明確表達著現在帝國軍參謀本部所瀰漫的情緒。

「儘管深有同感，但我想提醒你一件美妙的事。」

傑圖亞中將忍不住插嘴說道。

「什麼事？」

「親愛的通心麵混帳是我國崇高美好的同盟國。如要我再稍微補充的話，還是掌握我們南方大陸遠征軍補給線的友人。」

「你懂吧。」很清楚接下來的這段話是在睜眼說瞎話；儘管如此，傑圖亞也不得不說。

「至少在官方上，他們是優秀的同盟軍。」

默背出不相信的事情並不是什麼困難的事。傑圖亞中將穩重地提出自己的意見。

「如要補充的話，就是『目前』還是同盟軍……我覺得『希望他們今後仍舊是同盟軍』會比較符合軍事合理性。」

「唔……」

「考慮到我們的戰略環境，這就是沒辦法的事。」

帝國軍的現況一言以蔽之，就是死棋了。

人人都在呻吟著，不應該會是這樣的。打從發展至開戰的經緯起，帝國軍參謀本部就遇到一連串的意外狀況。

理論上，遭到包圍的帝國軍應該是有活路的。曾以為應該能期待藉由攻打北方的協約聯合與南方的達基亞「瓦解包圍」；然而，在北方戰線與達基亞戰線取得的勝利有用嗎？只要捫心自問，答案就很清楚。

就進入全面戰爭之後的結果來講，是對過去理論中期待的國家安全環境的改善毫無貢獻。所以，最好不要再讓敵人增加。

「屏除個人的好惡想想，即使拍死南方的馬蠅，也是有百害但極為懷疑有沒有一利。」

「不是有著能防衛脆弱下腹部的好處嗎？」

「要是義魯朵雅王國想攻擊我們的下腹部，就確實有必要對應吧。」

當著眾參謀的面，傑圖亞中將若無其事地吐露心聲。

「如果他們沒有自主參戰，還是置之不理會比較省成本。不想再進行更多的占領行政了。也想避免做出會讓守備部隊被限制在占領地區的行為。」

正因為身為戰務這個得要有求必應的單位長官，所以明知道會惹作戰家不悅，也不得不說出事實。「占領地區這個重擔」已對帝國軍的軍政造成負擔了。

既然占領了，就必須要部署士兵。就為了占領舊敵國領土，讓能用來遠征的兵力分散配置，等同是讓兵力淪為游離部隊。

「到頭來，在無法實現議和的現況下，增加占領地區也只是讓自己陷入泥沼。」

帝國軍手上的兵力有限。唯有有效運用至極限，才有辦法實現國防。內線戰略的根基可是機動力。

不得不承認「殲滅敵野戰軍」與「城下之盟」這兩階段的想定狀況，本質上並沒有考慮到總體戰。

過去敵人只要喪失防衛首都的兵力，就不得不考慮議和；要是不願意，就只要逼近首都就好了——國防戰略是在這種前提之下企劃並加以準備的。

就連對敵國首都的威脅，也大半是觀念論——就連傑圖亞中將也不得不承認這一點。

典型案例就是在對共和國戰時的失態吧。

帝國的企圖是為了終結戰爭，徹底的殲滅敵野戰軍。喃喃唸起芝麻開門，轉動旋轉門，然後出色地「殲滅敵野戰軍」。

沒錯，出色到近乎完美。

名為帝國軍的暴力裝置，徹底粉碎了名為共和國軍的暴力裝置，誇下豪語宣稱我們是勝過世間一切的萊希。

照過去的脈絡來講，軍隊可說是完成了本來的任務吧。

儘管如此，卻有個所有人都不得不承認的事實。

就連在西方戰線取得的勝利，都沒辦法讓戰爭結束。到頭來還向南方大陸派兵，與聯合王國對峙，然後像是最後一擊似的，在共產主義者的聯邦與東方戰線上，進行泥沼化的戰爭指導。

「……戰爭還真難。」

咬著雪茄屁股，傑圖亞中將以沙啞的聲音喃喃唸道。這是他身為籌劃戰爭計畫的當事人，在參與過眾多作戰計畫的制定之後才得到的感想。

所有的一切都不斷面臨到出乎意料的事態。當然，他並沒有如此愚昧，會拘泥著空泛理論到遺忘戰場無常的程度吧。

但是傑圖亞中將這名帝國軍參謀本部的老練將官卻感到困惑。戰場傳回來的報告太奇怪了。實際上，他難以理解現場的反應。

「以盡情堆積起遍野屍骸，耗費鉅額的國家經費到最後所得到的結論來講，還真是相當陳腐呢。」

會遭到老朋友諷刺也是當然的吧。傑圖亞中將也不否認這個結論很陳腐。稍微端正坐姿後，他沉重地開口。

「所謂的真理，往往都很平凡。」

「比方說？」

「盧提魯德夫，你太過輕視思想與思索了。就算是平凡的語句，也不會毫無意義。」

人類不是完美的存在。參與著戰爭，有時觀察，有時主導的傑圖亞中將，所得到的是一個平凡的結論。

「儘管不是循環論證，不過人類就是這種生物。不要陷入『但願如此』的觀念論之中，必須要正視如此存在的現實。」

如果是虔誠的傳教士，就會宣稱在神所賜予人類的前提上有著偉大意志吧……不過就傑圖亞中將看來，這種說法只會讓他噴飯。

用這種不愉快的口氣說話，就連自己都覺得丟人現眼吧。

「所以我們不能太過相信知性與理性，不得不以此為前提思考事物。」

周遭點頭附和原來如此的反應讓人不悅。連我自己都覺得這很矛盾呢——傑圖亞有種想嘲笑自己的心情。或許該說很好運吧。陷入沉思的時間，就在可敬友人的詢問下消失了。

「傑圖亞中將，有件事我想厚著臉皮拜託你。」

「要求是？」

「能跟你預訂雪茄盒嗎，最近有很多水蛭呢。連在前線視察時，都讓我煩惱不已。」

「想把那些吸血蟲燒死的心情嗎，雖說我也不是不能理解。」

「我也知道你累積了不少壓力。」傑圖亞中將苦笑起來。

東方雖說維持著穩定狀態，但依舊是難以預測，在這種狀況下在帝國與義魯朵雅國境附近動員……這就像是被義魯朵雅王國從背後捅了一刀。

也難怪作戰那邊會鬧翻天了。能充分體會他們的心情。

「不過，請容我拒絕預訂。雪茄，就抽這個忍耐吧。」

傑圖亞中將隨手拋出手上的雪茄同時點燃自己的雪茄，吞雲吐霧起來。

「凡事都該從多方面來看。」

「什麼？」

「就連你所討厭的水蛭也是。舉例來講，雖說是在醫學方面上，但你難道不知道水蛭也有有益的用法嗎？」

「那東西能用？」

面對懷疑的眼神，傑圖亞中將口氣堅定地回答。

「也有所謂的醫用水蛭。就算是吸血的毛病，也會有它的用途吧。」

「你是說讓牠們吸血？」

「聽說根據情況，這麼做會讓人『變得健康』呢。」

丟下口氣稍微強硬的話語，而對手也能理解這點的進行對話。

「這讓我增廣見聞了。感謝。話說回來，要是不嫌麻煩，我想再請教你一件事。」

「儘管問。」

「你說的水蛭療法，是人人都會樂意接受的嗎？」

「嗯，這我就不得而知了。我就如你所見的是名職業軍人，對這方面的事情毫無概念。」

答覆是迂迴的拒絕。

就算是傑圖亞中將，這件事不用盧提魯德夫提醒，他也早就充分考慮過了。明確來講，應該沒有生物會覺得被吸血很舒服吧。

義魯朵雅王國的所作所為會不會受到帝國的輿論歡迎，不用捫心自問就知道了。

「……既然如此，果然會想要準備一根雪茄啊。」

「就作為今後的研究課題吧。」

傑圖亞與盧提魯德夫兩位中將以很勉強的態度發出嘆息。對義魯朵雅戰略，對帝國軍來說是政治上的禁忌。

當然，計畫本身是有的。

依照國境防衛，以大陸軍的增援進行會戰，勝利，然後議和的階段進行。

總而言之，就是內線戰略的方針。在一頭栽進東方那個該死泥沼之中的現況下，實在不是有辦法實行的計畫。

預期萬一事態的必要性極為濃厚。

「那麼，要讓哪個部隊回來？」

「已準備好從西方殘留部隊中調動了。」

「……就這些？」

親自看了一眼估算數字的盧提魯德夫中將發出怨言，傑圖亞中將則向他聳了聳肩。

「實際上，戰鬥部隊可是大半都送往東方了喔。畢竟是負責管轄作戰部隊的，就算是你們也應該很清楚吧。」

「不夠，實在是不夠。給我想辦法解決。」

「因為說消防員不夠，所以要把人從火災現場帶走嗎，凡事都要有個限度吧！」

雖說巧婦難為無米之炊，但要是不下廚，就真的沒飯吃了。當下的問題，就在傑圖亞與盧提魯德夫兩位中將語帶不悅的對話中明確不已地顯露出來。

「這樣子，我可沒辦法負起南方國境防備的責任。甚至覺得乾脆從南方大陸撤兵還比較好。」

「然後任由自由共和國為所欲為嗎。要是真這麼做，會有多少武器流入游擊隊手裡啊。」

「既然如此，很簡單。給我兵力，傑圖亞。」

會吵得沒完沒了吧。

這就接近是雙方都明知自己的主張是在強人所難的抱怨。

以棲息在參謀本部的參謀將校頭領之間的對話來說，實在太過平凡了。就算斷言這是欠缺知性的對話也無妨。

不過，依舊是不得不說，不得不說啊。

「可能動員的年輕人早就都提前徵召完了。還是說要再提前一年徵兵哩！十七歲的新兵！還真是讓人感到年輕的美好呢。」

家計拮据到傑圖亞中將語帶自嘲地忿忿說道，盧提魯德夫中將不得不帶著厭惡地長嘆一聲。

「要投入這種新兵嗎，足以向世界展現我們究竟有多麼無能呢。」

帝國軍已經沒有餘力了。

僅有的勞動人口已盡數投入產業或戰場之中。就一如字面意思，帝國的剩餘戰力已被榨乾，甚至都提前動員年輕人了，情況也依舊拮据。

兵力不足正作為物理上的制約，逐漸糾纏住帝國軍。

「抱怨也無濟於事，差不多該回歸正事了吧。」

「真該死。」盧提魯德夫中將邊發起牢騷地開口。

「傑圖亞中將，我就以正式質詢的形式問你吧。貴官如要抽出戰力，會從哪裡下手？」

「儘管想否定，但很遺憾的，東方以外是不可能的。」

「根據是？」

「因為才剛剛擊退上次的有限攻勢。戰果相當充分。以樂觀推論來講，暫時會維持在穩定狀態吧。」

「你說東方的風險位在可容許的範圍內？」

就像是要打斷喔了一聲，準備抱怨的作戰家開口似的，傑圖亞中將將自己的見解作為草案提出來討論。

「巧婦難為無米之炊。只要作戰能容許東方的風險，多少也不是沒有對象。再來……會從達基亞方面與諾登方面逐步抽出些許戰力。東方方面，就將輪班休假中的部隊調往南方如何？」

以防衛為前提的配備計畫，就有辦法靠多少的勉強實現。這是在理解作戰家的典範後，堅持最低限度的強人所難。

該說傑圖亞中將這名副參謀長的判斷大致上都很踏實吧。不過對掌管作戰的盧提魯德夫中將來說，似乎覺得這樣不夠充分。

「遲滯防衛本身是有可能吧。不過，還想要一點機動預備部隊。」

「已經是極限了。機動預備部隊最多就是用新編的後備役師團或旅團吧。」

「這沒得商量。這是要擔任救火隊喔，預備兵力的有無，可是關係到作戰指導的核心。」

用眼神述說「給我交出來」的盧提魯德夫中將，態度十分強硬。或許該肯定地說他的意志堅強也說不定。

或是該感慨他缺乏協調性也說不定。然而，能堅持主張必要事物的人，能避免在客氣過後，得前去執行不可能的任務的愚蠢行為。

「就別兜圈子說話了。要求是？」

既然他用堅信實際上就是需要的語氣問道，傑圖亞中將也不得不做出讓步。

「把你的沙羅曼達戰鬥群拿來。」

「Non、Nein、No、不、Nicht。這麼說就夠了吧？」

「拿得出來吧。」

聽到這種冷冰冰的要求，任誰都會火冒三丈。正因為彼此都是老交情了，所以也能毫不客氣地說這種話。

在周遭的參謀將校屏住呼吸之前，傑圖亞中將就搖了搖頭。

「沒辦法。」

「……能說明理由吧。我也有聽說過，因為直屬參謀本部，所以在東方方面軍那邊是被當作客人對待不是嗎？」

「就在前幾天，他們才為了防衛自治議會的村莊緊急出動。這有提出報告，你難道沒看嗎？我不懂你這麼輕視將能如此正確解讀中央意圖的優秀實戰部隊部署在當地的理由。」

「而且……」傑圖亞中將把話說下去。

「那個還在運用測試階段。是為了編成戰鬥群的測試平台喔，我認為放在東方運用是最好的選擇。」

因為性能高，就讓未經充分測試的實驗機或試製機投入實戰弄壞的話，豈不是前功盡棄。

「我不否認，但身為作戰，我也想向經歷過前線的人進行聽取調查。這對聽取意見與把握戰鬥群在前線運用的實際狀況來說，是個好機會。」

這雖是很正當的理由——傑圖亞中將長嘆一聲。最近變得愈來愈常抱怨嘆氣了。就算再不願意，也不得不自覺到這一點。

「這樣你們也能少向東方方面軍低頭對吧？」

「我不否認呢。」

這群混帳作戰家——要是能這樣罵會有多輕鬆啊。這些傢伙還是老樣子，會站在對手的立場上率先去做他人討厭的事情。

該稱讚他們體現了優秀參謀將校的本質，還是該坦率抱怨他們真難搞，實在是讓人傷透腦筋。

「先說好，我會根據情勢轉為他用喔。如果是在這種前提之下讓他們回來，沙羅曼達戰鬥群也要回歸戰略預備部隊。」

「好，就照這個條件去做。」

盧提魯德夫中將立刻答覆。

「這樣就有十八個師團與一個裝甲師團。順便還確保了兩個機動預備部隊。只要加上南方方面軍的國境警備軍，就能達到最低需求的戰力了。」

是打從心底感到憂慮吧。真受不了——他聳了聳肩說出的話語中，帶著由衷的安心。

「跟義魯朵雅的動員幾乎同數。不過，這也是個對面要是認真起來，就很可能會靠總動員讓敵部隊更進一步增強的局面。」

「我想不會總動員吧。要是有這種念頭，他們就不會腳踏兩條船了。」

「這很難說喔，南國的人生性熱情。兼具熱情性格與陰險策略家感性的例子也不罕見。」

「就是說啊。」傑圖亞中將因為盧提魯德夫中將的發言苦笑起來。或許該說正如他所說吧。盧提魯德夫中將自己就是個很好的範例。就一如他硬漢的外型，有著可怕的活力與耐力，同時也在戰場上發揮他身為伶俐作戰家的本領。

「如有必要，也是會動腦的啊。」

「傑圖亞中將？」

「不，沒事。然後，要派誰去擔任軍事觀察官？」

「你要去嗎？」

雖說只有瞬間，但要說沒有被誘惑到是騙人的吧。

就算是傑圖亞中將，在作戰領域的經驗也很深厚。要是能踏上假想敵的土地，到處盡情打量的話，好奇心怎麼可能會不受到刺激。

如果是自己去，也自負有辦法掌握情況；就算客觀評估，只要派自己去，想必就能把事情做好吧。

然而，傑圖亞中將毫不遲疑地將誘惑從腦中踢開。

「我沒辦法丟下東方回歸兵力的重新部署與本國的內部交涉不管。生產計畫的調整也還處於尚未完成的階段。」

所謂的幕後工作，就是儘管普通、不起眼，也要繼續下去的工作。領頭的偷懶，就難以作為底下人的榜樣。

指揮官先行的精神是不變的真理。不論是在戰場還是後方，基本上都是不會變的。就唯有加入誤以為擺架子就是在指揮的笨蛋行列，我是敬謝不敏。

「你才是，想去嗎？」

「去吃義大利麵的觀光旅行，看來是不得不等其他機會吧。我對義魯朵雅軍的演習內容有興趣呢。」

點頭肯定的傑圖亞中將，開口提出替代方案。

「那就只能派出精銳了。我這邊就出一個小組吧。」

「喔？」

「義魯朵雅北部多是山岳地帶。關於在山岳地帶的運用，我想也有很多事情『要向同盟國學習』吧。」

不限於單純的戰術學習，也有益於兵要地誌的學習吧。

同盟國都貼心地招待我們去旁觀演習了；派遣一團「熱心學習」的將校過去，肯定會對日後有幫助。

「我有同感。好，作戰這邊就派雷魯根上校去吧。如果是他，就能去把該看的東西都看一遍回來吧。」

「作戰的實務呢？」

「沒問題。那小子也差不多是該成為連隊指揮官的時期了呢。」

「……在這種情勢之下的話，該這麼說也說不定呢。」

「就是說啊，總之會是個好機會吧。」

嗯了一聲，傑圖亞中將搖了搖頭。作戰課意外地是打算將南方作戰交給雷魯根上校負責吧。

雖是平均型的軍務官僚，卻不會怯戰的類型，確實是很珍貴。

「就這麼決定了。那麼各位，開始行動吧。」

統一曆一九二七年一月下旬　帝國軍東方前線地帶　沙羅曼達戰鬥群基地

「你說是要重新部署到帝都的命令？」

邊覺得這話說起來連自己都覺得很蠢，譚雅・馮・提古雷查夫中校邊重新看起參謀本部傳來的軍令。

考慮到直屬參謀本部的指揮系統，這種緊急通知還算可以接受；能充分理解參謀本部越過方面軍司令部，直接發布命令的情況。

問題在於目的地。

要從最前線移往帝都近郊以鐵路為基點的物資預置地點。緊急展開部署的地點，實際上離首都近到可以說這是要前往柏盧近郊駐紮的程度。

密碼文的解讀正確嗎？會懷疑解密不夠正確也是沒辦法的事吧。甚至會想首度懷疑起平時從不懷疑的那些人。

譚雅儘管想重新確認部署地點的代號是不是通訊負責人解讀失誤，不過也是徒勞而終。就結果來講，不是這邊的失誤。

因為值班將校也懷著跟譚雅一樣的疑問。然後在提出來之前還二度讓人確認過了。

因此，譚雅就以收到的軍令是事實為前提，採取行動。

譚雅召集起戰鬥群的主要將校，然後向不久後聚集起來的眾人告知軍令。

向臉上寫著難以置信的老兵組提出事實證明後，下達轉進的指示。要不了多久，就突然收到東方方面軍已分配好鐵路車輛的通知而忙得一團。

從東方的泥沼中逃走，這是第二次了。

對有所覺悟這肯定會被說得很難聽的譚雅來說，這道徹底貫徹事務性通知的聯絡，甚至讓她亂了步調。

這並不是什麼糟糕的事，甚至能說很理想吧。

「中校，怎麼了嗎？」

「不，沒有問題是件好事。」

懷著無聊的疑慮，譚雅盡可能佯裝平靜地否定部下的詢問。希望語氣聽起來不像是自己在騙自己就好了。

「在自治議會的安排下，多少能使用溫暖的車輛。這群新朋友意外地值得信賴也說不定。」

只要使用聯邦規格的鐵路網，就會是讓帝國軍的戰略機動性大幅提昇的好消息。

說起來也是理所當然的事，不過這是能對應當地氣候的車輛。還能期待絕熱性與防寒性等要素會勝過帝國軍的車輛。

最重要的是降低了遭到游擊隊襲擊的風險。提昇沿途安全與確實性的要素，能在戰略層面上大幅減輕負擔。這連對現場指揮官來說，都是個能讓人安心的消息。

傑圖亞中將放棄占領地區的軍事統治，不是豎立傀儡，而是作為合作政權提出容許分離獨立方針的卓見值得讚賞。

譚雅甩甩頭，在瞬間決定好該做的步驟後，立刻發出指示。

「傳令！」

「是的！」

「通知托斯潘中尉。要他以步兵為中心，迅速移送。」

一點頭回答「遵命」就直奔而出的傳令很機敏。

目送走年輕傳令的背影，譚雅喃喃自語起來。

「搞不懂。上頭到底在想什麼？」

儘管面對這種嚴寒，沙羅曼達戰鬥群還是成功過冬了。是熟悉東方嚴寒與積雪的步兵。

如有必要，還能跟聯邦軍的滑雪突擊部隊玩起捉迷藏。可說是適應了這個戰場，完美掌握了戰場的環境。

這是條漫長的道路。

籌備防寒衣物，關心營養狀況，還要勉強備齊補給的苦難生活。

在付出了非比尋常的努力與勞苦後，備齊了裝備。不需要再煩惱襪子的來源。

不光只是物資，就連內在也確實提昇了。

就連一度認為是超無能的象徵的托斯潘中尉也不例外。如果是關於例行公事，就連托斯潘這顆頑石都有進步。

也向全體軍官重新注入了合作精神。

正因為如此，譚雅．馮．提古雷查夫中校才不得不納悶。

「……考慮到東方情勢，是有餘力能為了重新部署而召我們回去。我也不是不知道這是有可能的事。不過，理由是什麼，甚至要召我們回去的原因是什麼？」

沙羅曼達戰鬥群是保有最大活力的戰略預備部隊。

是該稱為壓箱寶的一線級戰力。

這如果是受命要緊急前往東方展開部署，倒還可以理解，不過要求從東方緊急前往他地展開部署這種事，會有可能嗎？

「前陣子才剛剛擊退聯邦軍的有限攻勢。坦白講，我沒想過會被調走呢。」

戰線依舊不穩。

雖說後方地區已逐漸穩定下來，但就根本來講，聯邦軍的滲透襲擊絡繹不絕。連在降雪時都能展開部署的沙羅曼達戰鬥群的機動力，對戰局非常有益。

譚雅想不到要在這種時候撤回的理由。當然，無法否認現場與司令部的手邊情報有著明確的不對稱性。

「搞不懂。是上頭發生了相當重大的事情嗎？」

不斷碎碎唸出的話語是，搞不懂。

對譚雅來說，事態就是如此嚴重。

將救援人手從繁忙店舖調走的決定，倘若沒有相當的緊急事由，就會是下下策吧。

「也不會是要給我們休假吧……」

在一時大意地從南方大陸歸還後，緊接著就是參與對聯邦戰爭。

「當時還真是過分呢。」

大概又是這種事情吧？

不管怎麼說，應該要有所覺悟，這不會是正常的休假。先預期最壞的情況，對心理衛生也比較好吧。

「雖說是要聽取意見，但認為是要受命擔任對抗演習的假想敵會比較好吧。」

[chapter]

IV

第肆章

外交交易

Diplomatic deal

"An ambassador is an honest gentleman sent to lic abroad for the good of his country."

（大使就是為了自國利益，被派駐到海外為國說謊的誠實紳士。）

亨利·華頓卿

統一曆一九二七年二月上旬　義魯朵雅王國北部

前往義魯朵雅視察之際，參謀本部告知了雷魯根上校要在當地完成的三項任務。

第一，是確認義魯朵雅王國軍的訓練水準。

不論是敵是友，情報都是愈多愈好。對參謀將校來說，報告所見所聞的狀況是無須爭論的當然職務。就算考慮到情勢緊迫，這也算是比較簡單的任務吧。

第二，是在意識到山地戰的情況下學習兵要地誌的命令。這是掌管作戰的盧提魯德夫中將親自下達的命令。就雷魯根揣摩……這是要他意識到對義魯朵雅戰爭的命令吧。

當然，研究本身並不意味著立刻開戰的方針；不過，就算是假想計畫，有受到檢討的事實還是很重要。只要再算上指揮官的決心與決意，就會是個重大的徵兆。

最後，就算是跟前兩項任務相比，所給予的訓令也不得不說是極為特殊。

第三項任務極為單純。參謀本部掌管戰務的傑圖亞中將要他盡可能探取加斯曼上將的情報。

或許該這麼說吧，雷魯根還記得這讓他忍不住地直瞪起命令文件，重讀起來。通常來講，這不是會要求上校級參謀將校去做的任務。

而是更低階的事務層級去做的任務吧。

說到底，雷魯根也不是從諜報領域爬上來的那類軍人。既然是隸屬參謀本部的帝國軍上校，就會被培育成能運作後勤與後方組織的作戰家。

就連對當事人來說，也沒自信能確實做好情報人員的工作。

就算跟他說「正因為你待過人事領域才會選你」也只會讓人困惑。就算鬥志高昂，心想只要一聲令下，不論是怎樣的任務都會全力以赴的雷魯根上校，也無法否認他不擅長這種事。該說帝國內部的人事，要怎樣與其他各國的高級將校人事做比較啊？

不過，要是讓心中的情緒表露在臉上，作為高階軍人可是不合格的吧。

踏入義魯朵雅王國的雷魯根上校就說著圓滑的社交辭令，表面上擺出嚴謹耿直的武官態度，開朗地面對義魯朵雅王國方的接待人員。

「我是維爾吉尼奧．卡蘭德羅上校。奉伊格．加斯曼閣下之命幫各位領路。」

迎接雷魯根等帝國軍人員的，也是名禮儀端正的義魯朵雅王國軍人。是個滿面親切笑容的男人。就在準備敬禮之前，搶先伸手要求握手的手法快得驚人。

是那種會颼地鑽進懷中的類型。

「哎呀，你就是雷魯根上校吧。」

「很榮幸見到你，卡蘭德羅上校。」

儘管如此，握住的手卻是極為結實的軍人之手。

以軍人政治家而言，手的形狀也太過結實了；讓人立刻就理解這傢伙是會軟硬兼施的類型。以監視人員來講，會是最為棘手的類型吧。

對奉本國命令前來到處打探情報的雷魯根上校來說，是會讓他感到非常麻煩的類型。

只能看開地想說，無法選擇敵人是軍人的常態了。面對滿面的笑容，應戰的雷魯根上校也以開朗的笑容點頭回應。

「請跟我來。雖是『粗茶淡飯』，不過有設宴要招待各位。」

讓人覺得「所謂先發制人的刺拳，就是這麼一回事吧」的漂亮發言。眾人被帶領到的餐桌上陳列著因為聯合王國的海上封鎖，從帝國本國中消失的各種嗜好品。

「請享用『真正的咖啡』。」

「啊，這就是所謂『中立國的盛情』嗎？」

這是設置在演習場附近的迎賓設施。所提供的餐點是在通商封鎖的影響下，在「帝國本土」斷絕已久的各種南洋物品，還有最重要的香醇咖啡。

這是某種惹人厭手段嗎？最後還準備了大量的黑糖。

「是呀，很高興能招待各位『同盟國的友人』。」

誇張的說詞，似乎很有道理的口吻，最後是可疑的微笑。

要模仿外交官做事也很草率吧，不過就算是耿直的雷魯根上校，一旦站在代表國家的立場上，也必須要回一句挖苦的話。

「很高興能被稱為是各位友人呢。」

雖是說出來後，就像是感到萬分慚愧的一句話，不過自己說出這話的語調，聽起來應該相當故意吧，就連雷魯根上校都有所自覺。

「畢竟『戰地的軍務繁忙』……所以才會許久沒有與友人連絡吧。哎呀，『說這種藉口，還真是不好意思呢』。」

「我可不認為這是藉口。『是因為有正當的理由吧』，『我可不想成為器量狹小到會怪罪這點的人呢』。」

雙方之間的對話，就像是以恩人自居的義魯朵雅，與諷刺他們態度模稜兩可的帝國之間的小型縮圖；就宛如是以端正的禮儀，有禮無體地說著明嘲暗諷。

該說是兼作為以脣槍舌劍展開的前哨戰的武裝偵察吧。

覺得交過手而感到滿足的雷魯根上校，就在這時露出馬腳。

就像充分享受過咖啡似的放下茶杯後，卡蘭德羅上校帶著親切微笑，以若無其事的語調投下炸彈。

「我就單刀直入地說吧。下官是加斯曼上將的特使。」

卡蘭德羅上校出乎意料的一句話，讓雷魯根上校瞬間啞口無言。

「有件事，我無論如何都必須開誠布公地向帝國軍的各位友人說。」

「……特使，能問是什麼事嗎？」

雖是打算武裝偵察，卻變成與敵本隊的遭遇戰；不是完全的偶發，還算是有做好心理準備吧……但也無法否認被攻其不備了。

奇襲的威力比在桌面上理解到的還要有效。雷魯根上校就在當地被迫學習到了該稱為戰鬥教訓的經驗。相對於屏住呼吸的雷魯根上校，卡蘭德羅上校就像是要奪走帝國的立場似的，以閃電戰滔滔不絕起來。

「義魯朵雅王國對目前的情勢非常擔憂。」

「……也就是說？」

「『不論是誰』，都不希望戰爭的長期化。」

雷魯根上校毫不遲疑地回嘴。這句話太過重大了。

「『不論是誰』？」

他很清楚用詢問回答詢問是很失禮的行為；然而，對帝國軍參謀本部的雷魯根上校來說，這是他不得不問的一句話。

這話如果是成為戰爭犧牲者的一方說的，倒還姑且不論，但可不是作為蝙蝠從中謀取利益的一方能洋洋得意說出口的事情。雖說挨了打就要還手，這也太過極端了吧。但不管怎麼說，身為風向雞的義魯朵雅王國軍的軍人說這種話，是有點太不適當了。

「如果感到不快，我在此向你賠罪。」

「恕我失禮，卡蘭德羅上校，但凡事……」

「還請不要誤會。」卡蘭德羅上校帶著笑容打斷雷魯根的話語。

「即使是我們，也對狀況感到非常憂慮。正因為如此，才會作為善意的仲介人，準備居中介紹和平這項商品。」

無法確保主導權就是在指這麼一回事。雷魯根上校就只能啞然凝視卡蘭德羅上校的眼睛，一字一句地把話記在腦中。

「能容我說下去嗎。這總而言之就是為了取回和平的議和。我們義魯朵雅王國，不惜作為各位友人之間的橋梁。」

就算知道不該動搖，雷魯根上校仍舊沒辦法當場想出話語回答，將迷惘以沉默的形式暴露出來，被對手的話題牽著走。

沒有大喊「怎麼可能」，是因為還保有最後的自制心吧。打從方才起，他毫無疑問是在若無其事地暗中觀察自己的表情。

他在腦內反芻卡蘭德羅上校的話，倘若無法理解話中含意，就沒辦法做出對應。自己缺乏野戰所要求的果斷。

在這瞬間，不容拒絕地感到自己的經驗不足。

「……失禮了，你說義魯朵雅要斡旋議和？」

會以回問的形式開口，單純是想不到適當的語句。

就連帝國軍參謀本部的樞要，除了少數例外之外，都沒預想過他們會提出這種建議。就以奇襲來講，義魯朵雅王國的提議簡直是晴天霹靂級的吧。

難不成——或許該這麼說吧。

霎時間，雷魯根上校腦海中閃過的是他某位十分熟悉的魔導將校。作為現場將校，提古雷查夫中校偶爾會做出奇妙的判斷。儘管在後方時會因為她異常的果斷感到錯愕，但是在這種情況下……如果是她，會做出怎樣的判斷啊？

「以『同盟國』的立場來說，再繼續戰爭下去，帝國經濟也會超過負荷吧。在此我想建議你們議和。」

很有禮貌地無視著雷魯根的不知所措，卡蘭德羅上校帶著徹底親切的表情，補充說道。

「恕我僭越，現在難道不是該找尋妥協點的時期嗎。只要向裁判提出欠行（註：指在象棋類遊戲中，一方未被照將時出現無子可動的現象）的仲裁，應該就會考慮答應這件事吧？」

正因為是待在帝國軍樞要的雷魯根上校，才不得不嚥了口口水。

持續戰鬥下去的負擔很沉重，是難以置信的程度。帝國該支付的成本在膨脹後，成為了過於鉅額的債務。

東方戰線陷入泥沼；與聯合王國、自由共和國之間毫無意義的消耗戰也是長期局面。有別於參謀本部熱愛著決定性勝利的渴望，帝國軍正因為看不到終點的放血而逐漸變得貧血。

……但是，這種情況為什麼會被外界看出來？

「雖然承蒙指教……不過這是本國的最高統帥會議所決定的事情吧。區區一介上校，可是無從得知最高統帥會議的意向。」

「這是在說貴官這名作戰領域的俊傑嗎。我早有聽聞大名。很清楚你深受盧提魯德夫中將閣下與傑圖亞中將閣下的信賴。」

卡蘭德羅上校順口說出重大的話語。是大幅跨越輕率的空口說白話以及開玩笑領域的接觸。

……形容義魯朵雅王國很熱情的長官們，他們還真的是很清楚啊！

「太過謙虛也會惹人厭吧。」

帶有「我很清楚你喔」意思的一句話。

雷魯根上校逐漸重整起態勢，帶著曖昧的笑容重新觀察起對手的樣子。卡蘭德羅上校的軍服乍看之下是所屬山地連隊……好啦——雷魯根上校重新啟動的腦袋，開始對對手的真實身分有了眉目。

根據記憶，義魯朵雅王國軍的山地連隊全都直轄於義魯朵雅王國參謀本部。

如果是所屬參謀本部的情報將校，要在形式上偽裝成現場勤務人員的話，以實戰部隊名聞遐邇的山地部隊，在各方面都會是便利且適當的偽裝吧。

只不過，就從手型看來，是遠在自己之上的現場派。

這樣一來，認為他是包含越境作戰在內，一路從事在法律面上曖昧的作戰過來的沙場老將會比較適當吧。不管怎麼說，都肯定是度過相當修羅場的猛將。

「不管怎麼說，我還真是非常幸運，能在這裡與你見到面。」

「要是能無條件地讚揚兩國之間的友好關係就好了。」

「就如你所知，目前正處於會因為微妙的誤會讓事態惡化的情勢之下。正因為如此，我很高興能有機會與你直接對談。」

自顧自擺出了然於心的表情說下去的卡蘭德羅上校，確實是特使吧。選擇自己作為接觸對象的理由也很簡單明瞭。

肯定是期待我能將訊息確實傳達給作戰、戰務實務負責人的選擇。

「我就直接說前提吧。我們，也就是義魯朵雅王國並不積極地希望帝國垮臺。」

「消極地希望的理由是？」

「這還真是尖酸的諷刺呢。我還以為你會知道就是了。是未回收的義魯朵雅領土問題喲。」

啊，他立刻就理解了。領土、故鄉、主權，不論要怎麼說都行，但其中所帶有的熱情毫無疑問是貨真價實的。或許該說另一方面也很棘手吧。這是儘管作為帝國軍的現役將校可以理解，但在官方上卻絕對無法認同的問題。

領土問題就算再怎麼愚蠢，也是個根深蒂固的問題。未回收的義魯朵雅領土問題，即是在帝國形成期，納入我們萊希版圖之中的義魯朵雅語圈的歸屬問題。

就帝國看來，完全沒辦法理解「就因為部分居民說義魯朵雅語，所以就算是義魯朵雅領土」的論調。

在官方上，這對帝國來說是「不值得一提」的問題；帝國對於放棄自國的固有領土一事，就連「考慮」都一直嚴厲拒絕至今。

另一方面，就義魯朵雅看來，也完全沒辦法接受無法將說義魯朵雅語的人居住的土地與義魯朵雅統一的道理。

這是義魯朵雅與帝國之間遲遲無法解決的領土問題。

「咦，未回收的義魯朵雅領土問題，兩國之間存有這種問題啊？」

「你的意思是？」

「就官方上，我好像是第一次聽到這種問題呢。是以前在私底下聽到的嗎？」

雷魯根上校的答覆，就只是重複著帝國的官方見解。就連正式承認紛爭地區的存在，帝國政府都不斷拒絕的情況下，也沒有其他回答了。要是問到這件事，不論是誰都會異口同聲地斷言吧。「那是我們的故鄉」。

保持故鄉是最高命題，甚至不容許提出質疑。

就連帝國的內情也是如此。

即使是卡蘭德羅上校，姑且不論贊不贊同，也能充分理解雷魯根上校不得不堅決否定的立場吧。他還不至於因為這件事聲色俱厲。

正因為如此——或許該這麼說吧。

……就連雷魯根上校，也能輕易察覺到義魯朵雅方堅決不肯放棄的理由。

只要稍微冷靜下來想想也會知道。當我們這樣想時，要怎樣才能保證對手不會也有「相同」的想法？

這正是包含雷魯根上校在內，複數的參謀將校所擔心的事情。

「硬要說的話，就是無聊的蠢話吧。」

就聽看看他怎麼答吧，在雷魯根如此注視之下，卡蘭德羅上校明確地說出那句話。

「只要能拿到未回收的義魯朵雅領土，我們也會不惜與帝國並肩作戰吧。」

驚人的執著。

對相信擁有正當領有權的土地的渴望，對民族國家這種存在來說，甚至會化作宛如奔流一般的激情吧。

「我可以認為，這是要穿著軍靴在戰場上與之並肩作戰的意思嗎？」

「就概念上，有著保持這種共同戰鬥關係的覺悟。」

是這樣啊——熟悉官僚性思考與文法的雷魯根上校，此時就像是在腦中琢磨起卡蘭德羅上校的話語般，看出他的回答其實完全不帶有任何具體的保證。

空口說白話，完全是典型的空頭支票。

……不論聽起來多麼有善意，無法擔保有效性的話語，是無力且無意義的；在政治、軍事、外交的世界裡，善意都不足以作為擔保。

就算說溺水者連稻草也會抓，但稻草沒道理救得了人；該抓住的是牢靠的船，假如辦不到就只能靠自己游泳。無法靠自己的國家沒有未來。畢竟，國家無永遠的朋友，也無永遠的敵人。

「就實務觀點上，我們已準備好替帝國與交戰各國斡旋了。儘管尚未公開，不過也與合州國合作，準備好邀請交戰各國進行停戰會議。」

原來如此——做出點頭動作的雷魯根上校，並沒有放錯他話中微妙的用詞差異。

直到剛剛為止，卡蘭德羅上校都是以代表義魯朵雅王國的態度在說話。好啦——他實際上是代表哪裡的發言者呢？也就是在這一點上的微妙差異。

「有件事我想向你請教，這是義魯朵雅軍方主導的議和，還是義魯朵雅政府主導的議和？」

「基本上是由軍方推動，並受到政府認可的政策。」

「這不符合正常程序。」

雷魯根上校以明確的語調提出質疑。

軍政關係的基本，就只會是政治領導軍事。不論是帝政、共和制，甚至是封建制，都是將軍事力的行使放在政治的延伸上行動。

結果，就是讓戰爭被定義為政治的延伸。

所以，由義魯朵雅王國軍推動外交政策，只能說是詭異的反常事態。而且探詢的對象還是「帝國軍人」的雷魯根，這已是難以忽視的情況了。

「我是軍人。換句話說，就只是國軍的一員。」

雷魯根這個人很清楚自身的職責。

就是個向國家、皇帝陛下、軍旗宣誓忠誠，護國的一卒。為了故鄉的人，縱使會斃命於威脅祖國的敵人刀下，又怎麼能退呢？

如有必要，就會堅持到底吧。然而，這終究是軍人的本分。

發自內心服從紀律，將訓練化為自身骨肉，遵從經由倫理與道理鍛鍊的職業道德的職業軍人，還真是麻煩的生物啊。

最重要的是，軍人在「空頭支票」與「樂觀的推論」之前，會堅信著不被獨斷獨行這句話所吸引的良知；與其成為不忌諱干涉國家大事的笨蛋，還不如賭上將校的名譽，毅然地選擇自盡。

不論是以性格還是才智，雷魯根上校都冷靜地壓下貪欲，沒被義魯朵雅拋出的誘餌釣上。

「有關外交交涉與談判的所有權限，皆不屬於軍方所有。經由帝國駐義魯朵雅大使館進行，才是正常的程序吧。」

不合道理的事，不論再小都不容忽視。東方世界的古典有云，千里之堤，潰於蟻穴。

這句話簡直就是箴言。

「恕我失禮，我以為這件事軍人之間談起來會比較迅速。」

卡蘭德羅上校的話就某方面來講也是真理。也無法否認在某些時候，跳過亂七八糟的程序，以現場的裁量權行動會比較有益。

只不過，雷魯根上校能立即否定他的話語。

「恕我直言，這是不可能的事。」

「……也有所謂現場的判斷吧。你意下如何，雷魯根上校？」

「倘若是戰術層面的判斷，是可以臨機應變吧。但是，就唯獨關係到國家層面的戰略，手腳誤以為自己是大腦的事是怎樣都不能發生的吧。」

「而且……」雷魯根上校接著說下去。

「即使說是由軍方之間來談，這件事也很詭異。帝國駐義魯朵雅大使館不是有駐外武官嗎。

或是說，駐在貴國的我方武官應該也可以談。」

搶在試圖辯解的卡蘭德羅上校之前，雷魯根上校先發制人地開口。

「還請別覺得冒犯，但是在私底下鬼鬼祟祟地送來特使這種存在，就算這是加斯曼閣下的判斷，也會叫人起疑吧。」

「也就是這項機密就是有如此重要。想將參與人數控制在最低需求上。考慮到保密，這麼做也是當然的事吧。」

「那麼，就只靠口頭約定嗎。就算是最前線，命令也會用文件來發送吧？」

帝國軍的參謀將校，說到底也是武官。

可以理解去探尋敵情的命令；如果是擔任軍事談判代表，就會堂堂正正地努力達成使命；然而，如果要加入政治家行列，擔任傳達「訊息」的密使，就讓人不得不感到驚訝了。

即使要我代為轉達、傳話好了，卻連份文件也沒有？

要是擔任密使，帶這種可疑的口頭約定回去，很可能會被扯掉參謀飾繩，踢出參謀本部吧。

「……原來如此。我理解你的立場了。然而，下官也不是幫忙跑腿的小孩子。」

「拜託了。」想繼續談下去的卡蘭德羅上校禮儀端正的態度，讓雷魯根不可思議地莫名反感。

……與其說是個人的好惡，更像是對手段的困惑吧？

「卡蘭德羅上校，我理解貴官的立場了。但不好意思請恕我直言，下官也不是幫忙跑腿的小孩子。」

「所以？」

「能給我文件嗎？」

「……用說的還不夠嗎？」

還不夠喔——雷魯根上校不發一語，注視起卡蘭德羅上校。

互相注視的時間，究竟經過了多久啊？一方面不覺得有多久，另一方面也覺得互視了相當久一段時間的奇妙空檔。

說他放棄了或許不適當吧。感覺就像是看開似的卡蘭德羅上校，抬頭仰天，點了點頭開口說道。

「我就準備密封文件吧。能拜託你轉交給貴國的參謀本部嗎？」

「既然是同盟國的請求。」

「就請交給我吧。」雷魯根點頭答應。卡蘭德羅上校的表情儘管有些僵硬，不過立刻就隱藏起來，換上溫和的表情。

漂亮的切換。

「那麼，就先談到這吧。要是無妨的話，我希望能參觀演習。」

「……機會難得，就讓我來幫忙講解吧。請跟我來。」

「請。」卡蘭德羅上校提議擔任嚮導。他的舉動與說明並沒有讓人感到任何隔閡。原本擔心剛剛的不愉快會不會留下影響，但看來就只是杞人憂天而鬆了口氣。

卡蘭德羅上校就以軍人來看，只能說他是一名誠實且經驗豐富的軍人。畢竟，有想看的東西就會讓人自由去看，面對提問也會詳細說明。

不用說，精通該方面事務的專家們所看到的景象，會因為映入眼中的事物得到很大的啟示。

如果是軍隊的演習，就算是對外展示的實地證明，也能從中看出某些訊息。好比說，義魯朵雅王國軍的將兵所持有的裝備品看起來，就跟雷魯根經常會在資料上看到的戰利品一模一樣。

只不過，這邊的是正規進口貨吧。畢竟考慮到裝備太新，數量齊全的情況，就難以說是在戰場上取得的裝備。

這看起來可說是透露出，義魯朵雅王國和與帝國交戰的各國建立了密切關係的重大事實。

另一方面，就精通後勤與作戰的專家觀點來看，也能看出義魯朵雅王國軍的裝備體系恐怕很混亂的訊息。

「……陳列了相當多『很眼熟的裝備』呢。」

「是進口品。近來軍事技術的革新可說是日新月異，我軍也沒有落於人後，不得不努力推動現代化。」

「身為同盟國，『由衷地恭喜同盟國軍的現代化』。」

「這還真是光榮呢。」

即使是低頭行禮的卡蘭德羅上校也肯定有理解問題。裝備比起多樣性，更需要重視共通性，否則運用就會變得太過繁雜。

軍隊是巨大的組織。

如果能合理化就要盡量合理化，否則兵器的維護管理就很可能會在前線自行崩毀，這就是現代戰爭。

這雖然很難解釋，不過問題就出在這裡。

對雷魯根上校來說，他必須看出義魯朵雅王國特意炫耀似的使用「外國製裝備」的用意。

「話說回來，就連航空魔導大隊的軍事準則，都跟聯合王國式很像啊。」

「原因是教官他們的基礎。是因為碰巧都是在義魯朵雅與聯合王國軍的軍事交流事業中學成歸國的人吧。」

「……我該自豪我們帝國軍，有辦法消弭義魯朵雅與各外國之間在南方大陸的爭端吧。」

「我們當然也很感謝同盟國。」

「這還真是榮幸之至，看來是有幫上忙的樣子。」

是義魯朵雅王國為了炫耀外交姿態而加以運用的小道具嗎；還是有什麼明知道會造成裝備體系混亂，也不得不採用外國製品的理由呢？

假如是後者，義魯朵雅王國軍就相當於是頭紙老虎吧；但要是相反，就會是批難以對付的軍隊。甚至必須檢討遭到反擊的可能性。

真受不了——搖起頭來的雷魯根上校，就在這時用眼角餘光捕捉到眼熟的配色樣式，注意到自己的大腦瞬間發出警報。

交戰國的軍服就是如此具有象徵性的存在。

「……那些人是？」

「會是誰呢，我這個人記性不太好呢。」

就算卡蘭德羅上校以裝傻的口吻回答，也掩蓋不住他至今自然的笑容已變得虛偽的事實。

就像不是作為軍人，而是作為政治家在說話一般，讓人噁心。如果是方才為止，那名不惜辛勞盡情幫忙介紹的男人，是不會擺出這種態度的。

穿著聯合王國與聯邦軍服的人，以及帝國軍的人。看來是不可能禮儀端正地一面握手，一面拜託他介紹了。

「喔，航空部隊就快展開部署了。儘管魔導師往往容易受到矚目，不過我軍有支援航空機產業，有著相當不錯的產品喔。」

是他也覺得尷尬吧。

還請饒了我吧——透露著這種弦外之音的卡蘭德羅上校加快腳步。「請跟我來。」一面跟著引導自己往反方向走的他離開，雷魯根上校再度思考起來，想著不知該怎樣解釋方才的體驗。

這也是演出嗎，還是出了紕漏呢？

嗯——考慮到最後，雷魯根上校抬頭望天，將目光停留在不斷展開，讓人看得入迷的編隊飛行的義魯朵雅製軍用機上。

訓練水準相當高，而這也是飛行時數很長的佐證；能有豐富的燃料用來做飛行訓練，這又是個方便作為踏繪的好話題不是嗎？雷魯根在心中暗自竊笑。

「看來你們也不缺航空燃料呢。」

「就如你所知，因為義魯朵雅目前是主要的石油進口國。」

儘管對毫不隱瞞進口這件事的卡蘭德羅上校很抱歉，但這是早就知道的事了。

「……坦白說，基於義魯朵雅與帝國的兩國協定，要是貴國能關照一下航空機用的高辛烷值燃料，就再好不過了。」

「就如你所說的。對我國來說，只要是能幫上忙的地方，也想要盡量提供協助……哎呀，條約還真是困難呢。就如你所知，中立國的權利是與相對應的義務綁在一起的。」

「就當作是幫朋友一把？」

「這是當然。」卡蘭德羅上校誇張地點了點頭。

「我們也很過意不去，沒有一天不想對友人伸出援手。然而，我們也受到邪惡的國際法與律師團團包圍。讓人困擾的是，法學家表示就算對象是友軍，出口『高辛烷值燃料』依舊是違反了中立國的義務。」

只要擺出發自內心感到同感的表情，肯定會以為我也有同感；以個人來說，強迫他人去做不可能的任務，會不得不感到於心不忍。

不過雷魯根上校不是作為個人，以是作為邪惡的組織人提出要求。

「……恕我失禮，這樣說來，我們使用機車作為代步工具，不也牴觸了中立國的義務嗎？」

「咦？」

「我們是作為軍事觀察官來到同盟國叨擾的武官，就連在同盟國內也不准使用燃料嗎？」

有關國際法，正因為雷魯根上校也不得不學習到相當於專家的水準，所以能對這方面的知識有著相當的自負。

這也能說是因為跟提古雷查夫中校扯上關係，所以不容拒絕地非得學會吧。

「嗯──下官有點難以判斷呢。我想恐怕是沒有問題吧。」

「你的意思是，如果是這種程度就沒有問題？」

「也沒有法律禁止在我國國內使用吧。」

「……那麼，在像這次這樣進行演習之際，我軍部隊有可能合作嗎？」

「這──」一瞬間語塞的卡蘭德羅上校應該也察覺到雷魯根的意圖了吧。表情微微僵硬起來。

「只要有適當付款就沒有問題了吧。我知道這會有技術上的問題，不過若能讓我們一起進行飛行訓練的話，就再好也不過了。」

「雷魯根上校，以中立國來說，這點實在是……」

「啊，軍事用途會很糟糕吧？」

我知道——雷魯根上校就像這樣誇張地點了點頭。

雖然不喜歡模仿提古雷查夫中校的作為，不過抓對手的話柄……試著做一遍後，可說是意外地愉快不是嗎？

「那麼，就讓我們用在民生用途上吧。」

「民……民生用途？」

「就如你所知的，高辛烷值燃料有著許多種用途。」

「不會違反國際法嗎？」

「說這種話還真是讓人遺憾呢。國際法中有禁止高辛烷值燃料用在民生用途上的規定嗎。就請麻煩提供民間飛行訓練與民間航空機事業的燃料了。」

嚴格來講，是軍人在駕駛民間航空機飛行就是了……不過嚴格來講，這也沒有違反國際法。這種灰色、Gray，更進一步來講，是在「法的精神」上完全出局的行為，但既然沒有規定禁止，就沒有理由受到懲罰。

雷魯根上校在參謀本部徹底學習到國際法是個充滿漏洞的法律。是個根據法律解釋，馬鈴薯也會是「戰爭支援物資」，槍械也會是「民間護身用具」的不可思議的世界。

「這是以我是特使為前提所提出的請求嗎？」

「沒錯。如果能加以檢討，就再好也不過了。」

「……我會確實向加斯曼閣下傳達的。」

同時期　聯合王國本土某處　情報機關本部

「這是派到義魯朵雅的武官傳來的報告書。各位，相當有意思喔。」

就連對哈伯革蘭少將的開場白充耳不聞，想靠自己判斷的實用主義者在看完打字機印出來的最新報告書後，也都突然興奮起來。

「……雷魯根，他就是參謀本部的雷魯根上校嗎？」

「以帝國軍雙傑所使喚的信鴿來說，還真是個大人物啊……」

看準時機，哈伯革蘭少將開門見山地向義魯朵雅情勢的專家詢問。

「報告上說他接觸的對象是卡蘭德羅上校。這傢伙的派系是？」

「是加斯曼上將的中央派系。雖是不起眼的派系，不過作為義魯朵雅王國軍的軍政部門可是頂級的。」

嗯——稍微想了一下後，哈伯革蘭少將提出疑問。

「我想聽聽各位的看法。該認為他們進行了實務者協議嗎？」

義魯朵雅王國軍與帝國軍的實務負責人會面，並沒有什麼好不可思議的。說到他們，就算關係惡化，在官方上仍舊是同盟關係。

「恕我失禮，就算是這樣，義魯朵雅方洩露的情報也太多了。」

「不覺得太刻意了嗎？」

確實是如此——也有許多部分讓人贊同的分析。也不認為部下的判斷有錯。儘管如此，哈伯革蘭少將想要的不是「似乎」，而是確切的證據；一百％與九十九％有著截然不同的意思。

「……各位，我想要的不是推測，而是能做出判斷的根據。」

「就算在邀請我方軍事觀察官參加的演習中，官方上具有同盟關係的義魯朵雅與帝國的上校級將校在一起談笑風生並不會顯得很不自然好了，也無法否定這是在特意賣弄的一面。」

「這我知道。」

這是彼此都很常幹的事。如果是同行的話，意圖也能在某種程度內以形式美推測出來。對方也早就知道會被看穿吧。

正因為如此——哈伯革蘭少將因為難以斷言而焦躁不已。

「在這瞬間，真想剖開他們的肚子瞧瞧呢。」

到頭來，光是看到對方想讓我們看到的東西是不行的。要是真到了最後關頭，就只能將唉唉叫的對方開腸剖肚，伸手進去一探究竟了。畢竟肚子裡的東西如果不伸手進去掏出來，可是沒辦法確定顏色的。

「總而言之，給我繼續刺探義魯朵雅的用意。會被態度或訊息迷惑的傢伙，只要有蠢蛋就夠了。希望各位不會是那個蠢蛋。」

點頭答「遵命」的這群人，也不是沒有辦事能力；但如果是會背叛「會把事情辦好」這種信賴的無能，也就只能更換掉了吧。

要找替代的人員說不定會很難，不過讓無能坐在不適當的位置上，將會造成更大的損害。

對了——哈伯革蘭少將就在這時切換思考。

「然後，有關義魯朵雅情勢的其他報告呢？」

「已確認到違反中立義務。Ultra 傳來情報，他們似乎在暗中提供高辛烷值燃料。過去所擔憂的，帝國與義魯朵雅兩國之間重新開通聯繫管道的可能性相當濃厚。」

「……這是 Ultra 情報？」

也就是說，這有著確切的情報源。忍住呻吟，哈伯革蘭少將不得不承認狀況有了進展。

「義魯朵雅王國軍也意外是難以對付的傢伙……唯一能確定的是他們是在腳踏兩條船吧。」

「誠如少將所言。關於供給管道……要毀掉嗎？」

將「真難決定呢」這句話吞了回去，哈伯革蘭少將伴隨著嘆息，考慮起來。

就個人來說是很想毀掉。要是能給那些風向雞傢伙一點顏色瞧瞧會很爽快吧。然而，放任一時的情緒教訓他們的代價可不便宜。

畢竟，帝國軍情報部全是一些離無能相當遙遠的勤勞人。

如果是要走私高辛烷值燃料，既然是他們，就應該會適當地縮減參與人員吧。要是不認為他們也有做好萬全的走漏風聲對策，可就危險了。

就連 Ultra 的影子都不能讓他們察覺到。儘管能偽裝成是義魯朵雅方洩漏的，但這樣做的變數太多，難以預測結果。是否有強行去做的價值，還是個未知數。

假如要做的話——才剛這麼想，哈伯革蘭少將就注意到自己不小心太過心急，以能夠實行作為前提考慮起來了。

「能動用多少工作單位？」

「突擊隊能立刻派出兩個單位。如有必要，也能增派部隊送到當地，不過這樣會多花一點時間。」

「……否決，否決。」

不僅太耗時間，在時機上也會是不自然的增派。儘管捨不得，但身為專家的哈伯革蘭少將不得不採取安全之策。

「閣下，這樣好嗎。這可是掌握義魯朵雅王國明確違反中立的好機會啊！」

「要以 Ultra 的安全為重。」

「這會影響那名人物的安危嗎。恕我失禮，這種程度的襲擊，即使進行內部監察，帝國軍想要鎖定相關人物也極為困難吧。」

就連神情嚴肅地反駁的主管軍官都不知道有關 Ultra 的詳情。其身分受到最高機密等級保護，就連內部的人，都只有被告知是帝國軍參謀本部的將軍階層。

而這名人物的真實身分，不過只是遭到破解的帝國軍暗號……知道真相的人，除了哈伯革蘭少將與解密團隊外，就只有政府與軍方的特定部門有聽到耳語。

這要說起來，也是理所當然的事吧。Ultra 就是如此重要的機密。甚至必須要避免讓帝國懷疑起 Ultra 情報的存在。

「難道帝國不會假設是義魯朵雅方洩露出去的嗎。在這件事上，我不認為有必要做出諜報上的顧慮。」

「各位還有其他意見嗎？」

這不是身分會遭到鎖定這種層次的問題。

帝國光是對自己的暗號起疑，就會大幅增加解讀難度。光是增加暗號的變化就會很棘手了，不過最糟的還是增加不透過通訊的傳達手段吧。帝國只要懷疑起自己的暗號強度，就結果來說，Ultra的神通力也會嚴重受損。

與其損害戰略上的好處，還不如放過戰術上的好機會。

「假如沒有，我的結論沒變。否決。」

就在「還有其他議案嗎？」尋求意見時——

「基於義魯朵雅與帝國的關係加深一事，我要求發言。就保密觀點來看，我認為應該要中斷武器的出口。」

在意情報保密觀點的將校提出的問題，是基於職責的發言。

「既然兩者的同盟關係比我們設想的還要根深蒂固，我認為義魯朵雅方也有可能會將我們出口的武器交到帝國手中。」

「這件事早就考慮過了吧。打從開始就只有出口舊型號。」

「順道一提。」哈伯革蘭少將稍微補充一句。

「……就只有出口已遭到帝國軍繳獲的品項。既然如此，就算義魯朵雅將武器運給帝國，也能將情報洩漏的風險壓到最低吧。」

要說到 Ultra 情報的威力，可是優秀到讓帝國軍的無線電一絲不掛；就連帝國拚命想要掩飾的痛處也能盡情翻找。

要說到解密班對國家的貢獻，只能說是極大無比。

不過就算是這樣，這當中也有著要是讓解密班帶走大量人員的話，情報部就會無法運作的矛盾之處。

真是困擾——哈伯革蘭少將只能如此感慨。

人手，人手，人手。

不論到哪裡，國家的選拔人才都不夠用。那些志願從事前線勤務的貴族義務精神的保持者就沒有一些人對後方勤務感興趣嗎？

「啊，抱歉。言歸正傳吧。對義魯朵雅的出口，如果只是少量生產的話，就算繼續下去也無所謂吧。就結果來說，只要能從義魯朵雅身上榨取到外匯就好。」

「有關那些外匯的出處，能方便插話嗎？」

「有查到什麼有趣的事嗎？」

「是的。」一點頭答復的負責人，語氣中充滿著自信與確信。

「帝國的嫌疑果然很濃厚。」

「……根據義魯朵雅王國的自行提報，那是在戰前與各國貿易所獲得的外匯。好啦，那麼證據……有找到了吧？」

「海軍幫忙找到了。他們經由扣留、臨檢帝國船籍與義魯朵雅船籍的定期貨船，掌握到了物理性的證據。」

喔——哈伯革蘭少將忍不住探出身子。掌握到 Ultra 以外的物證，對情報部來說也有各種方便。特別是在宣傳戰的時候吧。能不用考慮到情報源的安危，大張旗鼓地用肉眼能看到的形式展現出來的證據，可是非常方便運用的寶物。

「我要聽詳情。」

「已讓流亡到自由共和國的舊共和國中央銀行官員確認過金條的序列號碼。應該收藏在共和國中央金庫的號碼，流出到義魯朵雅了。」

非常好——點頭回應的哈伯革蘭少將握緊拳頭。這是掌握到情報後的確信。手感並不壞。

「確定了呢。」

只要能理解這所代表的意思，就能把握到潛藏在背後的事情。

「帝國軍那些傢伙，總算是債臺高築了。」

「既然不用保證金而用金條結帳……這相當嚴重啊。義魯朵雅方也發現到這個痛處吧。」

「不會錯的。」

這該說是個好消息吧。甚至能大呼過癮地說，這下可聽到帝國經濟發出臨死哀號的證據了。

就算是在某種程度內非常清楚的事，能靠物證獲得證實就是不一樣。

「還以為義魯朵雅王國至少是打算繼續提著天秤喊價……這下也無法否定，就只是在向雙方領取報酬的可能性了。」

「不會錯的。」哈伯革蘭少將邊笑邊要人繼續報告下去。

「從帝國手中領到的報酬，出處會是被占領各國的黃金儲備吧。某種意思上，就像是寄生蟲呢。」

「確定無誤嗎？」

「義魯朵雅的對外付款方式，毫無疑問是帝國軍從占領地區拿走的黃金。從突破封鎖的船上，也有發現到一些疑似被占領國黃金的金條。」

居然會不得不立刻使用偷來的錢，不論是帝國還是義魯朵雅，都相當耐不住性子。看來沒有餘力的情況，是會表現在人品上的。

啊——就在這時，哈伯革蘭少將發現到一個有點愉快的材料。換句話說，這會是義魯朵雅王國的財政基礎也是這種水準的徵兆。

……意外地，義魯朵雅王國不是「選擇」腳踏兩條船，而是「不得不這麼做」也說不定。

「對了對了，關於這件事還有一點。就是自由共和國與協約聯合那些傢伙，要求歸還海軍扣留的金條耶？」

「考慮到捉拿獎金的規定，真是讓人相當煩惱的提案呢。」

詢問「該怎麼做？」的部下的議論也很有意思。然而對熟知內情的哈伯革蘭少將來說，就只能伴隨著苦笑，用一句「放棄吧」結束這個話題。

「雖說是祕密作戰，但也有著微妙的問題……」

「要是伸手去拿，砲彈可是滾起來的。」

「咦，砲彈會滾起來？」

「聽好。」哈伯革蘭少將就替年輕的事務官稍微上一堂古典課。這是大海男兒，任誰都知道的故事。

「這是海軍的成語故事。砲彈滾起來所代表的意思是……喔，還真是可怕。是就要發生叛亂的意思喔。」

所謂心存不滿的男人們，可是會讓砲彈滾起來的。

「會因為不幸的誤射與走火的事故，讓財政部遭到炸毀吧。」

這些咦了一聲，一臉似懂非懂的傢伙，無法理解「海軍的傳統」。但這並不限於海軍，重視傳統的人力量可是非常驚人的。

就在這時，哈伯革蘭少將忽然想到，就快到下午茶的時間了。

「哎呀，時間到了呢。」

「少將閣下？」

「我得去向親愛的首相閣下報告了。」

到首相閣下那邊叨擾，一面喝茶一面抽菸，已成為最近的每日課程了。看來情報部的人，就連在自己喜歡的地方喝茶都不被允許。

哈伯革蘭少將嘆了口氣站起身，在確認沒有其他重要議題後，就宣告散會。

就這樣，一件報告放進了前去拜訪丘布爾首相的哈伯革蘭少將的公事包裡。

從受到嚴格護衛的情報部一隅，以還不到小跑步程度的快步衝了出去，搭乘派來的車輛拜訪首輛官邸的路途，如今早已走慣了。

他在車內簡單地整理概要，等被帶到首相勤務室時，就已將重點全部寫好在筆記上了。

「首相閣下，是有關於你囑咐的那件事。請問現在方便嗎？」

「啊，是哈伯革蘭呀。好啦，就先坐下吧。要來根雪茄嗎？」

「那我就收下了……哎呀，是進口貨啊。」

他接過一看，是個陌生的品牌。哈伯革蘭少將眼尖地注意到這也不是戰時的替代品。

「是義魯朵雅的友人送來的呢。好像說是友好之禮。我抽起來，是覺得有點『臭』呢。」

「東西是沒有罪的。我就感激地收下了。」

就算是充滿懷柔企圖的禮物，雪茄就是雪茄。在自豪的運輸船團遭到棘手的帝國軍潛艇隊騷擾的情勢下，這可是相當以上的貴重品。

對哈伯革蘭少將來說，他是想坦率地感謝。不過，是以個人來說。

「然後呢，義魯朵雅王國的友人打算怎麼樣？」

「南國的友人很風流呢。」

「是腳踏兩條船嗎？」

「是的。」一面點頭，哈伯革蘭少將一面稍微補充。

「不過，與其說是在迷惘……也有種沒有其他路可走的印象。」

「說下去。」

「這還只在個人臆測的階段，不過義魯朵雅王國可能比我們想像得還要脆弱。還是認為他們效益主義的兩面外交，與其說是自發性，更像是受到環境制約所致會比較適當也說不定。」

他也很能體會首相閣下蹙起苦澀表情，垂下視線看了一眼手中茶杯的心情。看在受到現在進行中的戰爭所苦之人眼中，義魯朵雅的立場簡直是自私自利吧。

不過，哈伯革蘭少將作為戰略家，儘管臆測著義魯朵雅的立場，不過也知道這能視為「值得同情的層次」。

「他們的國力有可能沒辦法參與這次的大戰。義魯朵雅王國軍背負著複數的缺陷，內部認為他們甚至有可能沒辦法立刻參與戰爭。」

「這是臆測吧。根據是？」

面對當然的詢問，哈伯革蘭少將提出幾項方才剛獲得的情報，分別對原資料與自己的解釋加以說明。

要用累積的材料畫出怎樣的圖畫，是視畫家而定；然而，作為畫家說不定比不上首相，不過在情報分析上，能自負與他旗鼓相當吧。

「……也就是紙老虎嗎？」

「與達基亞不同的地方，就是義魯朵雅的首腦群十分清楚自軍的軍事力吧。」

掐住帝國軍的南方遠征軍，再以餘勢從南方扼制住帝國本土的第二戰線……說不定是個未完的夢想。

「至少。」哈伯革蘭少將接著說道。

「客觀的傢伙即使受到我們教唆，也不會老實攻打帝國軍的可能性相當濃厚。」

「也就是說他們懂得計算利害吧。不過少將，看來就連你也忘了呢。」

「咦？」

「下個議案就會知道了吧，不過計算利害有時也會強迫形成不愉快的合作關係……抱歉要讓你用真面目示人，不過就陪我走一趟吧。」

於是，首相閣下就賜給陪同前往首相官邸會議室的哈伯革蘭少將一個參觀有趣事物的機會。

「這是該死的共產主義者傳來的提案。驚訝的是，表面上乍看之下還相當正常。他們似乎想跟我們進行聯合作戰的樣子。」

這些一臉錯愕的紳士顯貴，恐怕將會在這之後垮下表情的發展，哈伯革蘭少將早在事前就得知了。

這也是沒辦法的事。

「那麼。」只要知道語氣平穩的首相接下來的發言，任誰都會表示同意吧。

「諸位紳士，我認為應該要答應……不知各位意下如何？」

強烈的反共主義者，要跟共產主義者攜手作戰？

丘布爾首相的發言，似乎嚴重打擊了列席者的常識；宛如會議室裡被丟進炸彈一樣的震撼。

最快重振精神，率先提出反駁的人是財政大臣；搖頭表示這不可能，一站起身就發出忠告。

「恕我失禮，首相閣下。這種時候不是該追求慎重嗎？」

在這名為迂迴說詞的禮貌性諷刺之後，哈伯革蘭少將形式上的上司——外交大臣提出直接的反對意見。

「……國際協調是很重要吧。不過共產主義者會說人話嗎，這感覺就像是要我去相信奇蹟。該信奉的對象只要有上帝就夠了吧。」

作為禮儀端正的外交官出身之人，就唯有對共產主義者少不了冷嘲熱諷的樣子；或是深深認為跟他們講禮儀是很空虛的一件事吧。哈伯革蘭少將很清楚，這並不是因為職業性質的關係。

「要檢討看看那些傢伙有沒有信義嗎？」

沒用的——某人叫道。

這是在浪費時間吧——某人譏諷著。

「動物是不會有信義的。」

某人狠狠說出的這番話，正是眾人的共同意見；或者就算不到這種程度，這也是絕對多數派毫無虛假的心聲。

「共產主義者會使用瑰麗的詞句與骯髒的手段」。正因為有著某種該稱為同性相斥的部分，共產黨員才會是侮蔑的對象。

相信為了璀璨的未來，不論怎樣的手段都能正當化？

腦子正常的人，會把這叫做瘋了。

即使是默默旁聽的哈伯革蘭少將，就個人來說，也覺得與其跟共產主義者握手，還不如面帶笑容地跟騙徒合照。

就連面對反駁的首相閣下也很清楚這點吧。

「我不否認。要我斷言他們是動物，是野獸，是蠻族都行。」

追求著名為共產主義的黎明，在月光下半醉半醒的那些傢伙……到最後仍舊是不肯承認名為革命騷動的狂躁與狂奔，究竟是頭多麼恐怖的怪物。

就旁聽的哈伯革蘭少將所見，在厭惡共產主義這點上，首相閣下的方針是毫無動搖。

「就算要說這是有如跟惡魔握手般的邪惡，我也不反對。」

「但是。」首相繼續說下去。

「『那可是貴重的戰力』。」

就連在朗讀聖經上的字句時，也沒有如此虔誠吧。

首相沉重告知的這句話，正是信奉勢力均衡理論的現實主義者所不得不承認的現實。

對聯合王國來說，對自負是聯合王國的選拔菁英的他們來說，事實是無法扭曲的。

「因此，我歡迎他們的提案。諸位紳士，為了支援在東方戰線作戰的同盟國，我們好歹也該在海上的佯攻作戰中擺出全力以赴的樣子吧。」

就哈伯革蘭少將所見，這是實際上的命令。首相閣下言外帶有「派出艦隊」之意的話語中，充滿著強烈的意志。

不過，就頑固這點來講，海軍方也毫不遺留地展現出他們是堅持培育出「丘布爾海軍大臣」的傳統的一群人。

「對於要投入我們海軍的艦隊一事，我要提出異議。」

「……如果是帝國本土的防空調查，應該早就已經由空軍的戰略轟炸軍團反覆調查得非常徹底了。佯攻已經很夠了吧。」

異口同聲表示「不可能這麼做」的眾海軍提督，態度可說是相當直爽。

「光是讓海軍襲擊可能登陸的地點，擺出投入突擊隊的姿態，情況就會不同了吧。如果是投入航空母艦打擊群的艦載機襲擊，與偽裝登陸的組合的話，不就能造成完全不同層級的衝擊嗎？」

就連遭到首相閣下狠狠瞪視，海軍的反駁也毫無動搖。雖是不知道該說傲慢還是能幹的態度，不過聯合王國這個海軍大國的提督可是近乎冷酷地擅長計算得失的人種。

「考慮到長期性的情況，這將會導致帝國軍加強防備。」

一副「你也懂得吧」的態度，海軍提督們不悅地說出富有含蓄的話語。

「就結果來說，這會增加一項在正式反攻之際的問題。假如他們將海岸線要塞化了，每一碼都會要國王陛下的將兵們用年輕的鮮血抵償吧。」

「這還真是可怕呢。」海軍以輕佻的語氣，叼著雪茄說出強烈的挖苦。

「儘管覺得你會知道，不過還請不要認為我們海軍會想參與這種愚蠢行為。畢竟，我們可沒有虐待狂的興趣。」

就算是遭到身經百戰的大海男兒們投以塗滿厚厚一層諷刺的話語——或許該這麼說吧。丘布爾首相的鬥志，仍舊是不只針對帝國的熊熊燃燒著。

「就結果來說，只要減少投入東方主戰線的帝國軍部隊的話……聯邦軍的這種意圖，相當於是極為堅實的戰略思考。」

叼著雪茄，論傲慢絕不輸給任何人的首相閣下，一面吞雲吐霧，一面就像是在述說當然的真理般開口說道。

「所謂的戰爭，要是輸了就沒意義了吧。幫助聯邦軍是為了將來我們不用招待不知趣的客人到海邊來的必要經費……有想到反攻是很好，不過要實現這件事，首先也要照順序進行。」

「我有說錯嗎？」在首相閣下的瞪視下，儘管明白道理……散發這種感覺的數名海軍將官，就像是一臉不高興似的別開臉。

就哈伯革蘭少將所見，提督們會不願意也不是沒有道理。

聯合王國海軍的主力艦隊，早已為了保護通商航路抽出了艦隊型驅逐艦。不想最後還要用在與艦隊決戰無緣的騷擾攻擊上吧。

最重要的是，這是會對發揮艦隊戰力帶來風險的行動。身為海軍軍人，內心會難以服從吧。

「……至少，如果是襲擊敵艦隊停泊的港灣的話。」

看似不甘願地提出來的替代方案，看來是海軍方面也仔細檢討過的方案；不過就算是這樣，從他們提得這麼不甘不願的樣子看來，這也並非他們的本意。

「從引誘地面戰力的觀點來看，襲擊沿岸才是最佳解答吧？」

「就算是小規模的兩棲作戰，回收也不容易。就連短期作戰，都會造成極高的犧牲吧。即使是突擊隊，培育起來可也不簡單喔？」

「考慮到帝國沿岸地區的敵航空戰力，奇襲會很危險。與其選擇高風險低報酬，選擇高風險高報酬才是常規吧。」

看來是在無意間省略「恕我直言，首相閣下」這句標準台詞的一名提督所指出的事實，被首相徹頭徹尾的一笑置之。

儘管如此，有禮貌地保持沉默的海軍方的態度，就只能用不服來形容。該說是想迴避風險吧，總之，似乎是有著不得不消極的理由。

那麼——陷入沉思的哈伯革蘭少將，遲了瞬間才發現海軍方注意到自己了。

糟糕——等察覺時，已經太遲了。

「假如沒有情報部的協助的話會很危險。這點首相覺得如何？」

在這裡扯上我啊——哈伯革蘭少將邊這麼想，邊在形式上為了請求發言，用眼神向坐鎮在主席位置上的首相閣下請示。

「哈伯革蘭。」

「是的。」

「就跟你聽到的一樣。我想請你作為情報部，負責支援海軍。就算要用到 Ultra 情報也無所謂。」

面對這就連訴求「這樣保密會……」都不允許的發展，忍著頭暈的哈伯革蘭少將，好不容易才從口中發出有意義的話語。

「……我會盡全力協助的。能等我幾天時間吧？」

「假如海軍不介意的話，就這樣辦吧。」

就結論來講，就是以政治要求為重。

基於在倫迪尼姆的共識，讓聯邦、聯合王國決定經由聯合作戰擴大「國際協調」的路線。

哈伯革蘭少將儘管對保密與作戰行動的拿捏傷透腦筋，不過還是在對 Ultra 情報與各種情報源的情報做出取捨後，與海軍一同決定了一項作戰方案。

儘管經歷了一些爭執，投入聯合王國海軍航空母艦打擊群的西方作戰還是成立了。是以用艦載機突襲各個軍港為主軸，再輔以主力艦的艦砲射擊的作戰行動方案。目的是要對帝國軍西方海岸造成威脅，藉此暗示第二戰線的形成，意圖經由這種手段讓帝國對東方主戰線造成的壓力衰減。

這個佯攻作戰的名稱就叫做「茶會作戰」。

私下謠傳，這應該是某人想弄得熱熱鬧鬧而命名的吧。

而在這件事的背後，在陸海軍的強烈要求下，聯邦、聯合王國同意將來要在舊協約聯合領地上計畫進行聯合作戰。

這換句話說，就是基於互惠原則，你們也要在海上流血流汗這種聯合王國的要求，共產主義者連眉頭也不皺一下就答應了。

於是，骰子擲出了。

同時期　帝都柏盧郊外

就算是鄰近帝都郊外的軍事城市，要是連一間咖啡廳都沒有，就難以稱為萊希的城市。該說是幸運吧，咖啡廳裡也有足夠的位置，讓譚雅．馮．提古雷查夫中校與她的將校們點完晚餐，在等餐時單手拿起備好的報紙聊天談笑。

這是烏卡中校介紹的咖啡廳，算得上是讓人滿意吧。就連帶領魔導將校上門的譚雅，也開始深深喜歡上這裡的好氣氛。

適當的舒適感，而且沒有會感到麻煩誤解的市民，這種咖啡廳最適合戰地歸來的將校悠哉地拿起報紙來看。粗略地掌握後方的輿論、世情或是忽略的事件，就等於是將校的本能。

介紹了一個好地方呢——譚雅一面感謝，一面就像當然似的看起數張報紙。

全是以氣勢磅礴的論調寫出的誇大報導；在寫滿正面新聞的頁面上，就只看得到吹捧報導。

閱讀著各家報社的這種報紙，譚雅的表情漸漸陰沉下來。

譚雅有著能解讀報導內容的知性。當她從頁面中抬起頭來時，完全不掩臉上的苦澀表情。

「全是擊退聯合王國海軍的奇襲攻擊的報導啊。擊退？哎，居然會把遭到艦載機襲擊，誇耀到擊退的層級。」

喃喃痛罵的譚雅有種幻滅的心情。

由航空母艦艦載機所代表的航空戰力，是種會在蜂擁而至之後撤回的東西。會撤退離開本來就是當然的事吧！真虧他們能這麼不要臉地說這是擊退。這可說是跟轉進相同水準的文字遊戲吧。

只要閱讀內文，帝國軍當局想隱瞞的事也會輕易浮現。

「沒得到多大戰果的事，似乎是真的呢。」

譚雅碎碎唸著，同時想到西方的弱化。

如果是艦砲與陸上砲台互射後擊退的話也就算了，攔截航空機並加以擊退……這話不就跟放敵人安然離開是同樣的意思。

不承認被擺了一道的軍方，要逞強也該有個限度吧。

「聽我在西方的朋友說，當時好像是亂成一團的樣子。」

聽到謝列布里亞科夫中尉這麼說，譚雅點頭回應：「這也沒辦法呢。」應該是在沒多少準備之下遭到奇襲的吧。

戰時狀況下，除了胡亂加油添醋的公報外的情報很重要。

「畢竟連報紙都無法期待了呢。實際上，到底是怎樣了？」

「說是就連同期的培訓魔導中隊都升空迎擊了……西方空戰好像比起進攻，更逐漸轉換到以防禦為目的的迎擊戰了。」

「等等。就連培訓部隊都參與了實戰任務？」

聽到謝列布里亞科夫中尉這麼說，譚雅忍不住反問。

就算早有察覺西方的戰力不足，不過就連還在學怎麼飛的部隊都不得不投戰鬥任務的情況，還真是相當驚人。

「是的。」謝列布里亞科夫中尉一臉憂鬱地肯定。

「說是儘管沒有作為外戰部隊運用，不過升空攔截的話，倒是司空見慣的事。」

「人手不足也相當嚴重呢。」

既然是在戰爭，就沒辦法讓一切都獲得滿足吧。但是，事態要是嚴重到這種地步的話……

就讓人擔心起今後的事了。

「……我也聽過類似的事。」

「真的嗎，維斯特曼中尉。是人手不足的事吧……最近的新兵，平均飛行時數多久就會被分發啊？」

下一瞬間，譚雅就後悔起用隨口問問的感覺向維斯特曼中尉詢問的事了。

「聽說想定實戰狀況的飛行訓練還不到三十小時。就算加上導航訓練與所有單純飛行訓練，也才一百小時左右。」

以若無其事的語調說出的數字，只能用震撼來形容。

對說出這番話的本人來說，大概是太過習慣而感受不到異常吧。

不過，維斯特曼中尉之外的資深航空魔導軍官可就另當別論了；全都一臉驚訝地注視起他的表情。

「……沒說錯嗎？」

「是的，我想大致上是正確的。拜斯少校，怎麼了嗎？」

「太驚人了。」

「咦？」一臉搞不清楚狀況的維斯特曼中尉，與像是吃了一斤黃蓮的拜斯少校之間有著象徵性的對比。該視為戰前與戰中的隔閡嗎？

……聽說在現況下，人手嚴重不足的航空魔導軍官會省略掉大半的將校教育，當成是航空魔導師在進行培育，不過聽剛剛的說法，就連航空魔導師也沒分配到多少時間培育。

「真是傷腦筋的問題……所有航空魔導大隊都被叫做是渡渡鳥大隊的日子，說不定只是時間上的問題啊。」

「不會飛的鳥有點難受。好歹以企鵝為目標吧。」

拜斯、格蘭茲等人就像要攪拌周遭沉重的氣氛似的開起玩笑，不過這很難說是好笑的笑話。

儘管如此，知道部下還有餘力關心這種事，對譚雅來說是個可靠的因素……以第二〇三為中心的沙羅曼達戰鬥群，在這點上算是運氣很好吧。

可悲的是，全軍的狀況並沒有這麼好運。

「被擊墜時，會游泳確實比較好吧。」

「真不愧是習慣被擊墜的人呢。」

「希望你能說這是習慣中彈呢。」

肩膀曾被射穿的拜斯，與挖苦這件事的格蘭茲等有經驗的傢伙們，儘管有著明確的戰鬥狂傾向，不過對譚雅來說，就只是細枝末節的問題。

她認為世上會把這叫做個性吧。

個性必須要受到尊重。只要他們還是能幹的軍官，對譚雅來說，個人的個性就不是該追究的案件。

「維斯特曼中尉，這事問貴官也有點奇怪……但你認為新兵們能成為戰力嗎？」

面對譚雅的詢問，維斯特曼中尉神情認真地點頭。

「老實說，會相當困難吧。聽說光是飛起來就竭盡全力了，正以過去所無法想像的速度在消耗著。」

唉——讓全員不得不長嘆一聲的消息。

「實際上，中彈後依舊能飛的魔導師正不斷減少……新兵就算未被擊中要害，也依舊會摔死的事例也很多的樣子。」

對教育投資到最後，因為不完全的完成度浪費掉。還真是可惜。

看在以痛切語調喃喃低語的拜斯少校眼中，說不定會有著跟譚雅稍微不同的見解，不過這也是個性。

不管怎麼說，在這不是個好政策上應該會意見一致吧。真難辦呢——譚雅懷著不知道是第幾次的這種念頭。

「在萊茵戰線威名遠震的西方航空艦隊也已經是過去式了啊。」

對忍不住嘆起氣來的謝列布里亞科夫中尉來說，那裡是她的老巢。會感慨起「擁有龐大戰力的西方航空艦隊的威勢也衰退了」是情有可原的事吧。

「既然不斷將戰力抽往東方，這也是沒辦法的事。」

儘管覺得這種結果很寂寞，不過譚雅能做的就只有擁護西方的情況。朝拜斯少校偷偷使個眼色後，他就明白意思了。

「話說回來，居然是派艦隊打過來，還真是大膽呢。會是大規模的武裝偵察嗎？」

「不會錯的。」譚雅點頭補充。

「聯合王國那些傢伙，也為了提振戰意使出這一手來了。是想起把淪為玩具的高價海上飯店稱為軍艦的事，所以起了讓他們工作的念頭吧。」

只重視戰略衝擊性的作戰行動，在戰史上存在著無數的類似案例。會是這類的作戰吧。就試著用航空母艦艦載機襲擾帝國的占領地區吧——聯合王國海軍的這種意圖非常好懂。是砲轟斯卡伯勒的應用發展版吧。

直截了當地說，這就像是杜立德空襲。

是兼作為政治宣傳的襲擾攻擊。

雖是比起正規作戰，更像是糾纏不休的後方偷襲之類的作戰，不過有效性非常高。因此，該承認這是個威脅。

「不得不承認這很有效。會變得難以再從西方抽出戰力。豈止如此，視情況甚至還可能要增強西方的戰力吧。」

譚雅不得不告知這個不怎麼愉快的結論。

「……近期內，東方戰線會抽到下下籤吧。對我們的影響還是未知數，不過應該開心不起來吧。」

聽到譚雅這可說是悲觀論的話語後，拜斯少校發出詢問。

「一想到這可能是配合義魯朵雅時機的全方位襲擊，就感到毛骨悚然。中校覺得這會是策劃好的嗎？」

「也不能輕易妄下結論，認為對方完全沒有這種意圖吧。」

拜斯少校的擔心是對的。

只要揣摩敵人的想法，情況就很明顯了——是要作為潛在的威脅，讓帝國重新意識到海面與義魯朵雅的存在。

而既然認知到了問題，就必須要採取某種對策。這邊所謂的對策，總之就是強化防備。即使沒有米，也必須要想辦法下廚吧。

「我們光是感到害怕，就趁了敵人的心了吧。」

很可悲的，帝國的兵力並不是無窮無盡。

所以不得不將有限的資材進行分配。讓帝國軍的戰力分配到主戰線以外的地方上，這對敵人

解說

【砲轟斯卡伯勒】 或稱為砲轟哈特爾浦、惠特比與斯卡伯勒。第一次世界大戰中，德國海軍毅然對英國本土實行艦砲射擊。這些作戰行動是乃是佯攻，意圖引出一部分英國海軍，在確保局部性的兵力優勢後，將他們狠狠痛宰一頓（不過，負責痛宰敵人的傢伙中途就回家了）。

來說會是性價比優秀的一手吧。

也就是看在對帝國交戰國眼中，這會是一筆好投資。

「最棘手的是，他們已展現出這是有可能實現的事了。」

這不是意圖，而是能力的問題。

拜斯少校所擔心的，也就是這麼一回事吧。

「是的，就算只是可能……背後也明確存在著沒辦法無視的威脅。」

「敵人要是開始登陸，事態會變得非常麻煩吧。」

這會是來自諾曼第的道路。只要知道大君主作戰，背負著類似地理環境的帝國軍，在戰略上的兩難困境就顯而易見了。

太過巨大的東方戰線造成的負擔。

能明確知道的一點，就是這沒辦法持續下去。

「是幸運吧。」譚雅微微綻開笑容。

「義魯朵雅王國展現出了賢明玩家的風範。應該能對這件事抱持希望吧。」

「……恕下官失禮，義魯朵雅是賢明的存在嗎？」

這是在諷刺嗎？——在拜斯少校的眼神詢問下，譚雅搖了搖頭。值得致上敬意的玩家，不一定必須要有著良好的個性。

這只要看塔列蘭、巴麥尊、俾斯麥就知道了。

個個都是就算被說是魑魅魍魎的親戚……也覺得是理所當然的傢伙。跟像他們這樣的負責人做外交交涉會是場惡夢吧。

不過，以玩家的角度來看，他們個個都是頗負盛名的名手。

「作為同盟國來說，是怎樣也無法信賴的存在吧。」

國家無永遠的敵人，也無永遠的朋友。外交上所謂的永遠，總之就是錯把手段當成了目的。

這是無法原諒的思考停止吧。這也就是說美好的是健全的國家理性。

那怕是卑鄙的招式，如果能感受到知性與國家的意志……只要沒有越過最後一線，就是極為賢明的做法。

「以中立國的角度來看，對帝國來說……義魯朵雅這個存在絕不是無法容忍的角色吧。」

「倒不如說。」譚雅甚至想給他們很高的評價。

「只要利害關係一致，那份卑鄙就可以信賴。」

解說

【大君主（OVERLORD）作戰】 這裡指的並非丸山くがね老師的作品，而是指從諾曼第登陸開始，一直到解放巴黎的解放法國大作戰。不過敵人強大的程度可是安茲大人級的，所以就某方面來講說不定一樣吧。

「比起無能的我方，能幹的敵方更值得信賴？」

「拜斯少校，我就訂正你一件事。義魯朵雅王國可是『美好的同盟國』喔。會作為能幹的我方，替帝國帶來非常好的結果吧。」

「不管怎麼說。」譚雅接著說下去。

「有辦法交涉可是件很棒的事。」

「中校認為這是好的發展？」

「這不是當然的事嗎？」譚雅轉頭看向從旁插話的格蘭茲中尉。

「文明人的基本，就在於語言。」

「還真是慢條斯理，開戰的話還比較直截了當吧。」

如果光是嘆息就能結束的話，那該會有多輕鬆啊。

像格蘭茲中尉這樣的中堅軍官會想攻打敵人，就某種程度上也不無道理……不過就算說要尊重個性，也還是有個限度。第二〇三航空魔導大隊的眾人太過好戰了——譚雅忍不住在心底頭痛起來。可是，戰意旺盛也不是能斥責的事，還真是讓人心急。

「總不能把自國以外的國家全部燒燬，回歸到石器時代吧。既然如此，有辦法對話就該是值得歡迎的事吧。」

「聽好。」譚雅接著說道。

「對話，各位，是對話。協商可是和解的第一步喔。」

「恕下官失禮……中校認為義魯朵雅的斡旋會成立？」

「首先，是不可能的吧。」

「咦，那麼這不就是在浪費時間嗎？」

「我同意格蘭茲中尉的看法。我們沒必要配合敵人的遲滯……」

擺出錯愕表情的人並不只有格蘭茲中尉。該驚訝的是，居然連拜斯少校也跟他一樣！

就是這樣，我才說這群戰爭販子——譚雅有種想感慨的心情。

「在官方上，義魯朵雅王國的諸位紳士淑女，可是我們帝國美好的同盟對象。給我自重一點，別隨便說出敵人這種話。」

「聽好。」譚雅稍微壓低音量，把話說下去。

「就算姑且不論義魯朵雅的意圖好了。現況太過不上不下了。帝國戰勝了共和國，也戰勝了協約聯合與附贈的達基亞。所以說，如果是跟這三國談和平條約，就還有討論的空間吧。」

「不過。」譚雅就在這裡嘆了口氣。

「以聯邦、聯合王國，還有自由共和國為對象，由義魯朵雅王國與帝國斡旋……這樣一來，他們的意圖就很明顯了。」

譚雅朝著看似無法理解的將校們告知結論。

「義魯朵雅要斡旋的內容，就只會是全面議和。」

這不是能讓個別議和成立的狀況。為了讓戰爭拉下閉幕，義魯朵雅不得不與全員進行協商。

沒錯，與全部的當事人。

「然後，以全面議和來講，雙方的意思都太過強硬了。不論聯邦、聯合王國，都不會容忍帝國的勝利。只要我們不做出大幅讓步的話。」

這實在不是能在短期間內結束的事情。

「……中校認為該做出讓步嗎？」

「謝列布里亞科夫中尉，這是個好問題。」

稍微考慮了一下用詞後，譚雅依舊說出了自己的結論。

「老實說，這不是現場軍人該考慮的事吧。我們是軍人，而且是奉祖國與皇帝陛下之命從事軍務的軍人。」

所謂的議和，就是邁向和平的里程碑。為什麼能夠反對啊？

「既然不是蠻族或蠢蛋，就只能服從紀律與軍法。」

在送上餐桌的餐點面前，譚雅讓話題在此告一段落。

「……好啦，這種認真過頭的話題就到此結束吧。諸位將校，這可是難得的晚餐喔。」

所謂的吃飯，一直都是件快樂的事。

就算是在物資逐漸匱乏的情勢之下，帝國的物流情況依舊保持著能在外用餐的水準。

老實說，當被問到要不要去參謀本部用餐時，甚至是一聽完話就立刻回絕。跟帝國軍參謀本部的餐廳（那種地方）相比，全體軍人都會選擇知己介紹的餐館吧。

要是有著可以忍受的餐點、適當的氣氛，以晚餐來說就算是還過得去了。總而言之，作為餐桌話題，討論休假是最為適當的吧。

「就順便提一下今後的事吧。暫時會下達待命命令，這裡也不是戰場。只要不到會被憲兵隊關照的程度，就儘管去玩沒關係喔。」

這我知道——點頭回應的拜斯少校應該是沒問題；不過，謝列布里亞科夫與格蘭茲、維斯特曼這些中尉就讓人有點不安。

「聽好，千萬不要，沒錯，千萬不要跟憲兵隊起爭執。」

譚雅一面叮嚀，一面就像突然想到似的說下去。

「這次恐怕會是在返回東方前的短暫休假吧……要回故鄉露個面也可以。回營後，除值班留守人員外，你們想去哪就去哪吧。」

「那個，是誰要值班啊？」

提問的人是拜斯少校。也就是可以信賴的安全牌。

「我很信賴你喔，拜斯少校。好啦，是跟我各擔一半啦。」

「……遵命。」

沒辦法給他完整的休假，也不是不覺得很對不起他，不過這可是工作。就只能叫他放棄，當這是軍務附贈的不幸了。

所謂的負責人，就是為了負責而存在的。

當然，把責任推給部下也是一種做法……不過對譚雅來說，她可不想加入蠢蛋的行列，在那邊誇口自己是連自身的責任都承擔不了的無能。

嗯──譚雅搖搖頭，讓思考緩和下來。

「只不過，替代食品還真是慘烈。依舊是完全刺激不了食慾。」

「考慮到本國的情勢，前線那邊還比較會注重糧食情況吧。」

「這要說起來，是健全的形式吧……要矯正一度習慣奢侈的舌頭，得花上非常久的時間呢。」

「說前線生活奢侈，也很微妙呢。」

等注意到時……整個人就愣住了。

即使回過神來，譚雅也不得不對這太過超常的現實感到愕然。以文化性的文明生活為貴，重視知性的自己，居然懷念起戰場了？

戰爭還真是殘酷對吧。不得不承認這個讓人錯愕的事實。戰時狀況下的世界，就連人類的習慣與價值觀都會遭到殘酷的日常所扭曲。

「……無藥可救的問題呢。」

費盡了全力，才從喉嚨中擠出這句話來。

譚雅為了讓心情平復下來，伸手拿起總算是送上的咖啡杯往嘴邊一送，就在這時感到不太對勁。

「……唉，連咖啡也是假的啊。」

這不是連喝都不用，低劣的香氣就讓譚雅倒盡胃口了嗎。喝著沒有芳香的泥水，可難以說是文明。

沒辦法——就算喝上一口，表情也依舊難看。

「就算味道有稍微好一點……」

咖啡是嗜好品。

就算譚雅個人想提出異議，咖啡也不會被視為必需品。不過，對咖啡有著狂熱性的偏愛，是帝國的病理之一。

沒有咖啡的帝國軍，就跟沒有蘭姆酒的英國海軍一樣吧。距離所謂的健全狀態相當遙遠。

咖啡的味道即是氣壓計，以難喝到就連睡昏頭的腦袋都能理解的味道，教導了我們帝國所置身的狀況。就結論來講，這種狀況再持續下去，假咖啡變成泥水就是必然的事吧。必須要有對策。

不過就算說對策，這也像別無選擇一樣吧。

是議和。

「該這麼做，是該這麼做吧。只不過……」

顧慮到隔牆有耳，不免是將議和這兩字吞了回去。

偷偷打量了一下咖啡廳內部的情況，沒有發現到像是在特別聽這邊說話的人物，不過有顧慮的必要……就算憲兵隊沒在偷聽，自己也不想被特別愛國的善意市民糾纏上。

譚雅很清楚後方人民往往會比軍人還要偏好激進言論的事實。

因為無知，所以無恥吧。

不知道戰場現實的人，會極為簡單地要人「打贏」戰爭。似乎是不知道沒有比不清楚現場狀況的人的斥責激勵還要讓人不爽的樣子。唯有把不知道現場狀況，說著「我來支援大家了！」這種話的屁孩抓去槍斃，才是最前線會高興的事。

不論是誰，大多數的人類都是不經一事，不長一智。

在經驗的授課費太過昂貴這點上，譚雅儘管毫無異議，不過也無法否認教學的效果很高。

「哎呀，或許該說就這層意思上吧。這個味道正是現實啊。」

苦澀的咖啡口感，正是帝國的現實。透過這種經驗，究竟會有多少人掛念起帝國的戰力啊？

不會是大多數吧——就在放棄多想時，譚雅注意到一名服務生朝自己走來，身體頓時僵住。

是隨口說出的話，引來了什麼麻煩嗎？

「……打擾了，請問是提古雷查夫中校嗎？」

「是我沒錯……嗯，失禮了。請問你是？」

想不到會被猜中名字的理由。

是被設網了嗎？——會戒備起來，是因為在前線跟聯邦軍突擊部隊玩太久的關係吧。

「失禮了。烏卡中校是本店的老主顧。」

「烏卡中校嗎，這世界還真小呢。」

正當經驗法則準備在譚雅腦中響起盛大警報時。是知己的關係啊——得知這件事的譚雅，就將準備站起的屁股坐下，誇大地向服務生回以笑容。

「……他有交代，本日的客人當中，如果有對咖啡不滿抱怨的小女孩就是他的朋友，要我們送上『珍藏品』。」

「『珍藏品』？」

咦？譚雅注意到某種刺激性的味道飄來而歪頭困惑。

「……喔，這個香味是？」

「不好意思，這並非什麼大不了的東西，就請用一杯吧。」

「喔。」會忍不住發出歡呼，是因為咖啡的香氣。杯中的液體，以清澄的黑，還有最重要的芬芳香氣，證明了自身的存在。

闖入鼻腔的味道，正是渴望已久的真品。

「是經由義魯朵雅進口的真品。最近相當難以入手。」

太棒了，譚雅綻開嚴肅的表情，揚起笑容。

是經由第三國建立起進口管道的好消息。也就是在嗜好品的流通上，義魯朵雅王國也確實有作為中立國派上用場。

「是鐵路課的壞主意嗎？」

「說是在法律容許的範圍內喔。」

「確實是這樣呢。畢竟是那位烏卡中校。能想像得出來他一板一眼，不把規則以外的事帶來的模樣。」

「哈哈哈，妳很清楚呢。」

與笑容滿面的服務生對話，還真是愉快的一件事吧。

「那麼，請享用。」

知性、文明、教養的香氣。

這正是文明人的一杯……發自內心感到高興的譚雅，就被低語著不愉快話語的利己部下的存在潑了一盆冷水。

「很榮幸能沾中校的光。」

「嘖，你們還在啊。」

「太過分了啦，中校。」

聽到譚雅說得這麼狠，就像感到受傷般回話的部下，精神也很強韌。

這該說是對咖啡的渴望吧。對咖啡因的執著是帝國軍人的惡習。儘管沒資格對他人說三道四也說不定，但要覺得不愉快可是內心的自由。

「……還記得烏卡中校送來的咖啡，以前也是被貴官們喝光的吧。」

「這就叫做戰友精神呢。」

別說是三位中尉，就連拜斯少校都用期待的眼神注視過來了，還真是麻煩。不僅執著心強烈，就連話都變得這麼會說，真是叫人傻眼。

「唉。」長嘆一聲，譚雅放棄獨占咖啡。

於是，譚雅就不得不叫住準備前往廚房的服務生。

「就如你所見。不好意思，能連我將校的份一起準備嗎？」

大概是對一臉不情願的譚雅由衷感到同情吧。想補充說明的是，點頭回答「我知道了」的服務生，眼神相當地溫柔。

對於他貼心地沒有多問就準備好人數份的咖啡一事，讓譚雅感受到接待的精髓，同時拿起咖啡杯。

「那麼，各位。儘管微薄，但就讓我們來享用咖啡吧。」

很好——就在環顧眾人時，譚雅注意到一件事。

當所有人都拿到咖啡時，明明不是酒，譚雅卻還是不覺得奇怪的用咖啡喊起乾杯的口號。

還真是奇妙卻又不覺得奇怪的不可思議的經驗……不過，這可是短缺已久的咖啡。要一口氣喝光，是有點浪費吧。

「……敬我們無法信賴的友邦，乾杯。」

所有人都咧嘴嗤笑著享用咖啡，就算沒有某種共通儀式的意圖，這也是愉快的一幕。

悠哉地品嚐咖啡，只要閉上眼，就是豐富的風味。

啊，是文明的味道。

譚雅忍不住綻開笑容，甚至陶醉地嘆了口氣。

晚餐還算不錯，至於咖啡還是真品。烏卡中校的推薦果然沒錯——這也是個讓譚雅心悅誠服的傍晚。

搖擺不定的中立國，往往根本就是蝙蝠。不過，蝙蝠只要還有利用價值，也會受到各方面的歡迎。

義魯朵雅王國也肯定是想弄清楚最後的底線。對帝國，要在能容忍的範圍內背信忘義；對聯合王國與聯邦，要盡可能高價地賣他們恩情。

要說這是忠於國家理性所致的舉動，話題就到此為止了。

這一言以蔽之，就是堅強。

如果是對契約不誠實，就沒什麼好談了吧。不過，契約上沒寫的事情也等於是不存在。應該要原諒在契約內容上沒寫到範圍內的背信忘義吧。

對譚雅來說，既然簽訂的不是理念，而是契約，這就是當然的事。罵人厚顏無恥的一方，就只是不肯承認沒有好好確認契約書而茫然自失的蠢蛋罷了。

不論是好是壞，能得知義魯朵雅王國有保持著身為「玩家」的良知，真是太好了。

形式上是同盟國，實際上則是中立國。

即使如此，只要能幫忙流通嗜好品……區區一次的背信忘義，作為讓我們認知到「義魯朵雅」這名玩家存在的手段來說，並不壞。

「只不過，好啦，他們打算怎麼做呢。」

脫口而出的這句疑問，即是一切。

義魯朵雅王國接下來打算怎麼做？

作為遊戲玩家報名的行動已經完成了。接下來，他們希望在這場遊戲中扮演著怎樣的角色啊。

「善良的仲介人，還是競賽的參加者，或是想要突然闖入？」

不論是走上哪一條道路，義魯朵雅王國的能力與決心都會受到考驗吧。不過，他們已健全地表明了要參與遊戲的意圖。

要有問題的話，就是義魯朵雅王國想玩的這場遊戲沒辦法一個人玩。

帝國方的對應會是關鍵吧。

可悲的是，帝國很難說是優秀的一手。

「這也是測試知己知彼這種國家運作的基本，究竟能貫徹到何種地步的試金石吧。不對，這不是指揮官層級該考慮的事。」

沒錯——朝咖啡杯裡吐露著小小抱怨。

「……無能為力的事情太多了。就算我再不願意，也被迫認識到戰略的錯誤沒辦法靠現場挽回的現實。」

如果是在參謀本部中樞值勤，倒還很難說。

如今的譚雅．馮．提古雷查夫中校，雖說被授予了廣泛的權限，也依舊是一介將校，停留在現場指揮官的層級。

雖然因為相當特殊的組織結構，有著很高的自由度。但是，依舊沒有立場干預中樞部的戰略制定。對譚雅來說，這讓她懊悔不已。

既然沒辦法接受，就只能自發性地採取行動了吧。

「種子是要先播好的呢。」

譚雅喃喃自語，揚起微笑。

……有著能討論微妙議題的熟人在，還真是讓人放心。

「變更預定。」

要毀掉部下的休假，是於心不忍。

她十分能夠理解大家恐怕都很期待在帝都的這一晚吧。不過，考慮到業務的急迫性，就不得不狠狠使喚將校了。

如果是受到徵兵的士兵也就算了，他們可是將校。

權限與階級，必須要與責任成正比。

「拜斯少校，貴官留下來。謝列布里亞科夫中尉，不好意思，可以麻煩妳回去轉達阿倫斯上尉或梅貝特上尉，要他們其中一人負責今晚的值班。」

「遵命。需要覆命嗎？」

「不用，難得的假日，就去跟妳在西方的朋友聊聊吧。」

如果是要談微妙的話題，還是拜斯少校會比較方便；更進一步來講，既然有能探聽西方情勢的現場門路在，就該以這邊為優先。

要副官去跟朋友見面的譚雅，禮貌周到地向咖啡廳的服務生開口請求。

「不好意思，能借個電話嗎？」

當天　傍晚

參謀本部的戰務參謀很難說是個很有空閒的職務。

何況是被傑圖亞中將閣下狠狠使喚得非常過分的鐵路相關人員，更是爭分奪秒地死守在時刻表前。

那是在繁忙的參謀本部當中最為繁忙的部門。身為鐵路運用專家的烏卡中校，絕對難以說是能隨意行動的人。

「好久不見了，烏卡中校。在那之後，夫人與令嬡還好嗎？」

「啊，她們很好。最近就只擔心女兒會不會忘了我的長相呢。」

「在這種享受天倫之樂的夜晚找你出來，真是不好意思。」

「沒什麼，是不想讓人聽到的事吧，很急嗎？」

正因為如此，擁有能將參謀本部內部的人員找出來見面的人際社會資本，對譚雅來說也是個意外的優勢。

認識某人，能與某人對話，與某人具有關係。這些雖然往往容易遭到輕視，不過信賴就像是空氣。

只要有信賴，呼吸起來也很輕鬆。

「……關於時局，我有些無關緊要的事情想跟你聊。」

「喔。」烏卡中校苦笑起來，這對他來說會是個有點不知趣的藉口吧。該說是要聊點往事嗎？

——就算譚雅注意到自己憂心起來，如今也無濟於事了。

「我想你已經認識了，不過就重新介紹吧。這位是我的部下拜斯少校。」

烏卡中校朝默默行禮的拜斯少校瞥了一眼，一臉困惑地向譚雅問道。

「要聊事情嗎，這是沒關係，不過要讓部下同席嗎？」

「畢竟外表看起來很幼小。要是獨自走在夜晚的街道上，可是會被憲兵或治安警察抓回去輔導的。」

「中校也是，要是令嬡在這種時候外出，不也會很介意嗎？」

「我是不知道這是真心話還是藉口，不過，就當作是這樣吧。」

至少，他對共享機密沒有意見吧。

在咖啡杯中注入滿滿的真咖啡。一口氣喝下後，瞇起眼的烏卡中校滿意似的點了點頭。

「然後呢？」

開口第一句話，問的是找他何事。

「提古雷查夫中校，就從結論開始說吧。」

「什麼結論？」

「我可沒忘記軍大學時的事。當時貴官在辯論會上開口說出的嶄新結論，讓我驚為天人。」

「真是懷念呢。」瞇起眼的烏卡中校，感覺太沒有精神了。甚至讓人擔心起他是個在懷念過往的老人嗎？

精疲力盡的眼眸，急速增加的白髮，還有強忍痛苦般的音色，都讓人難以辨識出他的實際年齡。

大半的原因大概是繁忙的工作與精神壓力，不過睡眠不足也占有很大的因素吧。

「……就像是很久以前的事了呢。」

「畢竟發生了許多事。」

「的確，就像妳說的。真的是一直被許多事情追著跑呢。」

不論理由為何，參謀本部的人員戲劇性地衰老。假如不知道烏卡中校的實際年齡，大概會像是介紹故事的登場人物般稱他為老中校吧。

這只能說是太過惡劣的工作條件。

就譚雅所知，軍法要求帝國軍的參謀需要有適當的休息，維持適當的體力……不過法律在戰時是沉默的這句話，看來是至理名言的樣子。

「正因為如此，我才想知道貴官想找我聊的理由。」

「……要從結論說起，就算是下官也有點忌諱。」

嚇了一跳的拜斯少校與烏卡中校警戒起來，讓譚雅在內心裡苦笑。不需要特別做出這麼戲劇性的反應也沒關係吧。

不對，就算姑且不論承受著過度壓力的烏卡中校好了，就連他也一樣啊。

「還以為憑我們的關係，不需要在意這種事呢。」

「這是我的榮幸，中校。那麼，該怎麼說好呢。」

呼——長嘆一聲後，譚雅把話說下去。

「帝國軍在現狀下，不是能追求勝利的狀況。至少，必須承認已經走投無路的現狀。」

還可以嗎？——用眼神詢問後，對方也很清楚。妳說得沒錯——烏卡中校一臉苦澀的點頭。

帝國軍機構面臨到的種種問題，特別是過於擴大導致支撐戰線的後勤組織瀕臨極限的事實正屬於他的管轄。可說是參謀本部當中，最為熟知問題本質的立場吧。

他畢竟是後勤與鐵路的專家。

正因為他是這種人物，所以就連重視明哲保身的譚雅，也有辦法說出這句話來。

「就從前提導出推論吧。」

「作為大前提。」譚雅開口說道。

「萊希承受不住更進一步的戰線擴大。也沒辦法期待敵人投降。已是走投無路的狀況了。」

以對應、處理局面的觀點來看，目前為止是不會錯的。本來就未曾想定過長期戰的帝國軍，能一路堅持到現在，已是奇蹟般的努力成果了。

泥沼，或是該說穩定狀態的現況。

「正因為如此，參謀本部也很苦惱。我雖不是能得知傑圖亞中將閣下內心想法的立場，不過他不會是個沒有認識到問題的人吧。」

「就如你所說的。只要考慮到帝國軍的現狀，以戰略層面認識問題的所在，並在確定問題之後……」

「到此為止了。」

「咦？」

在制止歪頭困惑的譚雅後，烏卡中校開門見山地說了。

「提古雷查夫中校，就別再說這種像是在兜圈子的話了。彼此也都沒有太多時間吧。」

「……那麼，硬要說的話。」

譚雅端正好坐姿，譚雅開口說道。

「烏卡中校，就只能立刻議和了。」

「議和……提古雷查夫中校，很意外貴官會不知道這事啊。各單位早就以外交部為中心，積極地在摸索外交工作。妳所謂的議和是……」

不是的——用眼神制止他說下去的譚雅插話說道。

「現況是欠行的局面。」

會用西洋棋比喻，是因為能直截了當地表明狀況。

帝國想不出下一步該怎麼走。因為這不可能想得出來——譚雅是這樣判斷的。這不說是走投無路，還能怎麼形容啊？

「束手無策了。儘管很囉嗦，不過請基於這種認知容我發言。」

就在做了一次深呼吸後……譚雅遲疑起該不該說出接下來的話。她有自覺，就算是烏卡中校這樣能無話不談的軍大學同學，考慮到帝國內部的典範，這也會是遭到忌諱的見解。

即使如此，也不想成為在該發言時沉默的無能。

「我相信除了立刻恢復原狀的議和外，別無他法。」

不過下定決心說出的話，似乎沒有帶給他們太多感動。

拜斯少校錯愕露出困惑表情，看似無法理解的樣子。不過，這也是沒辦法的事。

譚雅等帝國軍的軍人，全都是為了追求「勝利」而戰。

自萊希建國以來，這就是個不滅榮光的故事。所謂的勝利，也就是偉大的擴張。就算理解議和的必要性，直到重新指出為止，都沒有理解到這件事的本質。

「因此，以戰前的國境線為基本的無併吞、放棄戰時雙方請求權的無賠償，此外如有必要，也該不惜提出軍縮條約吧。」

對如此斷言的譚雅來說，停損是必然的事。

就算說投入的成本龐大，但要是惋惜這些成本，而導致產生更大損失的話，就只能說是本末倒置了。

這往往是人類會不斷犯下的過錯之一。

作為將曾經偉大的企業、拘泥著成功經驗的企業摧毀的典型模式，不斷重複了無數次。

不過，這是只是理論。

正因為如此，像烏卡中校這種穩健的良知派才會露出苦澀的表情。

「提古雷查夫中校，這不叫議和。」

「那麼，這叫什麼？」

「這等於是投降，絕對稱不上是議和。」

烏卡中校憤然說道，儘管勉強克制住了臉色……光是能抑制住激情，就該稱讚他的自制心了吧。

「……妳以為這耗費了多少戰爭經費，堆積了多少年輕人的屍骸？」

「恕我直言，正因為如此，不想再付出更多的犧牲也有其道理吧。」

是啞口無言吧。

沉默了片刻後，烏卡中校開口說道。

「拜斯少校，貴官是怎麼看的。」

「咦？」

「我想知道清楚現場的將校意見。貴官怎麼看的。」

言外之意，就是想知道譚雅・馮・提古雷查夫中校以外的觀點。

可以嗎？──譚雅朝用眼神詢問的部下點了點頭。

「沒關係，少校。就說說你的想法吧。」

打從一開始就有預期到這種詢問了。

謝列布里亞科夫中尉擔任自己的副官太久了。也正因為如此，譚雅才會選擇拜斯少校陪同。就算難以說是客觀，就某種程度上，他也肯定能提供有益的意見作為參考資料。

「就結論來說……如果是在能與犧牲相抵的成果，與不再有更多犧牲之間做選擇，我會希望是後者。但要說到能不能割捨，恐怕會非常困難吧。」

「原來如此，這就是前線的意見吧。」

「至少，下官個人是這樣認為的。」

聽完拜斯少校與烏卡中校的對話，譚雅整個人頓時僵住。她必須承認，自己本來還不以為意地覺得，事情會按照預定發展。

「……等等，拜斯少校。」

……正因為如此，譚雅才會忍不住插話。

「就連貴官也無法割捨嗎？」

「倒不如說，中校為什麼可以割捨？」

「因為就只能割捨了。前線指揮官的特長即是選擇與集中。」

不僅熟悉戰爭，同時也能理解常識的部下——這是譚雅對拜斯少校坦率的評價。

認為他如果有必要，也能夠做出停損吧；甚至是認為他不可能不這麼做。然而，這究竟是怎麼了？

為什麼，會對流露感情感到困惑？

「恕下官失禮，這就只是道理……就只是個道理。」

知道最前線打得有多激烈的軍人，就應該會接受議和。這對譚雅來說，是深信不疑的事。在這瞬間，這份確信首次動搖了。

「那麼，中校，就先說到這吧。讓我們言歸正傳。」

「是的。」點頭回應的譚雅，轉身面向烏卡中校。

「……的確，我明白妳的道理。」

「謝謝，烏卡中校。」

「但是，提古雷查夫中校。就跟妳聽到的一樣吧。」

譚雅即使不情願，也不得不同意這句話。會不發一語的點頭，是最起碼的反抗。

這與其說是充滿稚氣的行為，倒不如說是茫然自失所導致的態度吧。

「割捨不了啊。就連受到妳長年薰陶的前線歸來將校都是這樣。」

「可是中校看似是同意的樣子。」

「理性儘管討厭得要死也還是認同了，但感情卻死守在碉堡裡擺出徹底抗戰的姿態。我實在是不覺得會自願肯定這件事。」

烏卡中校的聲音非常僵硬。就宛如是在用語調表達不同意的心情吧。

「難道要放任更多的損害嗎？」

「難道要讓至今的損害白費嗎？」

啊——在對話後，譚雅就在這時理解了。

是協和號效應。

居然偏偏是協和號效應！

對帝國來說，這次大戰無疑已然成為一筆「不划算」的投資。畢竟是耗費了龐大的戰爭經費，讓作為國家勞動人口的年輕階層盡數傾倒在大地上。

所得到的，卻是游擊隊與恐怖分子橫行的遼闊占領地。

這實在是太不划算了。

正常來想，就算能考慮靠搾取西方讓收支多少獲得改善，本質上也仍然是虧本事業。要是能辦到的話，就必須要盡早結束掉這筆投資。

問題，就只有一點。

……既然都辛苦到現在了，感情上也會強烈希望能獲得回報。

「果然，就算是烏卡中校也一樣會反駁嗎？」

「如果不是憑我倆的交情，我肯定會翻桌大罵吧……提古雷查夫中校，立刻議和的言論太過蠻橫了。」

「唯一的解決對策，似乎就只有你說是蠻橫的議和。」

烏卡中校氣勢洶洶地想反駁「那是投降」；不過，譚雅先發制人地補上一句話。

「至少，遠比被迫簽訂城下之盟，無條件投降來得好。」

解說

【協和號效應】 當把鉅額資金投入規模超大的專案之中，最後卻發現「啊，這不行啊」時，該怎麼辦？現在放棄的話，「投資金額」就全都泡湯了！只能把剩下的錢投資進去了！只要一再增資，就一定會有辦法……協和號效應就是指在這種心理下，將預算投入注定失敗的專案之中，然後就彷彿理所當然似的邁向失敗的過程。由來是因為，作為緣由的「協和式客機開發計畫」完全就是這種感覺。

「……別說蠢話了。」

「可是，即使是參謀本部，應該也不可能靠中短期的勝利結束戰爭。因此，理論上也無法否定被敵人強迫議和的局面。」

面對暫時陷入沉默的烏卡中校，譚雅也無言回瞪。譚雅所說的是極為確實的未來預想圖。自負著只要是軍人，正因為是軍人，才會說出預測到的可能性。烏卡中校也是在軍大學競爭名次的對手。離無能相當遙遠，不可能會沒辦法理解。

儘管如此，卻是這種講不聽的態度。

……儘管如此——就在腦中不斷思索時，譚雅領悟到了問題的根源。

「也就是說，就連厭倦犧牲的軍人，反應都是頑強地反對啊。」

不用看疲憊點頭的烏卡中校的表情就知道了。

「就是這麼一回事。後方該死的天真『輿論』，是頭極為棘手的怪物。貴官知道多少？」

「下官等人經常轉戰各地，對本國的輿論一無所知。」

「提古雷查夫中校，妳看這個。」

噹啷一聲，輕放在桌上的是作工精巧的懷錶。看起來是陳舊的款式吧，並沒有小型化到手錶的大小；即使如此，彷彿是工匠精心打造的這個懷錶，依舊是個能窺見到精細作工的傑作。

「是要我看懷錶嗎？」

「是看這裡。」

「錶鏈怎麼了嗎？」

「本來是銀的錶鏈。不過，因為提供命令被拿走了。」

「咦……這是……」

朝著詢問「發生了什麼事？」的譚雅，烏卡中校笑了起來。

「在本國的餐廳裡，人們可是一派認真地宣稱這是『最大的犧牲』。說會需要忍受這種不便，也全是為了勝利。」

這話假使不是出自知己的烏卡中校之口，譚雅大概會覺得太蠢，打從一開始就充耳不聞吧。

「就連這種程度，也要求著大量的回報……報紙與廣播一直放任著這種情況。」

「新聞封鎖呢？」

「妳覺得能阻止高漲的戰意嗎。說到底，就連封鎖新聞的計畫本身都還在摸索階段。是毫無事前計畫的報應，實際上是事到如今才想到要試圖管制。」

「你說是外行人在做情報管制嗎，難怪我國的政治宣傳會這麼慘不忍睹呢。」

就算說外媒會比較客觀是戰敗國家特有的現象，但帝國軍就連在「戰勝」的現狀下都有這種傾向，太不像話了。甚至是不斷重複著各外國的隨軍記者向本國拍出電報，然後再將電報內容寫成報導，都比「帝國」完成審查還要快的水準。

譚雅儘管鄙視帝國軍的報導管制水準是組織無能的化身，不過要是聽到他們連計畫都沒有準備，就只會感到恐怖了。

「也……也就是說……要抑制煽動起來的戰意很困難？」

話一出口，譚雅也總算是理解狀況了。

這不需要聯想到日比谷縱火事件（註：日俄戰爭後對賠償不滿的日本群眾，在一九〇五年九月五日東京日比谷公園的集會引起的暴動事件）。就算是贏家，也會因為勝利而陶醉在幻想之中。

就連那個俾斯麥，也不得不奪下阿爾薩斯．洛林；就連塔列朗都因為規勸贏過頭的拿破崙一事而忍無可忍（註：前者是德意志帝國的首任首相和法國與德國在歷史上的爭議地；後者是拿破崙的首席外交官）。

……除了大敗北外，沒有事比大勝利還要糟糕——混帳該死的格言，看來都伴隨著永遠的真理吧。

就跟泡沫經濟一樣。

缺乏冷靜，由狂熱所支配的現象，持續著無限的自我增殖直到破裂。當時對於試圖阻止的反駁，恐怕是難以想像的吧。

「……太糟糕了。要是澆熄這股戰意，戰爭就打不下去了。」

「能否斷言到這種地步，該先姑且不論吧。」

「烏卡中校，恕我失禮，這是個比起樂觀看待，更該悲觀準備的局面。」

這世上有著儘管麻煩，也不得不說的事實。

會不去正視事實的人，就只有祈禱著不想看見破綻，朝著谷底不停奔跑的蠢蛋吧；是只能嘲笑是蠢蛋的存在。與其加入蠢蛋的行列，毫無疑問是把自己的腦幹轟掉會比較愉快。

「狀況無法期待。帝國陶醉在幻想的勝利之中；另一方面，最前線正逐漸遭到泥沼吞沒。帝國軍這個細緻的暴力裝置，如今，這個瞬間，正在逐漸凋零。」

「正因為如此。」譚雅做出斷言。

「就算是軍事，終究也只是政治的延伸。要追求政治的解決方式……能經由傑圖亞中將閣下向上頭進言嗎？」

「這件事我知道了。就幫妳轉達吧。」

那麼——朝著如此鼓起幹勁的譚雅，烏卡中校繼續以低沉的聲音說道。

「不過，我就先把話講清楚了。請不要期待。」

「能請教理由嗎？」

「要立刻採取行動是非常不可能的事吧。不對，應該說是沒辦法採取行動吧。」

就算省略了主詞，也能理解他的言外之意。即使傑圖亞中將接納了進言，也沒辦法隨意地大幅變更方針。

「烏卡中校，我就直接問吧。帝國軍為何總是處於被動到這種地步啊！是怠忽職守嗎，還是內部有反叛者？」

譚雅沒辦法理解。

「提……提古雷查夫中校！」

「沒關係……聽妳這麼說，是已經明確注意到的程度呢。」

烏卡中校一面制止打算規戒譚雅「說過頭」的拜斯少校，一面寂寞地笑起。

「身為參謀將校的一員，我就斷言吧。帝國軍參謀本部根本未曾想定過遠征；就連帝國軍本身，都只有以國境附近的機動防禦作為目的進行編制。」

「因此。」烏卡中校嗤笑起來。

「帝國並沒有進攻敵地時的預備計畫。就結果來說，軍方就只是在所有的戰場上以臨機應變做出對應。可以說既然無法彌補缺失，就只能當場想辦法處理了。」

「你說一直以來，都是靠著各個現場的奮戰在防止破綻？」

「聽起來很刺耳，但妳說得沒錯。畢竟就連軍方的大方針都太過曖昧了……原來如此，只要說出口，就算再不願意也會理解到事態的嚴重性呢。」

「真是討厭呢。」抬頭遙望天花板的烏卡中校的肩膀很憔悴。沒有比這還要更讓人不容拒絕地認清參謀本部急迫的現狀了。

就譚雅所知，帝國軍的組織文化是「臨機應變」，這反過來說，就是會養成會想辦法「臨時」解決問題的惡習。

就算是在戰術面上極為靈活的組織結構，要是迷失了戰略面，可就本末倒置了。實在是沒辦法打贏。

一旦連像傑圖亞、盧提魯德夫兩位中將這般的戰略專家，作用都只限定在「軍事」層面上，帝國實質上就等於是不存在著國家戰略。

要是沒辦法活用軍事勝利，參謀本部就會是漢尼拔。

在戰場上是會戰無不勝吧。

不過要加上一個但書——直到無法挽回的最後一戰為止。

烏卡中校朝著發出呻吟的譚雅若無其事地追擊。

「這雖是國家機密，不過貴官沒問題吧。關於運用東方鐵路網的物流，缺乏制定進攻計畫經驗的參謀本部，挪用了某個計畫作為這件事的草案。妳知道出處嗎？」

「這麼說來，就以進行基礎研究來說，我完全沒有聽過相關消息呢。難不成是給軍官學校的學生做的研究課題嗎？」

「差了一點呢，不對，也能算是正確答案吧。」

「咦？」

向一臉錯愕的譚雅告知的正確解答，是一個出乎預料的答案。

「是以『共和國』軍參謀本部／戰史編纂局的聯合研究課題《進攻帝國的後勤研討》作為基礎研究的根基。」

語帶自嘲說出的事實，讓譚雅不由得頓失話語。

出處甚至不是自國。情報來源假如不是烏卡中校的話，就連譚雅也會難以置信吧。

「這……這是真的嗎？」

帝國軍臨機應變的靈活性，全在於有打好如此周全的底子。畢竟在軍大學的參謀教育中，可是一路灌輸著面臨瘋狂前提時的對應方式。

就算是遠征，也應該會有人在某處研究吧。

……不知不覺中，過度相信到像這樣抱持著刻板印象。

「針對內線戰略最佳化的鐵路運用理論，也沒辦法在敵地施行。」

烏卡中校伴隨乾笑說出的話語相當震撼。

就連在萊茵的戰壕裡遭到共和國軍的重砲兵部隊制壓射擊時，都不覺得有這麼恐怖。

「有種作弊的感覺。既然不懂訣竅，就只能使用現成的東西，這會是真理吧。」

「如果是使用繳獲的裝備就算了，居然連敵人的計畫案都拿來仿照……」

「這是必要的。我就只能這麼說了。」

不得不挪用敵國的研究……這只會是帝國軍未曾想定過遠征到如此地步的佐證。儘管愚蠢至極，但這就是徹底遺忘要進攻敵國的軍隊。

對譚雅來說，恐怖的是，這也能充分說明至今所感受到的不對勁感。

不論是不覺得有預期到要在聯邦過冬的對應、自治議會設立的大幅延遲，還是憲兵隊的翻譯與詢問俘虜的曠日費時，全都說得通了。

「……那麼，就不得不同意了。難怪是靠臨陣磨槍在處理事情。」

畢竟這些事情，他們連想都沒有想過。

追根究柢，這就像是靠熬夜讀書挑戰考試一樣的愚蠢行為。重複了好幾次到最後，直到今天都還沒有落榜，只能說這還真是不可思議。

像是在東方施行的分割統治政策，光看實際成績，就算說有經過長年用心的事前準備也不奇怪；也認為靠趕工工程，沒辦法做得這麼有效率吧。

「這樣一來……就連傑圖亞中將閣下在東方的分割統治政策，極端來講也會是「個人技巧」嗎？」

「怎麼可能會有這種事」的詢問對譚雅來說，這是預期會被一笑置之的話語。

「正是如此。」

「咦？」

烏卡中校的當場答覆，讓譚雅的背滑落了某種冰冷液體。

「那……那麼，這不就是個人事業，而不是明確的政策了嗎！」

「我能理解妳的擔憂……儘管在現況下，作戰也有受到最高統帥會議的追認，不過這並不是基於確實的戰略研究所做出的判斷。」

這是以個人的裁量所導出的政策。

是個人的政策，不是依據制度的政策？

「根據情勢，很可能會輕易遭到推翻。那項政策在中央相當不受到好評。」

不需要把這句話聽完。

譚雅立刻開口。

「我根據最前線的經驗斷言，不可能有比這更好的選擇。」

「恕下官僭越，誠如提古雷查夫中校所言。」

她可以跟間不容髮地表示贊同的拜斯少校一起斷言，東方沒辦法採取除此之外的解決對策。

就算被說是不受歡迎的政策，實現後方地區穩定的政策也不容動搖。

「請說服參謀本部，無論如何都要。」

「彼此都只是一介中校。這相當困難。至少……要是雷魯根上校在的話就好了。如果有他在，也比較容易跟作戰局談。」

「我聽說他去義魯朵雅方面出差了。」

「這就只能看運氣了……他暫時會很忙吧。我這邊要是有機會的話，姑且是打算過去拜訪看看。」

「就萬事拜託了。」朝著低頭鞠躬的譚雅與拜斯，烏卡中校點頭說：「就交給我了。」

「……不管怎麼說，我想知道現場的感覺。」

烏卡中校朝著連忙端正坐姿的譚雅與拜斯低頭說道：「拜託了。」

「沒辦法寫進報告書裡的現場心聲可是很珍貴的。畢竟，也不能遺漏掉前線的體感。就務必拜託了。」

真摯的聲音。

專業人士就得要這樣才行；不該成為態度傲慢，只會選擇性地接收部下取捨過後的情報的裸體國王。

對現場的聲音、現場感覺的敬意，如實呈現著組織的健全性。

想要知道的請求，就該做出最大限度的關照。

「交給我吧。這算是真咖啡的回禮。就容我從新鮮的前線提供大量剛剛送達的戰鬥教訓。」

「就饒了我吧。」

烏卡中校這可說是懇求的話語，譚雅聽起來甚至像是發自內心的呢喃。

「後方的薪水很慘呢。從最前線送新鮮的東西過來，只會因為吃不慣的食材而引發食物中毒啊。」

「……就算會消化不良，也比沒得吃好吧。」

「光是能送到就該感激了吧。這我也無法否定。」

烏卡中校語帶苦吟的結論是個悲哀的事實。就算是必須要知道最前線狀況的立場，也沒道理要心存感激地收下不想知道的消息吧。但是，也不能遮蔽雙眼。

「不管怎麼說，就去做該做的事吧。」

「這是個簡單明瞭的法則呢。那麼，有緣再會了。」

到頭來——譚雅不得不做出結論。就算不論再怎麼掩飾，不想看到的現實都依舊存在。

帝國的情況如今就明擺在眼前。

既然是無法逃離的宿命，就不得不去擁抱了不是嗎？

[chapter]

V

第伍章

前兆

Portent

真是場奇怪的戰爭。對游擊活動的各位來說，
我們的到來是在給他們找麻煩吧。

德瑞克中校／北方突擊戰的回想

統一曆一九二七年三月底　聯邦領內

古賢有云，凡事有準備，良機方會到來。所以說，不自助之人，天也沒有伸出援手的道理。

這也就是說，為了掌握良機，必須要果敢地進行積極行動。

所謂的原則，總是說來容易做來難。

德瑞克這名海軍魔導軍官所知道的，是與光靠幹勁一點辦法也沒有的現實妥協，進行戰爭的方法。那怕是參與北方方面計畫的聯邦軍參謀本部所主導的「兩棲作戰演習」，讓他看到慘不忍睹的東西也一樣。

儘管是讓他參觀作為重要軍事機密的實際演習的厚待，幻滅也只是一瞬間的事。

德瑞克中校在所經歷過的戰火當中，非常清楚地知道沒有空中優勢的戰爭有多麼無謀。打從帝國軍航空艦隊進駐舊協約聯合領土以來，那附近的敵航空戰力就極度猖獗。棘手的或許該說是敵人的本領吧。

圖謀讓聯合王國與聯邦航路寸斷的帝國航空艦隊，曾被看作是一群非常優秀的傢伙。會用過去式述說，就只是手上握有最新的情報。

基於參加過航路護衛任務的經驗，德瑞克中校可以斷言。情報部做事也並非完美。假如要他作為實際交戰過的感想來說的話，「非常優秀」會是個極為不適當的說法吧。這是第一個錯誤。

實態的情況超乎想像。「要預期最壞的情況」這句話說得還真好。必須承認，敵情是「危險至極」。

就連像RMS安茹女王號這種擁有敵潛艇捕捉不到的航速，還有一大票像自己等人這種海陸魔導師擔任直接掩護守著的船隻，都會在路途中慘遭重創。

第二個錯誤，是對帝國軍海軍潛艇隊的輕視。他們雖是不起眼的存在，卻也是種嚴重的威脅。聯邦海軍好像是輕視地認為只有展開數艘左右，但這可是反潛巡邏能力令人質疑的傢伙們做出的分析。

遺漏的數量讓人恐懼不已。

只要加上這些錯誤，問題就很明顯了。

讓軍隊從舊協約聯合領土登陸的計畫，儘管似乎有納入會在登陸後受到帝國軍激烈反擊的假設狀況，但太過樂觀了。很可悲的，這是不知道何謂敵前登陸的戲言。

會沒考慮到「無法登陸」的可能性，簡直就是門外漢……是聯邦軍這種不想去考慮的態度，限制住了內部情況吧。

「希望」沒問題。

所以「沒問題吧」。

也就是「沒問題」。

受到毫無任何保證的論據所支配的氣氛讓人恐懼不安。樂觀的見解是一種安心，也就是算是最大的敵人。為什麼沒有人質疑照這項計畫進行的瘋狂舉動啊？

真正的膽小鬼是這些不說該說的話、不考慮該考慮的事的傢伙們。德瑞克中校不由得詛咒起上天。只要回顧軍歷，甚至會感到恐怖，這不是始終都在幫門外漢與樂觀主義者擦屁股嗎？

感覺有必要將這件事傳達給沒必要委婉說話的戰友知道。

「認為這行得通的陸龜們無法理解呢。」

德瑞克中校向米克爾上校喃喃說道。

「……居然根本就沒有登陸艇！這也太過嶄新了。可說是賭上公款，在戰時舉辦的優雅遊艇競賽吧？」

「你就饒了我吧。」

米克爾上校壓低音量，一語道出聯邦軍的內情。

「就算是那個，似乎也是我國海軍傾全力舉辦的登陸作戰演習呢。」

米克爾上校的耳語幾乎是不帶感情的機械語音。深深覺得他所壓低的聲音中，原本帶有的恐怕是認命與疲憊的感情吧。

儘管如此，作為被討厭的人，仍舊是不得不問。

「我知道這是個僭越且不知趣的問題，但請容我確認一下。如果是革命前的海軍，有辦法在一天之內準備好比那還好的態勢嗎？」

「這不是能問魔導軍官的問題呢。既然管轄不同，我就對海上的事一無所知……是略有耳聞說各位專家已經不在了。」

「夠了。」德瑞克中校就在這裡結束這個危險的話題。這既不是想深入了解的話題，也不想被誤會是在干涉內政。

聯邦海軍的內情，就是陳舊的硬體配上純白的軟體。

說純白聽起來是很乾脆，但總而言之就是空白一片；僅殘存著陳舊海軍的外殼，故態依舊的前無畏艦，就只是艘勉強能展現稱不上威容的威容的船隻。

在航空魔導師、航空機，就連潛艇都戰力化已久的現代海戰當中，聯邦海軍算不上多少戰力吧。

「姑且作為同盟國的義務，說出看完演習後的結論吧……就這樣闖進敵制空圈內，是自殺行為呢。」

「畢竟沒有空中優勢呢……前提相差太多了。」

就算是以苦悶語調同意的米克爾上校也是知道的吧。只要看到茶會作戰的結果，正常的軍人不論是誰都會得到相同的結論。

「用正規航空母艦打擊群發動攻擊，是實質上的兩敗俱傷。除去航空母艦，還能期待有同等的空中掩護嗎？」

「我祖國的海軍可沒有航空母艦呢。」

「……不得不說這是無謀之舉。」

他們在意的是前陣子聯合王國海軍意圖進行壓力測試所實施的作戰結果。兼作為某種武裝偵察，聯合王國的航空母艦機動部隊同時在舊協約聯合地區、舊共和國港灣等廣範圍的地帶發動襲擊的結果是慘不忍睹。

畢竟在所有地區上都遭到徹底擊退了，甚至暴露出主力艦在對空戰鬥能力上的缺失。

「不能小覷帝國軍的守備部隊只是二線級。真是棘手。」

在完美的奇襲作戰下，敵人呈現出連教育部隊都得陸續派出迎擊的醜態……儘管官方發表說得很勇猛，但只要有人能看懂內容，這對聯合王國海軍的衝擊就是顯而易見。

這不是連對付面臨偶發遭遇戰的帝國軍「教育培訓部隊（雛鳥）」，聯合王國海陸魔導部隊都不得不因為「時間到」而撤退了嗎！預計還尚未脫殼的敵方培訓部隊甚至保持著以聯合王國基準來說「足以投入實戰的水準」，就只會是帝國軍的質量基礎極為強固的佐證。

當然，事前就有預測到西方的抵抗會很頑強。

正因為要與聯合王國本國對峙，所以帝國軍西方航空艦隊與配屬在該地的預備戰力很強大一事，並不會讓人驚訝。

儘管如此，戰果似乎是比預期中的還要難看。

即使是屬於封口令與保密的項目，卻還能間接聽聞到大量情報的話，實情就相當糟糕啊。

這要是西方以外的地方防備鬆散的話，還能鬆一口氣吧；但經由壓力測試作戰的結果，查明舊協約聯合領土上的敵部隊似乎也很強大。

「不得不承認比預期中的還要能幹呢。帝國軍很重視截斷對聯邦支援管道吧。航空戰力是驚人的充實。」

邊把話說下去，德瑞克中校邊氣憤地看起資料。

手上的文件，是預期會受到比較輕微的反擊而在舊協約聯合領土上發動攻勢的結果。儘管德瑞克等人有在事前發出警告，但似乎是沒有受到重視。

一眼就能看出結果很淒慘。在包含未確認航空艦隊的強力敵部隊迎擊之下，航空母艦航空隊承受到嚴重打擊。

似乎是得知帝國軍的地面部隊大半是第二線級的拖時間師團，而小看對手了。

正因為是靠游擊隊情報在確認敵守備部隊，所以才會在哪裡把「沒有強力的地面部隊」誤理解成「沒有強力的部隊」吧。在軍組織當中，這是很罕見的錯誤。

航空戰力是第一級的情報很不妙。是舊協約聯合領地的帝國軍航空艦隊比過往預估的還要大幅增強的如實證據。

就算作為RMS安茹女王號的護衛，護送單程路途的德瑞克中校等人的報告事到如今才受到注目，也為時已晚。

「……在敵人的空中優勢下運用運輸船團可是個惡夢。本國究竟是在幹什麼啊。」

德瑞克中校以輕輕地，但充滿危機感的語調發出警告。

無知的人還真是幸福吧。就算將強力部隊引開主戰線並不是不值得高興的事，但也讓航空艦隊擴張到扼守「對聯邦支援航路」的位置上了。

考慮到航路的重要性，這可不會只讓海軍出現苦於失眠症的被害者就沒事了。

這儘管是非常清楚的問題——德瑞克中校吐出白色呼氣代替抱怨。應和他的米克爾上校，臉色也難以說是好看吧。

「看情況，上頭做出了自以為是的解釋吧。就像是認為帝國軍的航空艦隊全都集結在最前線的樣子。」

「是這種樂觀的計畫嗎，是要誰來幫他們擦屁股啊！的確，相較於聯邦軍重視戰略預備部隊的情況，帝國軍是以在前線部署厚重戰力聞名……但也不到輕視後方防衛的程度吧？」

聯邦軍往往會認為帝國軍是「強化攻擊型」……但就德瑞克中校所知，帝國軍是最為「防禦性」的軍隊；往往會被認為是重視機動力、運動戰化身的帝國軍事準則，核心可是「內線防禦」。

換言之，就是眾所公認擅長靠手牌防守到底的對手。

「……或許該說真是困擾吧。然後，讓戰友乾著急可讓人無法恭維呢……你有什麼祕技或有趣的劇本吧？」

「儘管稱不上是祕技。」德瑞克中校帶著輕笑回應。

「我們總之就是要擔任佯攻。」

「確實是如此。要將帝國軍的注意力轉移到東方戰線以外。極端來講，還想讓戰力也分散配置吧。」

「哎，重點就在這了。」

「聽好。」德瑞克中校維持著邪惡笑容說下去。

「要走後門打擾，空中優勢與敵前登陸都不可能對吧。要有佯攻的感覺大鬧一場是很好……但這樣太認真了呢。」

德瑞克中校說到這，就把香菸拋開，語帶抱怨地指出這件事。這不僅限於聯邦軍，重視程序的軍人都太過拘泥「教範」的規定。

「我們可是要去奇襲喔。既然無法正面拜訪深愛的茱麗葉家門，就必須成為從後門偷偷潛入的羅密歐了。」

「是相思病嗎？」

「沒錯，這就像是相思病。活用潛艇的突襲作戰，這簡直就是理想。帝國軍奪走了我的芳心。」

「喂喂喂，這可是不謹慎的關係喔。」

「我就承認迷上了帝國軍的手段吧。」

奇襲、佯攻，或是斬首戰術。

帝國軍活用航空魔導大隊的狡猾手段非常有效。甚至還做出在海軍戰略上，好像連檢討也不曾有過的使用方式。

在將軍們優雅的餐桌對話中，說不定不受好評，但是在下級軍官休息室的軍官們之間，這種極度勾起冒險心的積極性，可說是值得效仿的果斷性。

「……我們可是被擺了一道。說甘拜下風會比較好吧？」

「是東方主義呢。」

「啊，這話題就說到這吧。」

聳聳肩，閉上嘴的米克爾上校若無其事地環顧起四周。從他的態度看來，結束對話的意圖很明顯。

是「被政治軍官聽到就麻煩了」之類的吧。

就連這種玩笑話都會招致麻煩事嗎？

「那麼，作戰方案看來由我來制定會比較好呢。」

「……抱歉，麻煩你了，不過就拜託了。」

「沒什麼，畢竟這可是聯合王國軍人硬是強迫聯邦軍人去執行計畫呢。就敬請期待我們的桀傲不遜吧。」

就從結論來說吧。

德瑞克中校、米克爾上校安排好的企圖減輕東方壓力的進攻作戰，儘管經歷過好幾次的糾紛，大致上還是取得了聯邦軍、聯合王國軍雙方的理解。

正確來講，與其說是理解，更該說是非常歡迎也說不定。高層對這件事的反應就是如此肯定。兩人聯名提出的計畫《經由海路運用複數大型潛艇侵入舊協約聯合領土的進攻作戰》，就以將使用駁船的兩棲作戰作為基本的突襲作戰來看，是史上最大規模。

大反擊的說法，也受到急於反攻的部分高層喜歡吧。

最終的目的是對東方戰線的側面掩護。

至於手段，則是要藉由誇示當地游擊隊與聯邦、聯合王國同盟軍的合作，將帝國軍的兵力引誘到諾登以北地區加以拘束。

可說是比較樸實簡單，所以也很可靠的作戰吧。

原本所擔憂的部門間上下關係也意外地輕鬆獲得解決。就連即使是同盟國，也依舊不想讓聯合王國軍人搭上潛艇的聯邦海軍，最終也在莫斯科的軍令之下答應了這項作戰方案。

基於比起軍事成果，更重視追加政治成果的因素，支援持續存在的反抗勢力並不會太過勉強這點，也很讓人滿意。

可說是在所有的階段上都發揮了協調的精神吧。

在各階段上，獲得肯定答覆所需要的時間短得驚人。只要稍微聽說過官僚機構的低效率，這甚至是讓人難以置信。

史書會讚賞這一切都準備得很順利吧。

萬全的合作體制。

確實的戰略目標。

高層穩固的理解。

作戰指揮官毅然的決心。

適當的情報分析與相關單位的整合。

幾乎決定成功與否的各種要素全都做好調整了。

只不過，身在現場的德瑞克中校等人的狀況，即使羅列出看似很順利的字句，也很難講有最後說的這麼漂亮。

畢竟所謂的現場，不論在哪裡都滿是泥腥味。

就連共乘聯邦軍潛艇的德瑞克中校等人的航行途中，也沒有例外。

就算沒發生顯著的問題，但畢竟是急就章安排的航海行程。

就只是在穿插著機械故障、途中遭遇疑似巡邏艦的螺槳噪音，或是因為艦內狹窄空間引發的糾紛之後，在用來提出的報告書上註記「無特別問題」罷了。

一旦是在穿插進前述要素之後，即將抵達舊協約聯合領海的目的地的話……對運送人員的尊敬之意也會油然而生。

「布雷潛艇也很方便呢。在戰前任誰也沒想過居然還有這種用法對吧？」

有點閒著無聊的德瑞克中校，滿懷敬意地向身旁的值班將校搭話。

海軍軍人不僅聽得懂德瑞克中校的女王英文，還能做出回應。還真是讓人驚訝——或許也沒有吧。

海上規範，就是這麼一回事。

「說方便聽起來是不錯，但也能說因此讓我們很辛苦。一旦達成超過定額的量，下次起就會以超過的達成量作為基準。」

會在無法避人耳目的操作室自然地隨口說出危險發言這部分，即使是聯邦軍人，潛艇乘員的脾氣也是世界共通的樣子。個性良好的大海男兒。

一旦搭上可稱為命運共同體的潛艇，船員就等同是生死與共的家人。看來意外地也不會顧忌口無遮攔的對話。

「我很能體諒。真是辛苦你了。我就作為賠罪奉上這一瓶了。是私帶的琴酒，不介意吧。」

「居然賄賂我，真是個壞蛋。我都快相信黨的政治宣傳，認為資本主義者全是一群可怕的傢伙了。」

儘管一臉裝傻，但完全不否定德瑞克中校說詞的聯邦將校，他的態度以聯邦軍人的言論來說很罕見。

「哈哈哈，這當然是邪惡資本主義者的陰謀了。就讓我用溫暖的酒懷柔這冰冷的艦內吧。」

德瑞克中校一面回以笑聲，一面在海中重新體會到潛艇內自成一個特殊的社會。硬要舉出缺點的話，頂多就是在艦內能講究的排場有限這種愛美之人的感慨了。就算要與聯邦的海軍軍人一塊空虛笑起，待在擁擠難受的艦內也裝不了樣子。也就是用值得忍受的小小代價，換取自由的氣息吧。

雖說是讓人員代替水雷搭便船……不過坦白講還是太窄了。雖說就算勉強擠擠也不是塞不進來，這也擠到讓人不想經常這麼做的程度。

三艘、三個魔導大隊。

包括德瑞克在內，海陸魔導師就編制上也經常搭乘狹窄的軍艦，是相對來講比較習慣的軍種。在這方面上，常在地面作戰的聯邦軍魔導師們就比自己等人還要勞神費心吧。辛苦他們了。

啊——德瑞克中校就在這時苦笑起來。在這邊東想西想，還真不像是自己。在平安抵達開始位置，稍微用紅茶舉杯慶祝完後，要待命等到規定時間的漫長時間，似乎會讓人思考起來。

要是沒有「監督人員」乘船，就能表現得再粗曠一點，一面招待著蘭姆酒，一面與個性爽朗的船員們把酒言歡了……現況卻是連倫迪尼姆的地鐵恐怕都沒這麼擁擠的密集狀態。

唉——德瑞克中校長嘆一聲，就像不想妨礙船員做事似的在操作室裡默默注視起時鐘，發現到一件奇妙的事。仔細一瞧，什麼！這不是帝國製的嗎？

想不到居然會有這麼一天，要在聯邦軍潛艇裡，看著帝國軍製的時鐘準備登陸！帝國軍那些傢伙在準備登陸歐斯峽灣前，也跟自己等人一樣在探頭望著時鐘吧。奇緣就是這麼一回事吧？

想到這裡，德瑞克中校就意識到這一連串的不可思議。

自己居然在充滿自由氣息的潛艇內部，用帝國製的時鐘確認著時間，與聯邦軍人進行自由意志的對話！

這就是觀察、發現、解釋的三個階段吧。世界還真是奇怪。

即使只經過了片刻時間，但也到了讓德瑞克中校中斷思考的時候了。

「羅密歐行動，已達規定時間。」

聯邦語吶喊響徹開來。

不需要等人翻譯。是時間到了——所有人都端正姿勢，朝艦長的方向望去。

「維持潛望深度！確認周邊……沒問題！」

「停止潛航！浮上！」

「Main Tank Blow（主壓艙櫃排水）！」

船員們段落分明的俐落對話在鐵棺材裡迴盪開來。

即使是聽不懂的語言，對海軍軍人來說也是在述說相同的事情；就算語言不同，開船的方式也不會改變。

壓縮空氣將海水排出，外殼在浮力的牽引下飛出大海，不過是一瞬間的事。

「裝備無礙！」

「打開艙口！」

「監視人員就位！」

海軍的水兵陸續從艙口輕快衝出。一旦脆弱的潛艇浮上海面，周遭警戒就是分秒必爭的事。

不過，這就是船員的工作。

對搭便船的人來說，從艙口流入的新鮮空氣才叫人心醉。富有氧氣，讓大腦能不用煩惱二氧化碳濃度呼吸的新鮮空氣。

「……哎呀，想不到海上的空氣會這麼清新。」

「哈哈哈，就跟你說的一樣吧。假如不是潛艇乘員，是不會知道海岸的味道竟會如此甘甜吧。」

突然出現在身旁的聯邦方海軍軍官說的話，可說是真理吧。

正因為是海軍同胞，對船藝抱持敬意，才會有這種充滿親近感的意見。「你說得沒錯。」德瑞克中校聳肩發起牢騷。

海陸魔導部隊就有如古老的海軍陸戰隊，大多是搭乘「主力艦」。潛艇勤務對自豪軍歷不短的德瑞克中校來說，是首次的經驗。

對了——德瑞克中校就在這時想到，初次經驗也是有分好壞的。

瞥見周遭的聯邦軍人使的眼色，到領會箇中涵義為止的過程，可稱不上是愉快。

必須端正坐姿，收起與周遭聯邦軍人打成一片的氣氛，故意裝出不熟嘴臉的理由只有一個。

穿過狹窄的艦內通道，朝這邊走來的女性將校的身影即是原因。朝著清新甘甜的海面空氣罵髒話是很不風雅，但隱忍不發對德瑞克中校來說也難以說是愉快。

人生在世，想隨心所欲的生活還真是困難對吧。

「德瑞克中校，我以人民之名，祝你武運昌隆。」

政治軍官在自己面前禮儀端正地低頭行禮。

奉命翻譯的海軍將校疲憊般的表情，如今也早已司空見慣，這點也令人深感同情……就連壓抑對政治軍官的厭惡情緒，自己也變得相當經驗豐富了。

就算是已逐漸習慣，也不會因此不對她感到厭煩。

「辛苦了，塔涅契卡中尉。受到貴官許多關照了。」

「不會，我很高興能與各位同志一塊同行。」

「妳能這麼說是我的榮幸……雖說是同盟國，也有勞妳了吧。」

能帶著笑容說起虛情假意的對話，是成長還是神前的墮落呢。只要想到上頭似乎形容這是在與惡魔握手的事情，應該就屬於後者了吧。

老實說——德瑞克中校在笑容底下痛罵。聯邦軍人為什麼能忍受這種難以理解的系統，會是人類史上最大的謎團吧。

「哎呀，讓並非海軍的貴官陪同至此，真是不好意思。」

「不會，能幫上各位的忙，我也很高興。」

不是海軍軍人，也沒有參與作戰。

頂多只是白白浪費有限的氧氣與裝載空間。抱持會這種印象，不免是偏見太重了也說不定。

正因為知道海軍的團結與家族般的牽絆，所以也沒辦法保證德瑞克中校自己沒有對混入政治軍官這種異物抱持著過剩的厭惡。就算不是米克爾上校的意見，這名叫做塔涅契卡的政治軍官確實就只是麻煩而已，她個人並不蠻橫。

不過仍舊是不得不同情——這對聯邦的海軍軍人來說是場災難呢。

就算是「潛艇」，原本也都會有政治軍官共乘。明明如此，卻還要讓跟隨自己等人的政治軍官共乘的話，就沒有比這還要苦悶的事了吧。

「老是在給聯邦的各位添麻煩呢。希望我們這種搭便船的人沒有帶來太大的麻煩。」

抱歉了——德瑞克中校向聯邦將校低頭。

畢竟同為大海男兒，不需要多餘的話語。不過作為禮儀，還是打算表示謝意。該說正因為如此吧，德瑞克中校就在下一瞬間啞口無言地傻住了。

「些許的文化差異會是世界共通的煩惱吧。既然共有著並肩作戰的大義，這就只是應當跨越的障礙。」

莉莉亞．伊萬諾娃．塔涅契卡這名政治軍官太可怕了。竟然毫不害臊地回話了嗎！

居然大搖大擺地介入將校之間的對話！

就承認吧，自己從未想過會有這種事。這不是要說給政治軍官，而是打算說給海軍將校聽的雙關語。對此，政治軍官大人還真是感激地毫不客氣的回話了！

「誠如塔涅契卡同志所說的，德瑞克中校，還請別放在心上。」

「……抱歉了，不對，該說感謝吧。」

「我都可以。」

聳聳肩的海軍將校早就習慣了吧。對德瑞克中校來說，這是應該驚訝的超現實。

俗話說人多嘴雜，沒有編入海軍指揮系統裡的人員，不僅共乘著像潛艇這種以眾人團結一心為最低基本要求的船隻，還擺出一副主人嘴臉！

「哎呀，真是敵不過你呢。就用戰果作為回報吧。不過，也不能讓你背負起過剩的定額量，還是別太期待吧。」

沒有不悅地說這讓人難以忍受，是因為還保有著自制心吧？

抱歉了——他邊在心中道歉，邊登上艙口衝出去後，就是懷念的甘甜豐潤的海潮氣息。

正因為這樣。

不可思議地，煩躁的心就在準備前往戰場的甲板上平靜下來，看來自己也相當罪孽深重呢。

德瑞克中校苦笑起來。

吹拂海風的海上空氣，叫人迷戀到不能自拔。就算早已習慣從事情報部的陰險行動，自己仍舊是重視名譽的軍人性格吧。

就算義務發出請求，良心也會提出抗議。

既然如此——德瑞克中校帶著淺淺微笑，在潛艇的小小甲板上仰望天際，滿意地點點頭。

就去工作吧。

與其迷惘，與其煩躁，還不如埋首去做自己的工作。

「海陸魔導大隊，甲板集合！」

大喊「出擊」的瞬間，有著任何事物都難以取代的爽快感。佩掛寶珠，揹起步槍，祈禱迎向大海的自己也是名勇者。

身為軍人，身為戰士，身為一名指揮官，對善盡義務一事，為何有必要擔憂啊？

「米克爾司令向全隊下達出擊信號。」

部下精神抖擻地傳來的報告聲，聽起來還真是興奮啊。

「非常好。」德瑞克中校猙獰地回應。

「組成空中突擊隊形！目標，奧斯峽灣！蘇中尉，由貴官引導。前往祖國的道路就由妳來領路了。」

「遵命！前導就請交給我吧！」

是精神煥發的語調。

朝她瞥了一眼，發現蘇中尉臉上滿是喜色。對她來說這是返回祖國，情緒高漲並不是什麼壞事，也有著情有可原的理由吧。

不過——德瑞克中校仍不得不抱持著一絲擔憂。

「別太興奮了，中尉。」

「收到！前方警戒請交給我吧！」

「很好。」

儘管頷首答覆，不過有別於嘴上說的話，她那興奮的表現讓人擔心起「她真的有聽懂嗎？」而不得不覺得她很危險呢。

作為衝進舊協約聯合的入口，所選擇的目標是奧斯峽灣。聽說這裡也是蘇中尉的父親曾經戰鬥過的地點；然後也是讓帝國軍艦隊登陸，瓦解舊協約聯合戰線的古戰場。

她能保持冷靜嗎？——無法抹去心中的不安。

不過棘手的是，即使德瑞克中校再怎麼擔心，都沒辦法把蘇中尉從前鋒中剔除。

本國的請求一直都是以政治優先。白廳的顯貴們所追求的是遭帝國占領的各國出身人士，在對帝國戰中打得轟轟烈烈的畫面。

如果要宣傳的話，他們這些舊協約聯合出身，還來自合州國的義勇軍人，會是個很適合的題材吧。

在政治上，現場的德瑞克中校被嚴格命令要積極地將他們投入戰鬥。

這是為了政治，由政治主導的作戰行動。

就算說戰爭是政治的延伸，這對現場指揮官來說不免也太過現實了。就以為了政治宣傳的聯邦、聯合王國聯合作戰來說，這是當然的要求；但對現場指揮官來說，這卻是不得不感到棘手的命令。

「大海真好呢……不對，可不是發呆的時候了。」

升空，一路朝向奧斯峽灣的航程。就算經過無數次的桌上演習確認，也學習過兵要地誌，但從潛艇出擊的奇襲攻擊作戰，這還是第一次經驗到。

這也是初次經驗啊——想到這裡，德瑞克中校忽然注意到一件事。

「……經由潛艇入侵，在投射航空魔導大隊後展開奇襲。居然到了我們這些專家得要完全仿照外行傢伙帶頭幹的事情的時代。」

海洋國家的海軍軍人尾隨在大陸國家之後。這就像寶貴的海洋女神遭人睡走一般的衝擊吧。

「身為海上霸者的我們，還真是寂寞呢。」

自以為是先驅者，卻落後了他人一整圈。是在自負是第一人的領域中犯下的醜態。坦白講，這難以稱得上是愉快。

船夫總是高歌著大海與船隻她們的忌妒心重；只不過，事實卻是彼此彼此。不論大海男兒還是船隻，都是深情之人。不過是新來的帝國，居然敢在我們的大海上耀武揚威！這麼可能會有這麼愚蠢的道理或理由。

德瑞克中校握緊拳頭，深吸一口海風，大笑起來。

「沒辦法，就讓我們不落流行，出色地達成這項作戰給他們瞧瞧吧。」

身為公認只會在戰爭與戀愛上認真的祖國人民，必須在這裡極力發揮出一次看家本領。我本來就是海陸魔導部隊的指揮官；即使是兩棲作戰，也不是初次經驗的初學新兵。

就只是沒有加上潛艇這項要素罷了。
只要有基礎，應用起來也不會很難；要說到唯一的問題，就屬聯合作戰這一點了。
「老大，米克爾上校他……」
「我現在就去。」
德瑞克中校回應部下的叫喚，同時喃喃低語。
「一切全都是初次經驗，過程也不順利嗎。哎呀，命運女神還真是不知羞恥。看來相當重視氣氛呢。」
完美的合作往往都是紙上談兵吧。
別說是友軍部隊，就連讓自己的部隊合作都很困難。要將陌生的他人在生死與共的戰場上視為一個有機性存在的戰友，需要付出相對應地嘔血、流汗的時間。
「……畢竟最初的回憶，大多是想當作沒發生過的事呢。」
所謂絕佳的默契，沒辦法靠理論達成。
聯邦軍的米克爾上校是名值得信賴與尊敬的軍人。
對德瑞克中校來說，他個人並不會吝於將背後託付給他。但就算是有著相當信賴的軍人，要說到能否即席合作，就是不同次元的問題了。
雖說已執行過兩三次的聯合作戰……但那不過是在同一個戰場上，碰巧並肩作戰的共同戰鬥關係。

而且，對游擊部隊的事情是一無所知。

既然是首次的聯合運用，就算是最優秀的夥伴，也必須有失敗的覺悟。如果不只魔導部隊，還要與當地的游擊隊共同作戰，風險變數就會以加速度累積。

「有道是盡人事聽天命。哎呀，這要是牌局，可是該蓋牌的局面喔。」

我可不想將幸運女神一時興起的微笑，誤解成是受到命運眷顧而墜落大地；而用蠟燭做的翅膀接近太陽，也毫無疑問是件蠢事不是嗎？

米克爾上校朝天空仰望一眼，一臉厭惡。表情會說話，這句話說得還真好，對吧。

「收到壞消息了。」

「請說。」

「應該要抵達第三出擊地點的潛艇被敵警戒線捕捉到了，來不及抵達。儘管有回報現在位置……但相當遙遠。」

德瑞克中別開視線，校忍不住咂嘴。

這雖是在戰場上應該要預期到的意外之一……但偏偏是在初期階段就受挫了。

「……一個大隊缺勤嗎。這樣人手會不夠呢。」

「開戰前就有三分之一脫隊。這很快就會被判定全滅了吧。」

事態相當嚴重。

「也就是說我跟上校，是在開戰前就讓三分之一戰力脫隊的無能吧。」

不輸給米克爾上校的漠然語調，自己的聲音也很挫敗吧。如今就算要逞強，也缺了點銳氣。

「這該說是潛艇作戰的課題吧。我早有覺悟無法期待像艦隊那樣的緊密聯絡，而且會很困難……還以為腦子早就知道了……」

或許該訂正說法，是曾以為早就知道了吧。

潛航中的潛艇無法使用無線電；無法使用無線電，也就是沒辦法回報狀況。

以親身體驗學到這究竟有著怎樣的意思，是非常痛苦的一件事。

「就連像貴官這樣充滿海潮味的軍人也一樣嗎？」

「我的工作是從海上過去。海底的事，我也跟新人沒兩樣。」

能學習到不知道的知識，可是種難能可貴的經驗。不過想補充一點——如果授課費不是暴利的話。

「無懼世人目光的我們，居然會被螺槳噪音嚇得提心吊膽，還真是討厭的經驗。雖說途中沒出大事，我也受夠這種像是在害怕舍監眼神的心情了。」

「的確，光是想起來就叫人討厭。」

彼此交換著「你以前也是個壞小孩呢」的眼神，德瑞克中校同時輕笑帶過這個話題。既然無能為力，就只能接受了。

「不明船隻的引擎聲，我已經聽膩了。」

以潛艇接近，浮上，讓魔導部隊出擊。

這些全會是以奇襲作為前提的作戰行動；在浮上時，只要附近有一艘船存在，就無法期待能保持祕密。為求保密，可說是煞費苦心。

居然就連友軍潛艇的動向都掌握失敗，直到開戰前才注意到兵力不足，還真是諷刺啊。

「話說回來，缺的一個大隊該怎麼辦？」

「乾脆……判斷不可能繼續大規模的佯攻作戰，改成一擊脫離如何，只要打擊敵方的魚雷倉庫，也能在某種程度上確保北洋航路的安全性吧？」

米克爾上校的語氣聽起來應該沒有很認真吧。不過，著眼點看來並不壞。

如果只是要一擊脫離，只要有兩個大隊就很夠了吧。

儘管往往容易遭到忘記，但魚雷可是很麻煩的傢伙。作為目標，算得上是非常好的項目。

潛艇使用的魚雷，每一發平均都輕易超過一．五噸，全長則是六～七公尺。儘管重量與尺寸都很巨大，但最麻煩的地方則是它的纖細度。

要是偷懶的話，引信就會開始使性子。跟砲彈不同，大量生產極為困難，可說是超級麻煩的精密機械吧。只要打擊帝國軍潛艇部隊與魚雷快艇部隊的儲備魚雷，就很有機會能在短期間內讓他們的活動去活化。

「你說要去襲擊設置在奧斯峽灣的帝國軍軍需設施嗎，是打算以其人之道，還治其人之身吧。」

向米克爾上校回以微笑的德瑞克中校看來，這是個讓他由衷感到痛快的提案。打擊魚雷的主意，有著精通海事的專家偏好的優點。最重要的是，我可不討厭復仇精神。

德瑞克中校甚至也綻開笑容，露出了微笑。

「我覺得很有趣。」

真是可悲——或許該這麼說吧。「不過……」德瑞克中校的立場，讓他不得不把話說下去。

「請考慮一下現況。就同盟軍的立場而言，既然這是以一個魔導連隊進行首次的聯合作戰，所追求的就是政治上的正確成果。」

「也就是說。」朝著用眼神詢問後續的米克爾上校德瑞克中校不悅似的接著說道。

「打擊魚雷的儲備後脫離，在展現游擊隊與我們強固的合作關係上有點不太適合。這可是一場『認真的鬧劇』喔？」

軍事的合理性自然是不在話下，同時還受到政治意圖限制的軍事作戰。

打擊魚雷儲備的航空襲擊作戰，儘管華麗……但在達成與游擊隊合作的政治要求上，有點不太適合。

「老實說，多虧有你陪我演這場鬧劇。德瑞克中校，在套著項圈的情況下，也相當難以自由。」

「畢竟這是政治事由與軍事意圖的混合呢。」

米克爾上校一臉「就是說啊」的表情點頭，他也很為難吧。對同業來說，就只能由衷感到同情了。

光是要與帝國軍這種棘手的傢伙們正面交戰就非常辛苦了吧；儘管如此，說起這位上校，他還得一面注意祕密警察與背後的陰謀，一面與帝國軍打仗。

「兩面作戰一直都很難熬啊。」

「這是永遠的真理呢。說到這點，可就得說聲抱歉了，還好我是島國的人。」

這要是讓數年前的自己聽到，肯定連他都會懷疑自己是不是瘋了，不過這讓自己再次確認到，我們親愛的諸位聯合王國政治家們有多麼了不起。

至少，光是不用提防背後，也絕對不會說要在部隊裡配屬政治軍官，自家那群政治家說起來也算是不錯了。

就連潛艇都會跟著共乘的政治軍官，不得不說比老鼠還要纏人。

「好啦，政治話題就聊到這吧。」

德瑞克中校點頭認同米克爾上校的話，說出打從以前就在擔心的事項。

「能與游擊隊確實地取得聯絡是很好……」

「應該從一個禮拜前左右就在等候我們了……實際上是怎樣，不去一趟是不會知道的吧。」

「也是呢。」就只能這樣回答了。對德瑞克中校來說，這讓他毫無辦法地焦慮不安。協約聯合領地在戰敗後，就處在帝國軍北方方面軍的軍事統治之下。

因為是鄰接地區，所以曾經聽說聯邦軍參謀本部與政治總局，打從開戰前就意圖要對游擊活動提供相當的援助。

不過——對德瑞克中校來說，這讓他想起在聯合王國的內部資料中看到的，幾份告知不妙徵兆的報告書。

如果要概括民意的話，就會是「比起共產主義，帝國還比較好」這一句話吧。

「在游擊隊戰力不足的情況下，也可以在大鬧一場之後就撤退。」

「不過基於政治宣傳的意圖，最好還是留在當地。」

「天知道。還是別抱持著……」

過度的期待——正要把話說完的瞬間。

「呼叫全隊。已接觸到漂泊人了。正在接續。」

蘇中尉得意的聲音，讓德瑞克中校顯得很意外地與米克爾上校交換視線。

「漂泊人〇三呼叫各位。歡迎回來。」

在流暢的聯合王國語後，說的是聯邦語吧。

「久候多時了。正在引導。請盡速開始降落。」

統一曆一九二七年四月上旬

這項以騷擾峽灣地帶為目的的佯攻作戰，由協約聯合出身的義勇魔導中隊、聯合王國海軍陸戰隊，還有聯邦軍魔導大隊三軍共同實行。以「藉由與游擊隊的合作，支援東方主戰線為目的的突襲作戰」來說，是很典型的形式。

只要翻開戰史，這就只是這麼簡潔的事實吧。

因此後世的人就在最後嘲笑當時的人們——連這麼單純的事情都不懂嗎？

對當事人來說，這是無從得知的事。

「什麼，空降？」

「別說蠢話了！完全沒感應到魔導反應吧！就算是針對戰線後方的滲透作戰，距離也有限吧！」

「當地守備部隊正處於零星的戰鬥狀態下可是事實啊！」

就連在人聲嘈雜的帝國軍當地守備部隊司令部裡，收到零星的目擊報告與交戰通知的負責將校們苦思不解的瞬間，各地也陸續有報告傳來。

有人回報在與聯邦軍魔導師交戰；有人回報遭受游擊隊的襲擊；而在其他報告中，則是告知有聯合王國軍混在其中。

最後甚至還有遭到艦砲射擊這種摻雜悲鳴的報告都混在裡頭。

作為當地的守備部隊司令部，不得不一面要求指揮下的各部隊回報狀況，一面向上頭發出急報。不論是發送方還是接收方，都只能憎恨著戰爭迷霧。

於是，收到混亂且摻雜曖昧臆測的情報的上級單位，也同樣不斷地向旗下部隊發出不明瞭的概要報告。

就算是帝國軍這個精密的暴力裝置，也沒辦法一直完美無缺下去。

於是，或許該這麼說吧。

混亂不已的報告就這樣傳到帝國軍中樞的醜態，讓幾名心裡有底的將校由衷憂慮起來。

這群收到這種緊急報告而感慨起來的將校之中，在帝都郊外作為可快速反應的戰力待命中的沙羅曼達的譚雅・馮・提古雷查夫中校，還有她的將校們也在裡頭。

不論是好是壞，對習慣戰場的眾人來說，情報錯綜複雜這種事早就習以為常了。對上級司令部無法看透真相的對應，也不是沒有意見。

只不過，姑且不論想感慨的心情，想說來整理狀況地將腦袋切換過來，不過是瞬間的事。

「……有被模仿的可能性呢。」

「這樣一來，會是運用潛艇的進攻嗎？」

是呀——譚雅點點頭，同時接著向機靈回話的副官說道。

「也能認為是聯邦方的報復吧。如果只是魔導部隊的運送，活動低調的聯邦海軍應該也能辦到。」

很可悲的，帝國海軍就本質上極度缺乏反潛能力。假如是擔任主力的大洋艦隊護衛的驅逐戰隊，就還能做到一般水準吧……但作為海軍壓箱寶的她們，海軍也沒道理會放手吧。現況下，她們正在竭盡全力地確保連結諾登與本土的狹窄水域。

而不論是在舊協約聯合領土北方海域展開部署的航空艦隊還是潛艦戰隊，都還有著破壞敵海上交通線的任務，無法期待他們建立反潛巡邏網。

「那麼……提古雷查夫中校，妳認為這會是事實，不是誤報？」

「可能性很高。雖說如果是傳來這種充滿混亂的報告，就相當嚴重了呢。當地部隊到底在搞什麼鬼啊。」

對譚雅來說，當地司令部在情報取捨上失敗的事，還比較讓她震驚。是將人才盡數投入東方戰線的緣故吧。在這瞬間，她實際感受到對將校品質嚴重下降的擔憂。

然而，這只不過是個開端——譚雅等人切身體會到了這一點。目睹到陸續傳來的報告後，沙羅曼達戰鬥群的將校們一齊蹙起眉頭。

後方游擊隊活動的地區遭到敵方的魔導部隊滲透。

是在東方戰線充分領教過的黃金組合。

雖說有自治議會幫忙壓制，但聯邦體系游擊隊的橫行霸道，仍舊是痛苦的回憶。每當這種時候，就得苦惱該怎麼對付越境而來的聯邦軍魔導部隊。

假如置之不理，脆弱的運輸網就會遭到襲擊；然而，要追著機動力高的魔導師到處跑也很累人。一旦在東方戰線這種遼闊的戰區玩起捉迷藏，抓人的一方玩到精疲力盡也是常有的事。

「……是受到東方波及吧。」

「這我無法否定。畢竟是聯邦軍幹出來的事。他們想藉由將勢力擴展到北方戰線讓我們疲於奔命的推測，也很符合戰理。」

直到今天為止，都還覺得很平穩的舊協約聯合領地。那裡一旦燒起來，情勢就很容易變得動盪不安。

「野戰憲兵隊和當地守備部隊到底在搞什麼鬼啊？」

譚雅一面忍住想點頭贊同拜斯少校抱怨的心情，一面在批評他人之前，促使眾人思考狀況的嚴重性。

「就從讓帝國軍疲憊的目的看來，這是非常狡猾且出色的一手吧。」

只要以被擺了一道的觀點來看，就知道事情的本質了。

就連譚雅曾暗中擔心「是不是悠哉到缺乏危機感？」的格蘭茲與托斯潘兩位中尉都一起苦著張臉。

所謂的經驗還真是一名偉大的教師。

「……真不愧是共產主義者，非常清楚怎麼惹人討厭。」

托斯潘中尉喃喃說出的話，是很不像他的適當表現。對譚雅來說，是很想替部下的成長感到高興。

但很可悲的，她搶在誇獎之前，先說出了警告的話語。

「應該要致上敬意吧。」

「咦？」

「不論是誰，人都會有他的優點。擅長惹人討厭是該稱讚的事吧。」

就算是共產主義者，也不該給予不當的過小評價——譚雅也在東方的種種事件中切身體會到了這件事。

不論是竊取大義的手段之好，還是想將帝國軍拖進消耗戰的陰謀，聯邦共產黨就唯有在惡意這方面上，絕對是離無能相當遙遠。甚至不得不承認，他們適當地運用了競爭原理。

對譚雅來說，居然偏偏是作為市場骨幹的競爭原理，可不能在這方面上輸給共匪吧。就算那是惡意的競爭，競爭就是競爭。必須要正常地對應。

「……去幫我稍微收集一下游擊隊的活動紀錄。」

「一般概況不夠嗎？」

資訊不對稱是個麻煩的要素，但也正因為如此，才必須要努力去消除這點。求知的努力一直都是不可欠缺的。

對副官像是不可思議的詢問，譚雅帶著堅定的意志下令。

「我感覺這跟東方游擊隊的行動有哪裡不太一樣，我想比較一下差異。對了，資料收集好後，順道去參謀本部幫我確認狀況。」

「我知道了。」謝列布里亞科夫中尉留下收集來的資料，為了取得聯絡快速奔向參謀本部，而在目送她的身影離開後，譚雅就翻閱起文件。

她同時也一併分發給在場的將校，催促他們熟讀之後過沒多久，開口說「能發表意見嗎？」的是最為意外的人物。

「這不太妙啊。掌握不到游擊隊的根源呢。」

或許該說，這讓人忍不住打量了他兩遍吧。喔——譚雅相當讚賞托斯潘中尉的發言。就算是一度認為毫無應用能力的中尉，看來只要累積經驗，也能多少想到正常的意見。不論是梅貝特上尉，還是托斯潘中尉，都讓我看到部下意想不到的一面。

能在比較東方與北方的治安戰後發現到差異，算是不錯了。必須承認他的進步吧。

「是群起造反的前兆嗎？」

訂正——譚雅在心中嘟囔。儘管不吝於承認托斯潘中尉的進步顯著，但看來他依舊缺乏著獨自判斷狀況的能力。

「托斯潘中尉，很難這麼想吧。」

「為什麼啊？」

愕然的蠢臉。

不過，疑問就該獲得解答。

最重要的是，能坦白承認自己不懂，甚至是一種美德。自覺自己是個無能的無能，遠比確信自己很賢明的蠢貨崇高好幾億倍。

對於愚直的托斯潘中尉，譚雅不吝於給他的資質很高的評價。遠比不懂裝懂要來得好多了。

「就算是分散配置，我軍的守備部隊也有相當的規模。現況下，我研判游擊隊沒辦法迅速占領市區。」

就算不到諄諄教誨的程度，不過譚雅會懷著「我就詳細說明狀況給你聽吧」的想法，也是對展現出進步的部下的寬容。

「要是游擊活動肯做出毫無勝算的失控，會是意外之喜吧。作為實際問題，很可悲的是他們這麼做的可能性很低。」

理由是？——面對用眼神詢問的眾人，譚雅做出斷言。

「說穿了，空降的敵魔導部隊是以擾亂為目的的突擊部隊。恐怕就算不是加強部隊，也能輕易保住城市吧。」

就譚雅的推測，這個名為突擊部隊的集團會是批恐怖分子；也就是說，會是最為擅長惹人討厭的一票人。考慮到帝國軍的北方方面兵力是拖時間師團，會以在城市以外的地區作亂為主，就是不言而喻的事了。

「問題在於，守備部隊能否逮住以魔導部隊為代表的高機動力部隊這點。」

就直接說吧。無法隨意行動的守備部隊，要防衛一個點就是極限了。無法隨意行動的二線級師團，連能否確保住一條線都很可疑。

「……與其確保陣地，還不如選擇搜索殲滅戰呢。」

「正是如此。」

「因此。」譚雅說出眾人皆有預期到的一句話。不過「輪到我們上場了吧」這一句話卻被敲門聲給蓋過了。

「謝列布里亞科夫中尉請求入內。」

「辛苦了，中尉。參謀本部怎麼說？」

「是支援掃蕩命令。判斷狀況是由聯邦軍一個連隊規模的突擊部隊發起的襲擊，下令要以我們戰鬥群為主，展開複數的戰略預備部隊。」

「嗯……我知道了。」

只要看一眼遞來的命令文件，上頭想表達的意思就很清楚了。是認為這對沒有機動力的當地守備部隊來說負擔太重了吧。

是要我們出發打獵的命令。

就以會因為一張任命書就四處奔波這點來說，工作這種事一直都是這個樣子。

「哎呀，比預期中的還要迅速很多的對應呢。」

「那麼？」

「是呀，拜斯少校。貴官也懂吧？」

就像當然似的，送到手中的是出擊命令。參謀本部的判斷依舊是極為迅速果斷。

只不過，這太過迅速的判斷，也讓人看出言外之意的結論極為嚴重。

北方方面軍已經淪為就連要狩獵少數突擊部隊，都得仰賴本國救援的「家裡蹲」。參謀本部當機立斷的情形，也就是表示事態比預期中的還要嚴重……是有活力的部隊、能承受運動戰的部隊已經用盡的佐證。或是說，北方就只剩下經驗不足的新兵吧？

就算說正好有空，但會立刻動用到「參謀本部直屬」的戰略預備集團，也就是已經為難到不得不動用戰略預備部隊的佐證吧。

不管怎麼說，既然要去，動作就必須俐落。

「軍令下來了。各位，喜歡冬季運動吧，那就去諾登以北享受捉迷藏的樂趣吧。」

啊，該死。

本國待命就這樣結束了。

「就讓我們用親愛祖國的公款，去奢侈狂歡吧。」

「「「遵命！」」」

很好——譚雅點了點頭，接連下達起命令。

「畢竟是這種狀況。戰鬥群本隊由我帶過去。拜斯少校，貴官率領第二〇三航空魔導大隊先行出發。」

要前往帝國領地的諾登，有必要兵分兩路走海上運輸與空路過去。

「就敵方的進攻手段來看，應該不是師團單位吧。如果是武裝偵察程度的話，就依貴官的獨斷進行也無所謂。」

「遵命，前鋒我就收下了。」

只要交給點頭接下任務的副隊長，就能信賴不會犯下細微的錯誤。

「能借用謝列布里亞科夫中尉嗎？」

「這次你就放棄吧。戰鬥群司令部的人員會變得太少。」

「……的確。」

如果是在敵地也就算了，但就算是軍政府，也依舊是友軍控制地區。考慮到本隊的狀況……譚雅直接告知要以維持司令部機能優先的判斷。

要說到問題，恐怕就是本隊的移動路徑吧。

「砲兵要怎麼處理？」

至今保持沉默的梅貝特上尉，他的發言確實是說到重點了。

沒辦法保證呢——就在譚雅感到懊惱的瞬間。

謝列布里亞科夫中尉從基地衛兵手上接過告知有訪客到來的電話，並在接起聽筒後立刻大聲喊道。

「提古雷查夫中校，烏卡中校要求會面。」

「什麼。」譚雅激動叫道。

「是烏卡中校嗎，這太感激了。這樣事情就簡單多了。」

就連下令去幫他帶路都不用。與其這麼說，倒不如說是烏卡中校以可說是直闖進來的速度來到眼前。

在下達展開命令的同時，負責人就從參謀本部直接趕來，對應極為迅速。

最棒的是，烏卡中校一現身，開口第一句話就是軍務的主題。

「準備前往港口地區的陸運安排。必要的機材要立刻北送。不過，重裝備就想請妳在某種程度內放棄了。」

「是因為要去狩獵游擊隊嗎？」

「前往諾登的海路擁擠，沒有餘力裝載大量的重裝備。」

就連問候語都省下的高效率，必須說他真不虧是參謀本部的選拔菁英。與理解必要事務的人討論工作，是件非常簡單的事。

對於直截了當的話，就只能回以同樣直截了當的答覆。

「就算只有緊急指為重點的裝甲戰力與砲兵隊，我也想運送過去。」

一朝自己注視回來，烏卡中校就嘆了口氣。

「在諾登的補給體系是以山地戰為前提安排的。」

得到暗指這很困難的答覆後，譚雅開口提出疑問。

「……諾登以北的鐵路線，目前是處於怎樣的狀態？」

「就結論來說，只是將戰前的設備修復，局部性運用而已。能分配給軍用車輛的空間太少了。」

「我記得這次大戰在當初也有在諾登配置重裝備吧。」

「是呀，是有送過去的。然後基於那次的經驗，參謀本部徹底學到了一件事，中校。那就是以運用裝甲部隊作為前提的補給極為困難。」

「恕我失禮，大砲就沒有問題嗎？」

「大砲在當地有備品，沒問題。」

「不對。」烏卡中校就在這裡，帶著苦笑把話說下去。

「最大的問題，是一旦把東西運過去，就很難再度運回來了吧。」

被捲入諾登的各種問題之中，最後還將兵力投入到協約聯合方面，讓共和國狠狠踢了側腹一腳。

對帝國來說，對帝國軍參謀本部來說，這種精神創傷有過一次就很夠了吧。正因為如此，戰鬥群在編成之際，注重的是精簡的戰略展開能力。

這全是為了追求戰略的靈活性。

不過，現場也有現場的意見。對譚雅來說，這讓她不得不主張起身為指揮官的理由。

「我理解情況了。只不過就算是有大砲，但如果要拿走裝甲戰力的話，就沒什麼好說的了。這是要我們的戰車兵全跑去當步兵嗎？」

聯合兵種的基本，就在於將各兵科聯合運用。

畢竟要是讓裝甲科的士兵走下戰車作戰，世間一般會把這叫做步兵；沒有戰車的戰車兵，就只比外行人好上一點。

「……嗯。妳說得很有道理。」

沉思了一會兒後，烏卡中校給了一個意外的答覆。

「也是呢，乾脆讓他們去當機車兵如何。」

「機……機車？」

「光論機動力，毫無疑問能派上用場吧。尤其是對這種游擊隊對策來說並不壞。雖然聽說對手是滲透過來的聯邦軍魔導部隊就是了。」

「妳覺得怎樣？」如此問道的烏卡中校，相當地獨具慧眼。不過，就算是個好計畫，身為將校之人，也必須得確認做好準備的去處。

「我想討論一下有關裝備的事。」

「是從共和國軍那邊拿到的戰利品，鐵路課有扣留到不錯的東西。」

如果是戰利品，就不會出現在帳上，這樣確實是有辦法通融。另一方面，不是正規裝備也很容易湊齊數量。

作為個人的代步工具，有著各式各樣的種類也不錯吧；然而，譚雅需要的是部隊的代步工具。

「恕我失禮，有辦法確保整個部隊規模的數量都是相同規格嗎？」

面對這個問題，烏卡中校的答覆是不發一語的點頭。用力地肯定後，他接著把話說下去。

「如果是一個中隊的量，能以我的權限立刻交出來吧。」

「使用時能毫無問題的靈活運用嗎，就但願不會淪為維修零件遲遲不來的擺設了。」

不過，烏卡中校對譚雅的疑問是一笑置之。

「這是很有道理的疑問，提古雷查夫中校。確認運用時的大原則，這種態度是很重要吧。不過希望貴官能想清楚，自己是在問誰這個問題。」

眼前挺起胸膛的這名男人，可是後勤的專家。

這就是難能可貴的，不僅理解作戰領域，同時還能提供適當支援的幕後人員吧。友人能斷言這沒有問題，還真是可靠啊。所該擁有的是足以信賴的人際關係。人際社會資本是永遠的！

「……居然問了後勤專家這種臆測性的問題，還希望你不要見怪。」

不論是計程車，還是公司用車，特別是軍用車輛，都是以規格化與統一化作為運用的大前提。只要無視戰利品這讓人在意的一點，就能期待湊齊數量。

譚雅低頭表示謝意。

既然能保證修理與提供維修零件，譚雅個人就沒辦法拒絕了。硬要說的話——譚雅詢問起同席保持沉默的部下將校。

「阿倫斯上尉，貴官覺得怎樣？」

「就感激地收下了。」

「可以嗎？」

雖是想尊重使用者本人他們的意見才這樣問的，但譚雅也有點意外他會當場答覆。完全沒想到他明知道脆弱性會大幅提昇，也依舊同意離開重裝甲的戰車，轉科成為機車兵。

「這遠比待在本國留守，還要來得好多了吧。車輛也能進行正式的分解檢查，就想說回歸童心去山野之間到處奔馳吧。」

原來如此——譚雅理解了。就算是自己，假如沒有相當的理由，也不會想積極地做出拋棄部下後退的選擇。

這不限於阿倫斯上尉，所謂的軍人與所屬部隊的連帶感都非常強固。這要是裝甲部隊的指揮官的話，正因為戰車兵是以團隊行動，所以這種連帶感就更加強烈了吧。

「啊，那個，我就只有一項意見。」

說出擔憂的阿倫斯上尉極為認真。

「那就是，只要維修完後，戰車會還給我們的話。」

「你擔心得非常好呢。」

用戰車換機車，沒人受得了吧。就像覺得部下的意見非常有道理似的，譚雅也插話問道。

「烏卡中校，要向如貴官這般傑出的後勤專家抗議，我也很心痛……但能請你留下字據嗎？」

只要盯一眼，就會發現烏卡中校臉上是浮現著半是理解，半是遺憾的表情吧。還真是一點也不能大意。

這要是沒先說的話，從我們這邊拿走的裝備就會送交到某處去吧。就算對優秀的參謀將校來說「個性惡劣」是一種讚美，也要有個限度吧。

「真敵不過妳呢，好吧。除了我之外，也去跟戰務交涉，確保正式的命令文件吧。畢竟要是不小心給人拿走，可沒人受得了吧。」

「感激不盡。」

「沒什麼，誰叫我是徵收方呢。我很清楚貴官等人的擔憂。」

譚雅瞬間想開口責怪的嘴也當場就閉上了。

因為能體會他的心情。

當裝備還不足時，譚雅曾接連不斷地要求補給。要求的對象當然就是後方部門。只要想到首當其衝的烏卡中校有多辛苦，就毫無疑問需要對他動的些許「手腳」睜一隻眼閉一隻眼。

會討厭別人節儉的人，可是無視組織整體，愚蠢的本位主義化身。

儘管像共產主義那樣誇口說「凡事都有辦法計畫」也很愚蠢，但只要沒有魔法壺，就難以避免選擇與集中。

「精打細算也很辛苦呢。」

對運用有限資源的一方來說，這也是沒辦法的事吧。

「就是說啊。那麼，我差不多該告辭了。」

烏卡中校將軍帽夾在腋下站起，微微苦笑起來。必須得感謝願意在這種時間一叫就立刻趕來的友誼吧。

彼此都是專家。

就像個專家，去做該做的事吧。

「那麼，祝妳武運昌隆。」

「就交給我吧。」

統一曆一九二七年四月上旬　舊協約聯合領土　奧斯峽灣近郊

抬頭仰望天空，我回來了……讓風吹拂髮絲，吸入故鄉的氣息。

彷彿短暫，但漫長的一段時間，我離開了這個海岸。

父親，我回來了。

回到大家所守護的，大家想守護的祖國了。

踏下腳步，就連大地踩起來的感覺都彷彿跟平常時不一樣。這是我的、我們的家族出生、成長，然後逝去的大地。

……這就是故鄉。

是我、是我們所該守護的土地。

是我們向心願未酬身先死的夥伴們、祖先們發誓要奪回來的土地。

好——瑪麗鼓起幹勁，與颯爽地前來迎接的游擊隊夥伴們步調一致地前往聯合司令部。

這是為了解放祖國的戰鬥，所以她的幹勁相當高昂。

至今為止在幾乎孤立無援的狀況下奮戰到底的諸位游擊隊人員，與跨越萬里波濤趕來的聯合王國和聯邦的魔導部隊眾人交換香菸，以毫無隔閡的表情暢談起來。

游擊隊的隊長們與德瑞克中校、米克爾上校初次會面的階段，雙方都像是聯歡會似的交換著熱情的擁抱，就連抱著照相機的報導班人員都不知是從哪冒出來的，一出現就忙碌地按著快門。

展現著團結精神，彼此作為戰友堅定地握手的畫面，只能說是感動。

至少，看在純粹的眼眸中是這樣。

要與夥伴們齊心協力，一同奪回祖國而鼓起幹勁的少女，所不知道的現實就只有一個——不論游擊隊還是軍人，都是在主題之前特意去拍照的。知道這對自己等人來說是必要的行為。

純粹的高潔精神，就這樣與現實發生衝突。

進入主題的瞬間，面對德瑞克中校、米克爾上校提議的大規模游擊作戰，游擊隊方露出相當為難的表情。

「……要攻擊帝國軍的魚雷嗎，拜託別給我幹這種蠢事。」

協約聯合人口氣不悅的答覆，對瑪麗來說是作夢也沒想像過的事。

「這……這是為什麼！」

「你們立刻就會走，但是我們必須在這裡繼續戰鬥下去。現在要是做得太引人注目……」

這要說起來，確實是很過分吧。

面對激烈抗議的瑪麗，游擊隊的隊長們以相當不悅的表情仔細地向她說道。

這裡是我們的戰場——這對認為自己也要戰鬥而來到這裡的瑪麗來說，只能說是難以置信的話語。

「大家全是在同一條船上，為了相同的目標奮戰的吧！不論我們，還是你們！」

「游擊隊並沒有正面交戰的能力。我有說錯嗎，小姑娘？」

「我們有跟帝國軍正面交戰的能力！」

不僅一路訓練過來，夥伴之中也有人犧牲了，這全是為了解放故鄉。大家都想成為祖國的力量。

明明是這樣，但為什麼？

「將能做到的事一步步做好，擊退帝國！這有什麼不對？」

為什麼就是無法理解。

「……年輕人，給我冷靜下來。這不是武器或實力的問題。」

「那是什麼問題！」

唉——答覆的嘆息聲，讓瑪麗感到震撼。為什麼會沒辦法溝通啊？

「逃走的傢伙是不會懂的。」

「我回來了！」

「該說，真不要臉是吧？」

壯年男性冷笑起來，沉下的表情上毫不掩飾不悅。游擊隊明明是與帝國戰鬥的夥伴，但是為什麼，這些人卻是用這種看待外人的眼神看自己啊？

會不認同自己也太奇怪了。

我們的、夥伴們的想法難道是錯的嗎！為什麼故鄉的人們會說出這麼過分的話啊？

僵硬的嘴角被逼得就要脫口說出自己的疑問。要是置之不理，瑪麗毫無疑問會吐出譴責的話語吧。

這件事能被避免，完全就只是德瑞克中校在一旁盯著。

「蘇中尉！妳夠了吧。」

就在被人抓住肩膀，像要把她拖走似的搖晃時，瑪麗這才回過神來。

彷彿在瞪著自己似的凝視過來的游擊隊眾人，還有掛著有點虛偽的笑容的長官們。

她不是看不懂現場氣氛的少女。

就算是瑪麗也能敏銳地感受到自己的言論是受到怎樣的看待。即使難以說是愉快，不過她仍然有辦法踩下煞車。

在她用「為什麼」的眼神注視著將自己拉開的德瑞克中校時，眼前展開的是社交辭令對話嗎？

「部下給你添麻煩了。對不起。」

「……聯合王國的將校大人還比較懂事啊。居然會變成這樣，還真是個寂寞的時代呢。」

「就詛咒這個必須讓小孩子拿槍的時代吧。那麼，有幸的話，我想聽一下當地專家的見解。想請教一下你推薦的攻擊目標。」

德瑞克中校與游擊隊的眾人勾著肩，擺出「我當然明白」的理解表情點著頭。

瑪麗默默注視他們，心中迴盪著疑問。為什麼，明明就肯聽德瑞克中校的話，我的話卻打動不了他們呢？

不——想到這，瑪麗搖起頭來。我要是有錯，就得去問是錯在哪裡。

就去問吧。

然後再說出自己的想法就好——意圖說服自己的瑪麗，努力地試著恢復冷靜。

為了祖國的解放。

為了祖先的土地。

就去聆聽高傲抵抗的人們的話語吧——她還有辦法自制。

緊緊盯著不放的眼神即使凶惡，也是因為她的認真。

「希望你們去攻擊沿岸地區的雷達站，還有帝國軍設置在郊外峽灣處的幾處魚雷快艇補給據點。」

雖然覺得米克爾上校會在沉默數秒後，一臉明白的點頭很不可思議，但對攻擊帝國軍基地一事，瑪麗是充滿幹勁。

這肯定是必要的行動吧。既然如此，自己也要在這上面全力以赴。相信這樣一來，意見上的差異也很快就會跨越過去。

……畢竟同為夥伴。

就算意見不同，所相信的目標也應該相同。她做出默默守候的決定，注視著事態發展。相信並等待著在視線前方，米克爾上校等人所談論的是為了戰勝帝國的對話。

「我懂你的意思了。考慮到合作的要素，就只能照你的指示戰鬥了。」

「多謝協助，我可不想在城市地區引起糾紛。」

撞擊拳頭，意氣相投的身影，是讓人對團結一致充滿信心的理想模樣。然而，瑪麗也感覺有哪裡無法釋懷。

「不會給各位添麻煩的。」

米克爾上校隨口說出的詞彙也太不對勁了。

「礙事者會有礙事者的樣子，到一旁去戰鬥的。」

「真是驚訝——我可以這麼說嗎。老實講，聯邦的各位居然……」

「我們這邊內務人民委員部派出的特務，事前應該有作為聯絡人員進行通知吧？」

「嗯，事情是由從他們那邊聽到。老實講，我半信半疑就是了。」

「……畢竟實績才是信用的根源呢。這也是沒辦法的事吧。」

好——米克爾上校接連開朗說出的話語，讓瑪麗無法理解。為什麼，一直在說這種消極的話？

「我們不會妨礙『假戰』的。不過，要是有我們能幫得上忙的地方，還請讓我們幫忙吧。」

這是怎麼一回事啊？

自己從剛剛聽到現在，完全無法理解。就對話的發展聽來，打從方才就像是……為了避免交戰的會議，甚至讓人感到這種印象。

怎麼會——儘管她甩甩頭想把疑問驅離腦海，然而看在她眼中的，卻是比起作戰會議，更像是在互相勾結的對話。

「這是怎麼回事？」

能打擾一下嗎？——瑪麗忍不住開口插話了。

鼓起幹勁深呼吸的聲音，聽起來意外地清楚。

「蘇中尉，給我退下。」

或許該說不出所料吧。一面訓誡著幾乎失控的年輕中尉，德瑞克中校一面在心中微微嘆了口氣。

為了圓場，只能讓她暫時離開吧。這麼說來也很奇怪，上頭原是期待蘇中尉能作為協約聯合人擔任起溝通的橋梁吧……但她是名不成熟的軍官。

別說是派不上用場，甚至還礙手礙腳。

雖是這樣，但也沒辦法把她趕回去，也不能要她在協約聯合乖乖當個民間人士過活。

如果就只能訓誡她的話，也會讓人想長嘆一聲了。

「失禮了，米克爾上校。部下那邊下官會去說明。抵抗運動的會談能拜託你嗎？」

「……這我無所謂。」

在向彷彿了然於心地點頭的米克爾上校低頭賠罪後，德瑞克中校強忍住對上頭的抱怨。在被嘲笑是沒有紀律的傢伙之前，連自己部下都管不好的聯合王國軍人就該先行離去。

似乎還搞不清楚狀況的蘇中尉，完全就是個大外行！

她是在哪裡接受軍官教育的啊！就只能感慨，魔導部隊的教育訓練太過偏向速成，確實是很危險。

就算是因為戰爭導致軍官不足，但居然不得不授予不該成為軍官的人中尉階級！對於抓著肩膀硬是帶離現場的部下，德瑞克中校就像在強忍頭痛似的與她面對面。

還以為自己很清楚她很容易失控這件事。但沒想到她居然連跟身為同國人的協約聯合體系游擊隊都無法妥協！

看來就算已經悲嘆抱怨到連要算這是第幾次都顯得很蠢的地步，讓人煩惱的事情也依舊會源源不絕的樣子。

「我很驚訝貴官居然會不懂。居然會討厭保護協約聯合人民的必要措施。」

無法接受地鼓著臉頰表示不服的人如果是一名少女，德瑞克中校也能從她身上看出可愛之處吧。

但對彼此都很不幸的是……

瑪麗．蘇這名少女完全沒自覺到自己是作為一名「中尉」，而不是作為一名「少女」站在這裡。

「……貴官究竟是來做什麼的？」

「德瑞克中校，我並沒有這種意圖！」

用眼神訴說著「我只是想對帝國報一箭之仇」的心情，也不是說無法理解。

就算是德瑞克也是個人；是個有血有肉的人。如果故鄉遭到敵人占領，就會希望堅決地抵抗到底吧。作為個人是可以理解。

儘管理解，但作為軍人也同時會有種苦澀的心情。

「妳是打算在市區作亂嗎？」

儘管很驚訝，自己必須一直發自內心擺出凶惡表情……但她難道不知道嗎？帝國軍的守備部隊，是位在主要的城市地區。

「一旦大肆作亂，當然也會連累到人民喔。」

「我並不打算進行這種攻擊！」

「這不是意圖的問題！」

我聽到了幾遍「我並不打算這麼做」啊！她打算跟堆積如山的屍體辯解嗎？

「……不准進入市區。尤其是正規軍的軍人更不准進去。這就是游擊隊他們想說的事，妳難道不懂嗎？」

只要想想游擊隊提倡的攻擊目標，這就是當然的事吧。目標全都在邊境或郊外的非人口密集地帶。將會遭到連累的人控制在必要的最低限度。

老實說，這會是能與帝國軍反覆展開正規軍之間小規模衝突的環境。

「我不太明白長官的意思。只要我們伸出援手，應該就能更有效率地進行抵抗運動吧。」

「就是礙事者的意思吧。」

「咦？」

是從未這麼想像過吧。瑪麗．蘇這名中尉的嘴巴就像故障的機械般，不斷發出奇怪的聲響。

……要讓她理解並不是簡單的事。

有必要淺顯易懂地說給她聽呢——察覺到這點的德瑞克中校，就像是在對她詳細解說似的，注視著她的眼睛慢慢地把話說下去。

「我們很礙事。對他們來說，是僅次於帝國軍的礙事者喲，中尉。妳應該不想聽我說吧，但總之給我理解這件事。」

「聽好。」他朝著動搖的眼眸拋出話語。

「對游擊隊他們來說，這就只是在勉強提供協助。也不該給他們添太多麻煩吧。」

要是進入市區，就會變得很麻煩。

這不論是對游擊隊陣營來說，還是對聯合王國與聯邦的正規軍來說都一樣。

就連帝國軍也不會希望在市區交戰吧。儘管很奇妙，但這種希望和平的默認，甚至讓舊協約聯合領地的城市地區保持著相對性的安寧。

就算是從國際法的觀點來看，城市地區的微妙衝突也是能免則免。

「什！我……我們是……」

德瑞克中校還來不及阻止，衝出去的瑪麗就忍不住地當面問起游擊隊的眾人。

只要理解就連說到這種地步她都還是這樣的理由，就也不是不能體諒她想衝出去的心情。就個人所見，蘇中尉與其說是不懂，更像是無法接受現實吧。

她問著「我們很礙事嗎？」的語氣，甚至流露著拚命的感覺。

就德瑞克中校在一旁所見，面對她的詢問，游擊隊方是真摯地給予答覆。

「還請不要見怪。不過，你們待在這裡會讓情況變得很糟。」

以苦澀表情喃喃說出的這句話，表明了游擊隊目前所置身的狀況。

他們是抵抗者；不過，並不是軍隊。

而且，還是生活在這塊土地上的人們。他們的戰場不僅是戰鬥的場所，同時也是人們生活的空間。

……正因為如此，他們一面希望造成敵人損害，一面也要保護自己等人的生活，不得不維持著這種微妙的平衡。

「可以說，游擊活動就是建立在這種微妙的平衡之上。」

要說這是在與敵人共生，不免是說過頭了吧。

不過，也不得不去面對帝國軍駐紮在這塊舊協約聯合領地上的事實。在現況下，這會毀掉在城市地區勉強保持的短暫和平。

「這種……這種……妥協的態度……」

「到此為止了，蘇中尉……這裡就當作我們是藉由在郊外作亂，讓市區的駐軍兵力變得薄弱吧。」

在將與其說是不懂，更像是情緒上無法接受的蘇中尉拖走後，德瑞克中校嘆了口氣。

戰爭是很複雜的。要讓她理解到「以局部地區來講，也是會有這種情況的」是極為麻煩的事，光是開槍可算不上是戰爭。

何時、何地、要以何種方式戰鬥。思考麻煩的事情，也是肩負著部下性命的軍官的重要工作……不過看來這並沒有放入她的教育課程裡。

「不好意思，部下屢屢做出失禮的行為。」

「不會，這本來就是自己人的問題。多謝你的關心。」

就算是低頭表示謝意的游擊隊眾人，也一樣覺得很懊悔吧。不過，他們能理解現實不得不這麼做。

使著性子不想承認這點的小女孩，為什麼就是不懂得這種細微感情啊？

「難道要接受這種事嗎！」

「妳是想說他們太沒骨氣了嗎？」

「呃！」

會啞口無言，表示這說中了蘇中尉的心聲吧。就算考慮到她是安森上校這名抵抗者之女……

視野也太過狹隘了。

輕蔑、侮蔑、憐憫，是距離理解最遠的感情。

「……蘇中尉，因為我們是礙事者。」

「怎麼會……」朝著就要反駁的小女孩，德瑞克中校諄諄教誨著。要是讓她在這裡失控，事態就會難以收拾。

該稱游擊隊的眾人是沒有流於情感，持續著賢明抵抗的戰略家吧。他們的抵抗運動，是現況下所能做到最好的工作表現。

真不知道怎麼會有想挑毛病的念頭。

「貴官從祖國逃走了。該說妳很幸運吧。」

老實說，真想大叫「妳為什麼要回來」。

如果是因為懷念祖國，那麼為什麼無法理解不得不留在祖國的人們所置身的狀況？

「有很多人是不得不留下來的。有資格譴責他們的人，就只有被連累到的小孩子吧。」

「就算是這樣，難道就要接受這種事嗎！」

反駁的聲音幾乎帶著哭調。不過，是小孩子的哭訴。這裡可是戰場，是現實，是大人的世界。

就算使性子，這裡也不是會有監護人過來安慰的溫柔世界。

「是該接受吧。」

德瑞克向她斷言。

「怎麼會。」這對屏住呼吸的瑪麗來說是出乎意料吧。至少，她應該是無法接受。瞧她這不就以流露著堅定決心的語氣反駁了嗎？

「這裡可是協約聯合的舊地喲，請考慮到這裡遭到帝國占領的現況！」

「沒錯呢。是該考慮這裡遭到帝國占領的境況吧。」

所謂的感情論，總歸來講就是心情的問題吧？

「這裡是戰場，但同時也是生活的地方喔！給我稍微考慮一下給別人造成的麻煩！」

協約聯合的人民沒道理會希望故鄉淪為戰場。不是為了不遭到占領的抵抗，而是希望從占領中獲得解放的戰鬥，一直都是在應該守護的故鄉上開戰這點，蘊含著諷刺。

「憎恨敵人是沒辦法的事。但是，蘇中尉，我們可是『軍人』。我也算相當寬鬆的人，但是軍令就是軍令，軍務就是軍務。給我搞清楚這點。」

「……遵命。」

德瑞克中校瞪著似乎很不甘願地吞下反駁的部下，並用眼神要她返回部隊後，拿出香菸叼起。

不抽一根，是怎樣也冷靜不下來。

雖說航空魔導師不建議抽菸，但累成這樣，也會讓人想來上一根。

「唉，討厭的工作呢。」

德瑞克中校喃喃說出這句話，仰望起天空。

與游擊隊的合作，是個說起來簡單的世界。要一面體諒不想遭受破壞的人們心情，一面與帝國軍交戰，會是件很勞心費神的事吧。

孤獨一人眺望起舊協約聯合的天空，發現這是片無情的北方天空。儘管祖國的陰霾天空常常被說是沒有情趣，但在異鄉之地看到的天空也不怎麼愉快。

真想感慨不如人意呢。

就算知道自己不允許訴苦，精神也確實是累了。

「……不介意吧，德瑞克中校。」

聽到朝自己走來的米克爾上校詢問，德瑞克中校立刻就將感傷起來的意識，切換成軍人模式。

「當然，是狀況有什麼變化嗎？」

「十分驚訝的，黨混在游擊隊陣營裡的聯絡人員，允許我們配合狀況行動。」

「喔，還真是意外。」

就像很驚訝似的發出疑問。

「恕我失禮，米克爾上校。應該不是假冒的吧？」

「是真的吧。不會錯的。」

儘管有被告知游擊隊與聯邦的情報單位有保持著某種程度的接觸，但「內務人民委員部」派出的聯絡員就混在裡頭？

「貴官說不定區分不出來，但我們可是一目了然呢。在收容所經常看到的那種眼神，我是不會認錯的。」

儘管德瑞克用眼神表示這是個難以置信的消息，不過他的疑問就在米克爾上校平淡的喃喃低語之下煙消雲散了。

「……手腳還真長呢。就連這種地方都有送監視人員過來。那個內務人民委員部還真是相當惡毒。」

啊──德瑞克就在這裡姑且掩飾一下。

「抱歉，我說得太過分了。」

「別在意。畢竟這是事實，如果是現在的話，我可是能以近乎無限的寬容精神包容下來。」

對德瑞克來說，他很意外米克爾上校會笑得這麼興高采烈。原本以為是被告知了什麼麻煩事……但真的是好消息嗎？

「這是內務人民委員部發布的命令……全權交由我們處理。任務內容是，騷擾帝國軍與『聯繫人民的信賴』。」

喔──這就是會讓人浮現笑容的事吧。

還真是出乎意料。

「是個似乎能讓人愉快工作的消息呢。」

「雖然你這麼說，但口氣聽起來就像是背負著相當麻煩的事呢，中校。」

「你聽得出來啊。」德瑞克苦笑著抱怨起來。

「我在想，像蘇中尉那樣協約聯合出身的人，會不會對這種情況感到焦急難耐。畢竟失控往往都是在這種時候發生的。」

「辛苦你了。」

看似平凡的話語中所帶有的真情，讓人感激。至少，德瑞克中校能自豪有著好戰友。男人的戰鬥不需要有更多理由吧。

「能與各位有價值的戰友一同執行任務，讓我很自豪喲。」

這是發自內心的真心話。

儘管很清楚這是個狗屎般的戰場，但如果是跟希望會是戰壕鄰人的傢伙在一起，就能衝往天涯海角。

陰天和可怕的寒冷。

最後，還有游擊隊的冷眼。就算要接受這一切，又有什麼好害怕的啊。畢竟是跟夥伴一起。

海陸魔導部隊的粗暴傢伙，還有值得信賴的指揮官戰友。

既然如此——德瑞克中校與米克爾上校撞擊拳頭，狂妄地笑起。

就去善盡義務吧。
就去貫徹道理吧。
就去做該做的事吧。
一直都是這麼單純。
「「敬雨天的朋友。」」

[chapter]

VI

第陸章

結構性問題

Structural problem

帝國軍的諸多現況：「結構性問題」。
解決對策：「性價比」。
問題：「外部環境」。

譚雅·馮·提古雷查夫中校的潦草筆記

統一曆一九二七年四月　舊協約聯合領地　帝國軍沙羅曼達戰鬥群基地

面對滲透舊協約聯合領地的聯邦聯合王國混合軍，帝國完全來不及對應。就算是在諾登以北的嚴酷環境，現在也是正要逐漸融雪的季節。

以富有機動力的一線級戰鬥群為主展開多數部隊的帝國軍當局，面臨死板的軍事機構所導致的障礙。直截了當地說，軍事組織這個官僚機構在關鍵時刻沒辦法靈活運作。於是配合上游擊隊的橫行霸道，讓帝國軍在運用大規模掃蕩部隊之際，受到了大幅的限制。

注意到矛盾的，一直都會是現場。譚雅・馮・提古雷查夫中校也不出例外，不容拒絕地面對起在北方的諸多問題。

「……軍令與現場悖離得太嚴重了。」

帝國軍的諸多現況是「結構性問題」，也就是正規軍反覆不斷地在與「不戰鬥」的游擊隊這種棘手的傢伙玩著捉迷藏。

未免也太無益了。只能說就像是在用蒸汽鎚剝核桃一樣，極為浪費。

解決對策是重視性價比，讓平民的警察也負起責任。然而，這在「占領地區」這種「外部環境」

下，嚴重缺乏著可行性。

「這可不是現場有辦法解決的問題啊……」

無意間喃喃說出的一句抱怨。一旦掉以輕心，各種不滿的念頭就會在不知不覺中增加。不好——只要取回自制心，職務規範就會占滿整個腦袋。

畢竟有著身為軍官的立場。譚雅儘管靠著一種有如忘我的境界，克制住抱頭苦惱的動作，但只要俯瞰事態，就算再不想，也不得不感慨起這是個愚蠢的結構。

唉——她將這種嘆息留在心中。

既然逃不了，就必須要面對現實；乾脆就去擁抱它吧。

「第一〇七九航空魔導中隊傳來電報。表示在轄區B—15與敵游擊部隊交戰。現已確保到步槍兩把與少量的炸藥。」

「出動的第一六師團的檢查站傳來報告。表示拘留到一名意圖闖越盤查的女性。現已扣押到武器彈藥。正向我們戰鬥群請求機車運送，作為派遣憲兵的代步工具。」

報告內容也離緊急相當遙遠。

跟在東方的激戰區，意外遭遇到正在滲透襲擊中的旅團、連隊規模的敵部隊的報告相比，可說是另一個世界吧。

起先還很從容；甚至還有餘力懷著「真和平呢」這種偏差的感想，悠哉地喝著假咖啡。加上守備部隊也大多是拖時間師團，當地情報也再怎麼說都很充實。會是個遊刃有餘的任務吧——就連沙羅曼達戰鬥群身經百戰的軍官都鬆懈起來。

直到發現沒有比這還要更不適當的比較對象為止。

等回過神來時已是某種泥沼。就為了追捕區區幾個人，讓「軍事組織」忙得團團轉的現況相當異常。

要說曾經期待過這項任務，說不定是很殘酷，如今苦惱就作為反作用力回到身上了。

就坦白說吧。

「殺雞用牛刀就是指這麼一回事呢。」

「中校？」

邊對副官彷彿很擔心似的詢問回道「沒什麼」，譚雅邊向她反問。

「自言自語罷了，副官。與其說這個，妳覺得游擊隊沒出現在城市地區是怎麼一回事？」

「咦？」

「……在城市的和平；在農村的戰爭。敵人會呈現出就像是想避免在城市地區開戰的行動很異常喔。」

一般來講，容易衝動的民眾抵抗運動，是將主軸放在「城市地區的造反」上。法國大革命是這樣，現代以後的起義是這樣，無產階級的暴力革命是這樣，最後就連當代的起義與暴動也是這樣——或許該這麼說吧。

一臉茫然的副官是沒辦法理解嗎。謝列布里亞科夫中尉再怎麼說腦袋也不算差吧……

「就稍微上堂課吧，中尉。仔細聽好。」

「是的。」

「我們是作為游擊隊對策派來的。不過實際上，做的事情卻難以說是在掃蕩民兵。這樣子就像是在以深植地方的犯罪集團或黑手黨為對手進行的掃蕩戰。」

「喔。」輕率答覆的部下，看來是沒有理解到事態的嚴重性吧。帝國軍作為對手的並不是軍事組織，她對這件事究竟能理解到何種程度啊？

「維夏，稍微用點腦。」

「……那個，我不太清楚問題出在哪裡。」

誠實是種美德。值得稱讚。不過，這也是不能不知道的事啊——譚雅儘管不太願意，也還是為了推動話題而公布答案。

「敵人打從一開始，就不是以趕走我們作為主要目的。當地游擊隊的抵抗運動，幾乎都是以『誇耀存在』為目的的示威行動。」

黑手黨與犯罪集團就只是一直存在著，並不會特別想把警察或憲兵隊殺光吧。

這塊土地上的游擊隊也是同類。

他們讓帝國軍這名警官維持著表面的治安，躲藏在暗巷裡祈求我們的敗北，並不斷地扯著後腿。

「因此……協約聯合這批該死的游擊隊，意外地會是個比起華麗，更會選擇踏實的抵抗集團也說不定。」

要是他們肯追求華麗好看的戰果而作亂的話，對應起來也很簡單。

倒不如說——譚雅像在強忍頭痛似的沉思起來。「伺機而動」的游擊隊，幾乎是完全不可能根絕。

「這份頑強性與周密性讓人驚訝啊。」

未受過紀律訓練的外行人往往容易衝動；只是武裝起來的群眾，本質上就是個衝動的集團。

非正規兵就是典型的例子吧。就連受過訓練的職業軍人，都很可能會在面臨戰場壓力之際陷入錯亂。引誘、等待、忍耐，是比字面意思還要殘酷的行為。

「通常所謂的民兵，都很缺乏耐性。」

不操之過急，循序漸進地，並且不退縮也不放棄的反叛者。光是冷靜，就表明了敵人的訓練程度與決心非比尋常。

伺機而動的敵人，是治安上的惡夢。

擁有歷史與傳統的犯罪集團或黑手黨，這些特殊集團之所以會團結，是打從最初就由足以作為核心的主要成員施行紀律訓練來維持秩序。考慮到治安相對良好的舊協約聯合領地的情況，假設這是長年累積的經驗反倒不自然吧。

「是就連從頭建立到這種規模的組織，都能組成懂得伺機而動的抵抗組織吧。敵人是該死的能幹啊，中尉。」

只要翻開歷史，就會發現大多是按捺不住失控的例子；如果要嚴密定義的話，甚至可說是壓倒性的多。就跟存在艦隊理論一樣，消極的抵抗假如沒有堅強的意志支撐，一般都會對這種磨耗神經的戰鬥投降。

自重是因為勇氣，而不是怯懦。

誤以為高聲提倡積極論就是勇氣的蠢蛋不是敵方的主流派這件事，說明了他們的知性與執著吧；能為了達成目的臥薪嘗膽的傢伙，才是真正可怕的對象。

如果只是去死，簡單到誰都做得到。不論是笨蛋、蠢蛋都有辦法去死，這是譚雅所難以理解的愚蠢，雖然她也不想去理解蠢蛋們的存在。

不過，就對能持續等待時機的勁敵抱持敬意吧。

然後，做出斷言。

去死吧。

發自內心地去憎恨、去詛咒這些增加多餘工作的傢伙。這些無可救藥的傢伙到底是覺得哪裡有趣，總是要來妨礙像譚雅這樣認真的勤勞人士啊？

「跟舊協約聯合政府差很多呢。」

「就耐性這點，妳說得沒錯……不對，所以才會這樣嗎？」

謝列布里亞科夫中尉的話語，一如字面意思地挖掘出確信的部分。注意到這件事，譚雅嘆了口氣。

「不得不說，原來如此呢。」

「中校？」

「是因為大半的協約聯合人都知道。」

知道什麼？——朝著用眼神詢問的部下，譚雅揭露答案。

「他們是作為同時代的人，體驗過操之過急會導致何種下場的傢伙。聽說過失控闖入諾登的協約聯合軍，物理性地融化殆盡的消息。」

他們毫無疑問是向經驗繳交了充分的高額授課費。

「正因為如此，他們『學習』到了教訓呢。」

仔細想想，事情就很單純。是在看過、聽過協約聯合這塊大地上發生的事件後，人們得到了教訓。

「團結、忍耐、明確的戰略理念……協約聯合政府這名反面教師，看來進行了相當出色的教育。」

譚雅以厭煩的口氣發起牢騷。

抵抗運動的種子是經由愚蠢行為的教育性行動播下的。當時也很辛苦啊——光是想到就讓人憂鬱的過去事件，依舊殘留著影響。

「拜這所賜，讓我們也很辛苦。」

一面感謝副官有禮貌地保持沉默的貼心，譚雅一面盛大地嘆了口氣。協約聯合人們對我們做出被動的抵抗。

如果是軍事抵抗的話，要粉碎也很容易吧；只要他們聚集起來造反，帝國軍這個暴力裝置毫無疑問能輕易粉碎他們。然而，這也要鐵拳能擊中要粉碎的對象才行。

即使是拳頭，一直揮舞也是會累的。

就算是職業的拳擊手，也沒辦法無限地打出刺拳。況且，軍隊意外是個玻璃拳頭，就跟肩膀上裝著炸彈一樣吧。

光是揮拳，就會腐蝕著軍隊這個龐大身軀。

如果是企業，就能透過運作產生利益，或是有可能產生利益吧；然而，軍隊透過運作，就只會不斷消耗著鉅額的血汗稅金。

……就恰如社會主義體制那樣吧。真是討厭——譚雅對自己注意到的共通點感到不寒而慄。

「……假如不盡早找出對策，軍事機構很可能會自行崩潰。畢竟遺忘可持續性這個單字的組織單位，總是會瓦解的。」

喃喃說出口的是可怕的一句話。譚雅‧馮‧提古雷查夫的本質，一直都充滿著常識與良知。

此外，明明尚未做好換船的準備，就面臨到可預見所屬組織崩潰的威脅，要人不感到戰慄還比較勉強。

在心中滑落的，是淚水，還是汗水？

在這個不確定的時代，一介善良市民所能做到的，就只有誠實謙虛地面對現實。

現實啊——就在譚雅陷入前所未有的感傷之中時，電話叮鈴鈴地不斷響起。

「失禮了。」趁著謝列布里亞科夫中尉在請示過一聲後，拿起聽筒，談起某些事的空檔，譚雅將意識切換回來。

「是維修與裝甲兩中隊的聯名報告。」

「說下去。」

「阿倫斯上尉提出抱怨，說機車的故障台數逐漸增加，再這樣下去，可運作台數將會在幾天內盡數告罄。」

「烏卡中校應該有跟我們保證過吧。是那個嗎，就連參謀本部後勤當局人員的保證都意外地無法期待嗎？」

真受不了——就在譚雅準備朝帝都發出怨氣之前，謝列布里亞科夫語無倫次地否定起來。

「不是的，維修零件是有趕上……」

「那問題是什麼？」

在譚雅的注視下，謝列布里亞科夫中尉戰戰兢兢地開口。

「那個……與其說是零件，倒不如說是人員與體制的問題。我們戰鬥群在東方是有受到東方方面軍的維修中隊與維修機廠的支援。」

這不是當然的事嗎——譚雅納悶地注視副官。

雖說軍隊是自給自足型的組織，但組織內分工可是理所當然的事。裝甲部隊不可能有辦法自行對戰車進行分解檢查；雖然層級不同，不過機車也不出例外。

「在這裡應該也有支援吧？」

「部隊從事搜索追蹤任務的結果，讓戰力向多方面展開部署。」

「我們應該有使用最近倉庫的權限吧。」

「是的，在東方是這樣沒錯。儘管在北方也有權限，但附近卻沒有關鍵的維修據點。就連最近的據點也有著相當距離，所以讓零件的搬運手續變得繁瑣。外加上維修人員也有限……」

不用再說了——譚雅擺擺手，接著說道。

「雖然有零件，卻沒有可以維修的環境啊。」

雖然有維修廠，卻缺乏運往維修廠的手段，可是個嚴重的問題。儘管商業常被瞧不起只是把東西從右運到左就能獲取利益，但無視物流這項要素的計畫，是共產主義者專用的愚蠢行為吧。

「不對，等等，中尉。北方方面軍的維修中隊配屬情況呢，我不記得我們在從事北洋作戰時，有遇過機材維修不便的問題啊。」

「他們主要是集中配屬給航空艦隊與海軍基地。」

副官的答覆，讓譚雅難得地咂起嘴來。

北方的守備部隊主要是拖時間師團。不考慮運動戰，將有限的維修能力集中投入在航空部門與艦隊上，是比較有效率吧。

……或許該說困擾的是，就是因為那些看門師團跑不起來，所以才找我們過來幫忙的，結果卻沒有提供專門的維修支援，根本就是本末倒置。看來是因為沒有必要就長期置之不理了。

也由於是能確保鐵路路線的占領地區，所以不需要沿路配置維修中隊以修理落伍車輛的體制吧。

畢竟能使用鐵路。

如果是長距離的話，就能用鐵路運送，不用讓部隊自行移動。

「如果沒預期會長距離擴張到足以發生故障的距離，將維修中隊集中配置在城市地區會是正確的選擇。」

「誠如中校所言。然後就結果來說，故障車輛的維修經驗不足也扯了後腿，在現況下難以即時做出對應……」

是呀——譚雅再次點頭。不管怎麼說，盡是些不得不認同的理由。

「是合理的理由吧。沒辦法，就重新審視機車中隊的輪班配置吧。」

要限制有機動力的兵科運用不是件愉快的事。沒辦法快速反應的戰備後備人員，完全就是吃閒飯的傢伙。

不過就算這麼說，但這如果不是士兵而是裝備的問題，該譴責的就是指揮官。

也就是說，如果要找誰是蠢蛋，就只能把無法幫部隊準備適當支援的譚雅·馮·提古雷查夫這名笨蛋狠狠地踢飛了。

「是我的失誤，只能深感羞愧地去改善了……出乎意料就只是個藉口呢。」

譚雅默然地接受自己誤判狀況的愚蠢。

要淪為無法接受自己是無能的超級蠢蛋，對身為人的良知與善意來說，是種難以忍受的事。這種蠢蛋只要有存在X就夠了吧。總歸來講，既然是保有理性與知性的生命體，就會知道有種概念叫做難以忍受的羞恥。

「諾登軍區傳來警報！偵測到疑似敵魔導師的反應！轄區B—39，位置不明。要求值班中隊立即緊急起飛！」

像是值班人員的部隊員突然傳來的叫喊，讓譚雅回過神來。與謝列布里亞科夫中尉一起咂嘴「又來了」，同時起身前往司令部區塊。

衝進室內朝釘在牆上的特大號地圖看了一眼後，譚雅稍微想了一下。B—39，又是遠方啊。

「快速反應待命中的指揮官是格蘭茲吧？」

「是的，待命的是格蘭茲中尉的部隊。」

在地圖前就要下達出擊命令的譚雅儘管遲了一會兒，不過疲憊的腦袋卻有哪裡覺得很在意，等想了一下後才猛然驚覺。

慎重能防止可預防的事故發生。就為了省下些許工夫而導致過失事故發生，是無可救藥的無能的證明；就算是無能，既然人類有著無法退讓的底線，這就是當然的心態吧。

懷疑有敵人潛伏的位置，是接近我方前進界限的地區。

「……又是討厭的位置。再遠也要有個限度啊。」

恐怕也有敵魔導師潛伏吧。侵入的聯邦軍與聯合王國軍的混合部隊狡猾得令人生厭。當初的預想，是預定以沙羅曼達戰鬥群為主軸的鐵拳粉碎敵魔導部隊，卻難以捉摸地不斷遭到迴避。

已逐漸厭煩起陪這些不時像是在主張存在感般，在邊境地區到處作亂的傢伙們玩你跑我追的遊戲了。

「……手牌也不夠，這樣豈不是在不斷地白費工夫嗎！」

要是將格蘭茲中尉的部隊派出，暫時就會無法回來。這樣就會無人擔任緊急起飛的預備人員。

「副官……上頭有分配緊急起飛組出發後的交接人員嗎？」

「不，管制並沒有通知什麼特別的軍令。我想是要我們戰鬥群負責處理吧。」

唔——譚雅呻吟起來。

「我認輸了。」

「咦？」

「……應該還只有讓他們休息幾個小時吧。」

要忍住咂嘴需要相當的精神力。不得不承認吧——譚雅痛感自己有多麼大意。

睡眠不足開始對邏輯思考能力造成驚人的不良影響。

集中力的下降，思考的散漫化，進而是微小失誤的增加。等在前方的，將會是本來應該能避免的重大事故。

這世上不存在著能輕易消除疲勞的魔法藥水；或著就頂多只有像艾連穆姆九五式那種，得要甘受嚴重副作用才能使用的劇毒吧。

九五式嗎——譚雅瞥了一眼自己的寶珠，嘆了口氣。

像第二〇三航空魔導大隊使用的九七式那種雙發式的寶珠核心，儘管性能優秀，但疲勞感也會大幅提昇。還好沒有九五式嚴重，但也是程度的問題吧。

「這是讓規定休息時間降至最低需求的要求喔。要我讓睡眠不足的魔導部隊轉去負責緊急起飛待命嗎？」

狠狠說出這句話後，譚雅就在不發一語時把玩起軍帽。

想摔下帽子的衝動。

應該要自制的糾葛。

到頭來，結論是顯而易見。應該要遵從理性是不辯自明的事；儘管如此，就算用邏輯克服的情緒，依舊會萌生出該死的感情，這是當然的結果吧。

「請問該怎麼處理？」

副官就像在請示判斷的態度，正確理解了譚雅的意圖。

「向格蘭茲中尉傳達，暫時不要緊急起飛！」

「咦？」

「先準備一個小隊派去偵查。」

一交代好傳話，譚雅就保持平靜地向聽筒滔滔說起。

「諾登控制塔，這裡是Salamander01。我要對中隊規模的緊急起飛提出異議。想以偵查為目的，保留在一個小隊上。」

「Salamander01，請報告理由。」

很簡單啊——譚雅克制住差點罵出的話。

假如對方也只是在遵從工作守則的話，宣洩自己的壞情緒就是極為失禮的行為。

「就算說有數名游擊隊或魔導師，但要是派一個魔導中隊緊急趕去，我們這邊將會先累垮。」

壓抑的語調，聽起來會像是不愧於專家的口吻嗎？

「我理解分批投入的愚蠢，但如果是我戰鬥群的精銳，就有辦法一擊脫離。身為指揮官，我有十足的把握。」

就從選擇與集中的原則來看，也覺得現在要保留餘力才是賢明的判斷。

積極果敢的戰鬥精神是該在戰場上發揮的東西。假如像頭興奮的鬥牛一般被避開攻勢，這就很可能是會遭到銳利一刺的愚蠢行為。

「我判斷在現況下累積疲勞反倒不好，管制意下如何？」

「諾登控制塔收到，請派出一個小隊。」

「感謝，諾登控制塔。」

呼——該高興事情到了一個段落吧。考慮到狀況，這可是踏出了改善的第一步。確定問題，加以改善。人類的行為一直都是這樣吧。

很好——譚雅開口說道。

「向格蘭茲中尉傳達，派出小隊。格蘭茲中尉自己快速反應待命。」

「遵命。」能當場答覆是件好事。一切順利——才剛這麼想的譚雅，愉快的心情就在這瞬間被潑了一盆冷水。

「該員有意見要呈報。」

副官十分困擾的聲音，讓譚雅抬起頭來。

連用眼神詢問她「怎麼了？」都不需要。謝列布里亞科夫中尉比一般的傳令還要優秀許多；如果連她都規勸不了，就表示電話對面似乎是難以服從的格蘭茲中尉，想必是幹勁十足吧。

毫無疑問，這肯定是被詛咒了。是類似存在X的傢伙，學不乖地在背後搞鬼嗎？「拿來。」譚雅把聽筒搶走，搶先一步否決格蘭茲尚未說出口的理由。

「中尉，現在不需要指揮官先行的精神。還有其他事嗎？」

「沒有。」

「那麼，貴官應該就沒有事要跟我說了吧。」

「中校，恕我失禮，但我不打算當一個安樂椅指揮官！請讓我去吧！」

在面對敵人毫不畏懼這點上，格蘭茲中尉也算是不錯吧。

然而，也有必要配合多樣性的敵人改變戰法。勇猛果敢是很好，但將校也必須具備著冷靜沉著的要素。當在對付富有智慧的敵人時，深思熟慮是極為重要的。

就算是後方的指揮官，做起來也並不輕鬆。唉——嘆了口氣後，譚雅接著說道。

「將中隊本隊丟著不管，指揮官自己衝出去戰鬥嗎。在軍中把這叫做匹夫之勇。就算等待很難熬，我也不准你為了貪圖輕鬆而衝到前線去。」

「既然是小隊規模，就跟軍官偵察沒什麼不同！請務必讓下官去吧！」

這就是所謂的熱誠吧。

對譚雅來說，削減部下的幹勁也非她本願。就算抹不去操之過急的擔憂，但就算是格蘭茲中尉，也累積了不少經驗。

也不是辦不到吧——譚雅斟酌起一些取捨。要是讓他出擊，不僅會少一名中隊指揮官，還會讓他累積疲勞吧。老實說，她想保留戰力。

不過，打壓自主性也是個問題吧。

「雖是搜索殲滅任務，但無需窮追不捨。能將把握狀況視為最優先吧？」

「當然！不過可以嗎？」

「除非游擊隊他們相當愚蠢，否則都不會留下。假如他們留下來迎戰，我就允許中隊全力出擊。」

「遵命。」

問他「你真的懂嗎？」會很不知趣吧。

「要是有遇到這種好機會就好了。」

即使是格蘭茲中尉，應該也能理解譚雅的言外之意。陪游擊隊玩的捉迷藏，就連沙羅曼達戰鬥群都會覺得相當困難。

如果打起來，總之是會贏吧。

不過得加上一句但書——如果打得起來的話。

「……嚴禁窮追喔，中尉？」

「當然。請交給我吧。」

「很好。就期待你不會蠻幹吧。」

「是的！下官現在就去快速反應出擊，先告辭了。」

「祝你武運昌隆。」

放下聽筒後，譚雅就向副官說道。

「謝列布里亞科夫中尉，我要咖啡。幫我泡濃一點。」

以轉換心情來說，這算是治標不治本。過量攝取咖啡因會讓效果降低；要是效果變差就大量攝取的話，就完全是惡性循環。

就算沒辦法詳細把握是灌了幾加侖的咖啡到胃裡，不過也不容拒絕地感受到，慢性的睡眠不足正束縛著思考框架的事實。

這種事我當然知道。不過，總比過量攝取酒精來得好吧——即使這麼想，譚雅也依舊是感到困惑。

注意到自己在不斷找藉口，並不是件愉快的事。坦白說……這不是個好現象。

「是產生人為疏失的溫床吧。」

儘管知道，卻也無可奈何——這種感慨也不過是在發牢騷；是對自己說的藉口。辯解是要對他人說的。再怎麼樣也不會是對自己說的；要是連對自己都要說謊的話，就跟只能夠欺騙自己的無能一樣了。

如果要變得如此低能，還不如趕快一槍打爆自己的腦袋。既然要遵從知性與理性，這就是必然的行為。比起繼續做出丟人現眼的愚蠢行為，這樣還比較爽快吧。

因此，譚雅．馮．提古雷查夫中校就為了證明自己是一根會思想的蘆葦，激勵著精疲力盡的腦袋。

「……畢竟是太忙了。」

只要概括現況，問題也會跟著浮上檯面。

「該說人手不足即是諸多問題的根源吧。」

也就是人員皆承受著過重的負擔，並在有人脫離時，再等比例地讓其餘工作人員承受起劇烈負擔的惡性循環。

解決對策相當地簡單。

「省力化，或是人員的增加無法避免……該這麼說吧。」

沒必要標新立異。

既然是人手不足，那就只能增加人手，或是改善工作效率。

然而——譚雅靠著人事感覺也充分把握到，無意間採用增強「人員每人生產量」的方式，在軍事上會很危險的事實。

「說到底，畢竟軍隊是以損耗為前提進行編制的呢……要對環境最佳化，也有著相當大的難題啊。」

人力資本是總有一天會失去的。不論平時還是戰時，既然人類是註定會死的生物，這就是當然的事。有別於法人格這種在理論上保證有永恆壽命的經濟主體，有機生命體總有一天會不得不停止活動。

如果神真的存在，就該為了提昇生產力，再更有效率一點地資源回收大量投資過的人力資本吧。

很可悲的，神一般的存在並不存在是自明的真理。

對了——譚雅就在這時，將偏向渙散的思考拉回本題。

「只靠一個人處理是絕無可能吧。對方豈止是強盜，還是游擊隊。全副武裝且毫無幽默感的傢伙們直接殺過來，是非常恐怖的一件事。」

連在平時都會死去的人類，一旦來到戰時，就會以驚人的速度死去；就連在達到退休年齡之前都能比較確實地工作的勞動者，一旦來到戰時，就會在還屬於二三十多歲的勞動人口時逐漸死去。完全感受不到對人際社會資本的一絲敬意。

「這樣一來，就只能勉強想辦法增加人手了。」

儘管帝國軍早已對所有可能動員的人口池出手了，不過仍然還留著兩種選擇。

其一，是女性的全面性徵兵。不過，女性早已受到工業動員了。考慮到現狀，現實還不到必須就算要削減「生產力」，也不得不增加「戰鬥人員」的局面。

該說是幸運吧，帝國的現況還沒有破滅到這種地步。就算是恐怕總有一天會到來的這種與時間的戰鬥，現狀也還支撐得下去。

有希望的選擇，就屬活用外國人這塊尚未活用的人力資源池吧。像是讓俘虜勞動，還是徵募志願者這些方式，都有受到國際法的認可。也有許多能在合法範圍內去做的事。

「正因為如此，被麻煩的治安戰弄得勞神費力，可是本末倒置。與其以掃蕩在戰場上的殘留敵兵為前提闖進去，更應該推動在東方控制地區使用的懷柔作戰吧……事到如今，再說這些也無濟於事了吧。」

漫無計畫的行動，導致了太過可怕的慘劇。至今為止，帝國失去了龐大的時間與機會成本，連能否取回都毫無把握。

對舊協約聯合領地與達基亞大公國領地的對應，是典型的失敗案例。帝國軍原則上是活用當地的統治機構，嘗試維持著治安與秩序，採取這種教科書般的對應。

拜這所賜，儘管沒有致命性的失敗，不過也沒有獲得成功；換句話說，就是連「明確的戰略目的」都沒決定，就跑去玩起統治的扮家家酒。這樣還希望會有好結果的話，也太傲慢了。

「就連整頓出這種水準的行政機構進行統治，都是臨機應變的對應……該恭賀這種高水準的應對能力，還是該感慨這是在隨波逐流啊，真是讓人煩惱不已。」

在接連犯下無方針、無計畫、無戰略的三無之後，還能將表面修飾到這種水準的帝國現場人員，不斷證明著自己相當優秀。

「該說幸好還能靠戰術層面去彌補戰略層面的過失吧。」

不對——譚雅就在這時，將湧上心頭的苦澀情緒硬是壓了下去。

這全都只是治標不治本。

就像是靠著止痛劑，無視著疼痛原因的愚蠢行為吧；追求盡量且盡速的治療，是即使是侵入性，也要逼近病源的治療手段。

「就算會把患者殺死的手術很糟糕，但對患者置之不理也是個問題吧。」

馬基維利說過，不上不下是最糟糕的狀態。這簡直是真理。譚雅以現在進行式深刻體會到這一點。

帝國不論形式，都是「占領者」。

作為暴力裝置的帝國軍，即使再怎麼掙扎，也無法期待會「受到愛戴」。

就算占領得非常順利，別說是受到一整打禮儀端正的厭惡，就算有十二打也是當然的事吧。

與其這樣，徹底地遭到「恐懼」還比較好。

「……完全是漫無計畫啊。」

隨波逐流與臨機應變的現況。

在占領舊協約聯合領地時，帝國軍並沒有準備好占領地的統治計畫。因為是針對內線戰略最佳化的軍隊。

儘管這麼說很難聽，但有著家裡蹲的氣質。

作夢也沒想過要積極地向外擴張，搶奪他人的領地納為己用這種事。也就是說，事前幾乎完全沒有研究過。諸如「遠征」或「占領地區統治計畫」等等，就算翻遍參謀本部的機密金庫，也找不到一頁內容吧。

「因為贏了，所以誰也沒去想過。但是，再這樣下去會變得怎樣？」

現在就只是靠著臨機應變在處理事態吧。

就算是有能力的機構，假如沒有明確的戰略，也一樣會受到磨耗；當再也沒有餘力去挽救時，帝國軍就會一如字面意思的瓦解吧。

「……到頭來，會收斂到組織理論的問題上。」

帝國軍掌管著軍事。如果就國家的暴力裝置這種形式來講，這樣非常正確。

很可悲的，這就是問題的根源。

在戰爭是政治還是軍事這點上，帝國當局內部並沒有形成共識。

極為麻煩的是，帝國當局缺乏對戰爭跟「軍事」與「政治」有著何種關係的議論——或許該這麼說吧。

帝國軍確實就跟漢尼拔一樣。

在戰場上大獲全勝。

但是，卻不知道在達到極限之前「利用勝利的方法」。

沉思至此，譚雅嘆了口氣。

「……戰略上的勝利位在遙遠的彼端。如今的我早已無法觸及，毫無辦法打破這個僵局。」

漢尼拔屢戰屢勝。

坎尼會戰的勝利，在戰史上，任誰都不得不承認是戰爭藝術的根本；儘管如此，他卻沒辦法贏到最後。漢尼拔儘管贏得了勝利，卻像皮洛士那樣被羅馬的雄厚軍事逐漸消磨，這歷史讓人感到莫名的親近感。如果能實現，真想聽聽瑪哈巴爾（註：漢尼拔的騎兵統帥，指責漢尼拔不懂得利用勝利的人）的意見。

瞧瞧項羽與劉邦的組合吧。直到最後都還能百戰百勝的軍隊，根本就不存在。完全無法保證帝國軍能一直贏下去。

麻煩的是，帝國的輿論並不想承認這個事實吧。

理由連想都不用去想。就因為是建國以來，一次也未曾嚐過敗果的帝國。就算知道城下之盟是強迫性的，也作夢都沒想過會被迫簽下城下之盟吧。

還真是幸福的腦袋啊。該死。外加上包括帝國在內的各國，都在戰場上流下太多鮮血了。流在大地上的鮮血，就一如字面意思的覆水難收。「除了勝利的美酒外，要怎樣正當化這些犧牲啊？」之類的蠢話趾高氣昂地四處橫行的情況，該怎麼收拾？

「沒有湧現停損的志向，是致命性的吧。」

在想要迴避損失、避免失敗而硬是去逃避風險的情況下，反沖作用也會極為強烈。這只要看日本經濟就好。所謂失落的二十年，顯然要被稱為三十年的日子也不遠了。

或是各個猶豫改革的末期國家，會是很好的例子吧。

「能理解現在儘管付出了大量名為將兵生命與國家預算的機會成本，卻依舊只能維持現狀的人究竟有多少啊？」

改革就本質上來講，是因為制度疲勞已達到極限，所以才會被逼到不得不去做的。這就跟手術一樣吧。

當非侵入性治療已經來不及時，就不得不選擇改革這種外科性的做法；要打麻醉作為止痛劑是很妥當，但要是害怕動手術，患者最終就將會死亡。

同時期 帝都柏盧 參謀本部作戰會議室

聯邦軍企圖在全主戰線上進行大規模反擊戰的樣子。

要是東方各處皆陸續傳來聯邦軍強大攻勢的徵召，就算是以無窮精力自豪的盧提魯德夫中將，也毫無疑問會大感到吃不消。

「……我們可才剛剛擊退冬季的有限反攻喔？」

語帶質疑發出的疑問極為合理。就帝國軍參謀本部的判斷，他們可是才剛把聯邦軍的一線級部隊痛打了一頓。

「他們是從哪裡生出這麼多兵力的？」

「田地吧？」

「連肥料也沒用？」

「似乎是使用了民族主義這種物美價廉的肥料。雖然對我們來說，比較希望他們使用共產主義這種缺陷肥料就是了。」

儘管是個讓人想咂嘴的事實，不過聯邦軍的內部正在逐漸變質，從共產主義者的軍隊轉變成民族主義者的軍隊。

就傑圖亞中將所見，這已是一種不可逆的變化。

作為暴力裝置的聯邦軍，正在急遽地增強可用性……跟以開戰前的事前諜報資料評估的聯邦軍已是截然不同的存在。甚至可說是一批團結的軍隊吧。

「共產主義者在農業政策上，也多少有在克服失敗嗎？」

「舶來品的影響也不小吧。」

盧提魯德夫中將苦澀地蹙起眉頭，在沉默數秒後開口說道。

「如果是這樣……就只能解禁無限制潛艇戰了。」

就連如此斷定的本人，都不太願意這麼做吧。

老朋友以略為疲憊的語氣，繼續說下去。

「既然無法期待合州國等中立各國採取公正的中立措施，我認為這就是不得已的選擇。」

在被問到「你覺得如何？」的瞬間，傑圖亞中將恐怕是浮現出像是被灌了口醋一般的苦澀表情吧。

這是討論過無數次的難題。就算再怎麼主張中立，支援交戰國的後勤，就相當於是實質上的參戰。應該要視為敵人，列入通商破壞的對象，這種道理在法律解釋上也不是無法理解。

然而，傑圖亞中將卻無法贊同盧提魯德夫中將說的這種積極策略。

「……這就像是按下定時炸彈的開關吧。」

讓帝國軍參謀本部的所有人都抱頭苦惱的難題，非常單純。

那就是──孤立主義者會放棄自己的不干涉主義嗎？

如果會，那答案就簡單明瞭。曾是孤立主義者的傢伙，將會一齊介入大陸情勢吧。

而如果不放棄綱領，事態就會稍微混亂一點。大概會持續著一面保持孤立主義，一面介入情勢的特技吧，不過這會持續到何種程度？

「是合州國的船隻在維持『聯邦』與『聯合王國』的後勤路線。就從制定作戰的觀點來看，也無法置之不理。」

不需要盧提魯德夫中將「給我聽好」的提醒。沒辦法打擊敵方的後勤，會感到羞愧是必然的事。

擔任作戰指導的中將會格外強調這點，就從立場來看，該說是理所當然的吧……只不過──傑圖亞中將還是反駁了。

「只是擔任後勤的程度，就當作是可愛的惡作劇看開吧。」

作為在嚴苛的補給戰中奮戰過來的當事人意見，就只能語帶放棄地要他看開了。畢竟足以將感情與理性轟飛的數字，是不會答應與支援聯合王國的合州國直接敵對的。

傑圖亞中將煩躁地叼起雪茄，抱怨起來。

「總比最壞的情況好吧。」

「傑圖亞，也就是說……你認為有可能會直接參戰？」

「我不得不肯定。身為我可敬友人的盧提魯德夫中將，你難道忘了嗎？他們早就太過貼近這場戰爭了。」

對他們來說，無限制潛艇戰很可能會是個意外之喜。操作著群情激憤的輿論這頭怪物的對方，將會以此為由，興高采烈地進行介入吧。弄得不好，就連自導自演都有可能不是嗎？——傑圖亞中將甚至如此懷疑。

「直接參戰會有風險吧……」

「要說到風險，早就經由他們太過貼近戰爭的事實克服了吧。」

話一說完，傑圖亞中將隨即就否定盧提魯德夫中將口中一廂情願的樂觀推論。

「盧提魯德夫，就從後勤的層面，而不是作戰的層面想想吧。」

停損是在能將損害最小化時才有辦法做出的選擇。正因為是從事後勤事務的人，所以才有辦法確信。

就算要在這裡放棄，他們也已經投注太多賭金了。

「一度做好的生產線與完成品，沒辦法當作沒發生過。投入了這麼多資源在軍需上，產品要是賣不掉，下場可是會非常悽慘。」

軍需產業是種很極端的產業。坦白說，要在平時維持戰時所必要的儲備物質，是相當艱難的一件事。要讓害怕生產過剩的廠商擴張生產線，就只能跟他們簽訂契約作為擔保。

……只要沒有使用的打算，就難以增強軍需的生產線。

「這可是他們作為景氣對策，就連航空母艦都在建造的狀況喔！」

「……你是說對失業的恐懼，足以促使他們參戰？」

「還沒單純到這種程度吧。不想承認帝國霸權的情緒，很可能會與國內經濟的情況密切結合在一起。」

不是經濟專家的傑圖亞中將，不得不對建造航空母艦這種大規模的景氣對策瞠目結舌。

儘管合州國海軍的艦艇情況得天獨厚，卻還是企圖以將建造正規航空母艦作為公共事業進行的暴行刺激景氣……被大洋艦隊的維持經費搞得焦頭爛額的帝國海軍相關人員會大吃一驚吧。

然而，這卻是現實。

「是有道理吧。」

盧提魯德夫中將以痛切的語調點頭同意。

不過就算能獲得理解，也高興不太起來……至少，能對狀況有著一致的認識，是維持參謀本部內的健全合作關係的訣竅吧。

「對了。」傑圖亞中將語氣疲憊地補充說道。

「錢是很老實的。沒有流到我們這裡，而是不斷流入聯合王國。」

「……說到底，就是我們的勝利，會抵觸到他們的各種利益啊。」

「很可悲的，正是如此。」

傑圖亞中將一面肯定盧提魯德夫中將的牢騷，一面思考。沒有債主會希望貸款變成呆帳，停損也會有個限度。這些全是永恆的真理吧。

「沒有蜥蜴會毫無理由地想自殺。」

蜥蜴的尾巴，因為是尾巴才有辦法割捨；割捨自己的身體這種事，是不可能辦得到的。

「因此，乍看之下有效的無限制潛艇戰，以宏觀的角度來看，很可能會對狀況造成不良影響。」

「是走在奇妙的鋼索上啊。」

一隻手為了阻止他們參戰地與他們握手，同時用另一隻手狠狠打擊想送出物資的合州國的部下。

總而言之，就是矛盾。

「傑圖亞，你真的知道自己在說什麼嗎！這完全是在走鋼索。就算是馬戲團的老手，也並不是與失敗無緣喔。」

「這我早就知道了。但是也只能做了吧。至少也該努力讓他們不要立刻參戰。」

畢竟，戰爭只能在不確實的濃霧之中朝未來前進。

當迷失方向時，相信會有救援的在遇難地點等候，是個人的正確解答。

可悲的是，對國家來說並不存在著什麼救援部隊。假如不相信這點，在搭上泥船後遭到萬里波濤吞沒的景象，就歷歷在目。

無法靠自己的雙腳站立的國家，沒有未來。

「如果是為了尋求生路，不管是什麼方法都只能去試了。不是嗎？」

就算是無計可施，也是沒能準備更多計策的人有錯；既然肩負著國家重任，有沒有選項就不是問題。

瞧瞧那個咧嘴笑起的盧提魯德夫中將吧。

那個個性惡劣的作戰家還真懂，不是嗎，就只能做了——傑圖亞中將邊在心中苦笑，邊切換話題。

「該說是幸運吧。有人丟了個提案給我們。」

「這我想聽聽貴官的見解。你覺得義魯朵雅的騙徒們可以用嗎？」

唔——傑圖亞中將就像困惑數秒似的沉思起來。

由維爾吉尼奧・卡蘭德羅上校這名義魯朵雅情報部員所提供的，伊格・加斯曼上將這名軍政家的提案。

想要仲介議和——這是個非常困難的提案。

「我看過雷魯根上校的報告了……就結論來講，我不清楚。」

「不清楚，又是這種模稜兩可的回答？」

盧提魯德夫中將氣憤地狠狠說道。這也是沒辦法的事吧。

考慮到義魯朵雅的地緣政治學，就不得不承認他們運用實質上是動員令的演習，展現出了「箝制帝國南端能力」的本領。

現況下，義魯朵雅早已做好高價推銷自己的準備。

儘管義魯朵雅作為帝國的友方參戰的可能性不是零，不過既然作為敵方參戰的可能性也無法否定，帝國軍就要「讓一定的戰力持續被束縛在義魯朵雅的國境上」。

就以全軍來看，當然，這並不會是壓倒性的多數；即使如此，也是能與一國為敵的兵力，是淪為巨大游離部隊的守備部隊。要是有這種戰力的話——是作戰領域的人，都曾一度深深夢想過的假設。

「試著整理一下狀況吧。」

「嗯。」傑圖亞中將與點頭同意的可敬友人一起列舉起狀況，思考起來。

「風向雞光是存在，就會受到雙方主動親近。他們會維持著作為中立吸血的方針，可能性並不小。」

傑圖亞中將提出的大前提，是個很單純的事實。義魯朵雅的中立政策，恐怕純粹是在追求利益的觀點。

「他們每次動員，我們就不得不從東方抽出一定數量的兵力。憑藉著這種立場追求利益的義魯朵雅，手段儘管辛辣，卻也是狡猾的一手吧。」

「沒錯。」

只要看氣憤地狠狠回話的盧提魯德夫中將，也就能知道這件事的嚴重性吧。

就算應付不了，但光是能確定他們不參戰的意志，就能增派多少兵力到東方戰線啊。這會是個足以讓大陸情勢徹底改變的契機吧。

太可惜了——任誰都同樣地感到懊悔。

「在這種情況下，有件事值得考慮。」

挾帶在前提之中，傑圖亞中將開口說出主題。

「就我所見，不是義魯朵雅王國，而是義魯朵雅王國軍會比較性地……理性判斷狀況。」

「喔，你想檢討加斯曼的提案？就算再怎麼說，他們也是一群明明好歹算是同盟國，卻在我們背後搞小動作……的傢伙喔。我可不認為他們值得信賴呢。」

盧提魯德夫中將語帶憤慨的台詞，完全是帝國輿論的代表吧。麻煩的是，他說得很有道理。對知道外交的世界不只是靠正確在運作的人來說，也只能抱頭苦惱了。

傑圖亞中將吞下嘆息，明確地指出一件事。

「儘管無法否定，但義魯朵雅的提案也很合理。至少，他們有取得均衡，讓主要交戰國不得不傾聽他們的意見。」

「……確實是無法一口回絕呢。」

儘管一臉不甘願的表情，但能獲得同意就算很好了吧。義魯朵雅的提案儘管讓人怒火中燒，但也有著無法徹底否定的部分。外加上還有辦法規勸的事實，對傑圖亞中將來說完全算得上是一線光明。

「因此，義魯朵雅王國軍規劃的加斯曼提案……乍看之下，也不是不能算是議和的契機。」

「還真是相當兜圈子的說法呢。給我說清楚點，傑圖亞。問題是什麼？」

「困擾的是，義魯朵雅他們太會精打細算，很有可能會引發意外。」

一臉茫然的盧提魯德夫中將，詫異地開口。

「還是有點拐彎抹角。說明一下吧。」

被直盯著看的傑圖亞中將，不太甘願似的回答。

「他們恐怕還在沿用大戰前的權謀詭計吧。」

這也就是說——傑圖亞中將不得不狠狠說道。

自己準備說出口的，是野獸的道理。追根究柢，會是近代自豪是清華的知性與理性的敗北吧。但是身為參謀將校，即使是這樣也不得不說。

「冷靜透徹的合理性早已無法在全交戰國中健全地發揮機能了。不論我們還是他們，可全都喚醒了輿論這頭怪物了喔。」

總體戰型態的戰爭，國民的參與度比起以往有著懸殊的增加。在煽動之下，增強熱量的感情浪潮，就憑藉著龐大的能量往遂行戰爭的方向邁進。

儘管是對奮戰至今做出極大貢獻的能量，但也由於太過龐大，就連國家理性都很可能會被沖走。

畢竟在現況下，別說是政治家，就連軍隊都投身在這股騷亂與感情的漩渦之中。

將崇高的奮戰精神與冷靜的戰術判斷混為一談，是最大的錯誤；然而，要讓狂奔的激情冷卻下來，並不是件簡單的事。

有辦法說服參謀將校，是個有希望的要素；問題就在於社會輿論是否也能聽進說明。

「義魯朵雅他們是否理解這件事，讓人頗為懷疑。」

義魯朵雅王國是總體戰的旁觀者。

他們肯定是納悶於我們的愚蠢行為，認為這是一個仲介的好機會。

「就算理論是對的，但要是不肯接受就沒意義的意思吧。」

這我懂了——盧提魯德夫中將點點頭，把手握起，緩緩地放在桌面上。

他筆直凝視著拳頭，不久後，就像無法接受似的張開。

「……究竟是該揮拳，還是該握手。真讓人苦惱呢，傑圖亞。」

「是呀。」傑圖亞中將就在回答時忽然注意到一件事。聽他剛剛的口氣，就像是在煩惱攻打的正確與否一樣……

「你擬定好攻打的計畫案了？」

「是制定好緊急事態應對計畫了……雖然是在國境進行機動防禦，然後藉由大規模滲透突襲衝破敵戰線為主的計畫。」

也不是不能打——帶著笑容說道的盧提魯德夫中將，洋溢著確實的自信……畢竟是老交情了，自己很清楚他不是個會虛張聲勢的男人。

既然他說能打，就應該能打吧。

可以認為將那群自以為是狡猾觀察者的南方小白臉狠狠教訓一頓，是有可能做到的事。

然而，這也是讓傑圖亞中將不得不蹙起眉頭的一句話。

「要比國境防衛還要更加推進？」

「沒錯。希望你考慮到那裡是難以防守的地形。這是基於戰術必要性的前進。我不想再繼續讓脆弱的下腹部暴露在敵國面前了。」

盧提魯德夫中將堅決的答覆，是符合戰理的論述。這要是有什麼問題，就是得加上一句但書——如果只限於軍事面的話。

這類型的理由就像是忘了政治一樣，十分危險。對傑圖亞中將來說，這當中也有著明知說不定是多此一舉，也依舊不得不插嘴的部分。就算很清楚可敬友人的個性，但卻一直沒有先例，能抹去「他會不會太過果敢」的擔憂。

「是向前方脫離啊，只要能突破就沒問題吧。不過要是淪為衝動性的突出，就很可能會演變成基於恐懼的提前自殺喔。」

「我懂你的擔憂。」

主導權最好能一直掌握在手中。在對共和國戰中，向前方脫離能獲得成功，是因為成功做到「出其不意」的緣故。

對義魯朵雅王國的先制攻擊，對方也早有覺悟了吧。缺乏奇襲效果的奇襲，就算說是賭博也顯得愚蠢。

「即使如此。」盧提魯德夫中將氣憤地狠狠說道。

「要是置之不理，很可能會成為橋頭堡。」

沉思片刻後，傑圖亞中將也點頭認同。

經歷過壕溝戰殘酷的戰鬥教訓後，各列強就算再不願意也領悟到一件事——只要沒掌握到敵方的脆弱部分，正面攻勢就會付出過於高昂的代價。

就這點來講，帝國軍南方的防衛算是個弱點。

義魯朵雅與帝國之間傳統的曖昧關係，為南方國境地帶帶來了和平的紅利。具體來講，就是不存在著迫切的威脅。

義魯朵雅方面的防衛線很脆弱。

只不過是基於開戰前的內線戰略，以大概能撐到大陸軍趕來救援就好為前提構築的防衛線。根本就沒考慮要過自行擊退來敵。

「……作戰局判斷，各外國的援軍會經由海路蜂擁而至吧。」

這自己知道。

這種程度的預測，不需要作戰局得意洋洋地提醒，傑圖亞中將也早就深深煩惱過了。

作戰有其他好主意嗎？在彷彿如此詢問似的注視起盧提魯德夫中將的眼睛到最後，傑圖亞中將不得不確信一件事——

對方也同樣在向自己的眼睛尋求樂觀推論的回望。這要是不叼起雪茄，把髒話給吞回去的話，就實在是幹不下去啊。

「假如袖手旁觀，就很可能會宛如癌細胞一樣的侵蝕帝國吧。」

在冷酷的現實之前，傑圖亞中將正視著現實。如果假定最壞的情況，帝國南方可是極為脆弱。說到底，從未考慮過多方面作戰遠征要素的帝國軍能力，早已達到極限了。

必須得承認吧。這對只不過是預計用來抵禦義魯朵雅的現防衛部隊來說太艱辛了。恐怕長期下來，別說是繼續維持防衛線，甚至還有可能遭到瓦解。

追究這種毛骨悚然的可能性到最後，會被預防措施所吸引也是無可奈何的事。自己的內心在衝動性地叫喊著，現在應該要依照身為作戰家的理論，毫不遲疑地發動攻勢。

傑圖亞中將也無法否認，這是無聊的迷惘。

「這就是戰爭為難的地方。既然手牌有限，就算知道這不是身為軍人的最佳解答，也不得不做出『還不壞』的選擇。」

「所以？」

「也無法否定防衛目的的積極策略。」

早在映入眼角餘光的瞬間，就知道盧提魯德夫中將苦笑起來了。

「但也沒有肯定對吧。反正你就是這樣。要在有援軍頭緒的情況下——還要再補上這句但書對吧？」

「沒錯。」傑圖亞中將當場點頭。

為了防衛的有限攻勢，總之就只限於在「能發動下一波攻勢」的情況。攻擊這種行動，是需要相當的意志力的。

「……從東方全面撤退，或是擁立自治議會作為緩衝國家，是有可能的選擇吧。」

「辦不到吧。」

遭到盧提魯德夫中將一口否決，傑圖亞中將也只能苦笑了。

「別這麼快就否定我。我承認這很缺乏可能性吧。不過凡事在確認貓是否死亡之前，都還是尚未確定的未來……我們應該要保有不排除任何選擇的靈活思考吧。」

「那麼，你有說服那個共產主義者容許分離獨立的方法嗎？」

「建立緩衝國家的理由，也不是不可能會被容許的。」

「……聯邦的民族主義會容許這種事嗎？」

嗯的點頭後，提出反問的友人，敏銳地指出了一個疑問。

「不可能吧。」

「聯邦人」是不會容許的吧——傑圖亞中將斷言。

如果是問民族主義這頭怪物的動向，就可以當場回答。畢竟就連排斥共產黨的傢伙，都投身聯邦軍與作為侵略者的帝國軍展開死戰了。

政治宣傳與民族主義的融合，以足以讓聯邦的反體制派在共產黨旗下團結一致的威力自豪。祖國愛是沒有道理的。

用我們的說法，就是對故鄉懷著壯烈的心情。既然是母親般的大地，就不論要流下再多鮮血都會緊緊抓著土地不放吧。

「那麼……」傑圖亞中將朝著正要反駁的盧提魯德夫中將丟出一句話。

「不過，『共產黨說不定會容許』。」

「咦，你沒問題吧，傑圖亞？」

「當然沒問題。」

「那可是拋開意識形態，披上民族主義外衣的共產黨喔！會有這種靈活性嗎？」

盧提魯德夫中將似乎是發自內心指出的疑問，是個常識性的疑問。只要是正常人，都會發自內心地贊同吧。

不過就參謀將校的觀念來講，就算還不到在軍大學不及格的程度，這也是該狠狠斥責的思考停止。

「你忘了可能性的問題嗎？」

儘管知道怫然作色的老友會不高興，說出大原則的傑圖亞中將也沒有特意修飾。因為所謂的理論，是就算平凡醜惡也依舊得以成立的奇妙產物。

「只要無法否定，就該將可能性視為可能地進行檢討吧。我們的立場可沒奢侈到可以挑三揀四。」

以懂得計算得失的傢伙為對手，就算能達成非比尋常的交易，也不該驚訝；就算難以認為對方會是個能達成交易的合理玩家也一樣。

期待他們會是個合理的玩家很危險吧；然而，否定地認為他們不合理也同樣很危險。依靠樂觀的推論與檢討可能性是截然不同的事。

因此，必須不斷準備預備計畫，並加以檢討。即使是紙上談兵，也比完全空白來得好吧。

不管怎麼說——傑圖亞中將就像疲憊似的，接著說出一句話。

「不論政治、軍事，都不該用常識推測吧。該死的聯邦軍，受到如此龐大的損害也毫不屈服，還出現了春季攻勢的徵兆。」

這不是在開玩笑，身為後勤專家的傑圖亞中將是真的感到頭暈目眩。只要看動員的兵員規模、物資數量，就知道聯邦的潛力高到讓人厭煩的水準。

也沒辦法抱怨「真難受」是難受之處。既然如此，就只能做好覺悟了。

要是知道避免不了驚濤駭浪，就至少還有辦法知道這件事。也不是沒辦法繼續前進。

「我們所需要的，是覺悟與豁達吧。凡事我都不會再驚訝了。」

統一曆一九二七年四月十八日　帝國軍北方軍區　沙羅曼達戰鬥群基地

隔著電話開的玩笑話——要是能這樣一笑置之，會有多輕鬆啊。

將由衷感到厭煩的嘆息吞回去後，會發自肺腑發出「怎麼會」的抱怨與悲鳴，也是因為不斷累積的心因性壓力。

春季攻勢？

在這種時機？

……老實說，完全搞不懂。

不對，她知道聯邦軍要發出攻勢；是國家要在戰爭行為當中，追求某種戰略、戰術的目標。

因此，也不是無法理解聯邦有著自己的意圖。

儘管如此，對帝國軍戰線的全面攻勢太讓人費解了。

要是合州國參戰的話，就大概是要將主力困在東方的大規模佯攻吧……現況下，完全是突出戰線吧。

「……說到底，這是認為會贏的行動嗎。有點掌握不到聯邦軍的意圖。」

不論是軍事的合理性還是政治的必要性，就譚雅．馮．提古雷查夫中校所知，都可說是完全找不到。

「真是百思不解。」

要是讓士兵朝著尚未瓦解的防衛線突擊，就難以避免屍橫遍野。這是在用白骨鋪設大地的行為吧。

不過，不可能才是這世上最不可能的事。

畢竟就連親愛的市場基本，都沒辦法與機能不全無緣。

以不合理為主體的人類發起的戰爭，會在戰爭迷霧產生的錯誤之中，朝著毫無道理的方向發展，也是常有的事吧。

說能預測未來，未免也太過傲慢了。

……唯一能確定的事情，就只有不確定。

「這會是文字遊戲的世界嗎，是神學爭論的世界吧？」

是常人所無法窺知的麻煩世界；肯定是比起強詞奪理，更是將重視現場視為唯一的政界。

就以邏各斯來講，即使是不可能的事，現實當中也存在著許多事例。既然如此，那就是理論出錯了。

經由自然科學，世界被如此定義。

也就是觀察、測量、分類。假如做不到，就只好重新檢證，界定種類。

百聞不如一見這句話會是真理吧。不過，只限於在能夠正確觀察現象的情況下。畢竟人類是一種就連「親眼所見的事物」都無法正確記憶的生物。

驚訝、困惑、疲勞與煩惱。

這是人的宿命。

因此，心理戰的類別、行為經濟學的領域、心理學的領域才會認真地受到研究。

明確知道的事情，就只有一件。

欠缺冷靜的判斷，是就連眼前的現象都無法理解的蠢蛋才會做的事。正因為如此——譚雅一臉疲憊地抬頭望天，喃喃抱怨起來。

就算驚滔駭浪是世間常理，也只能做好理解並接受的覺悟。

「凡事我都不會再驚訝了。」

（《幼女戰記⑥　Nil admirari》結束）

Appendixe

附錄

【歷史概略圖】

歷史概略圖

①

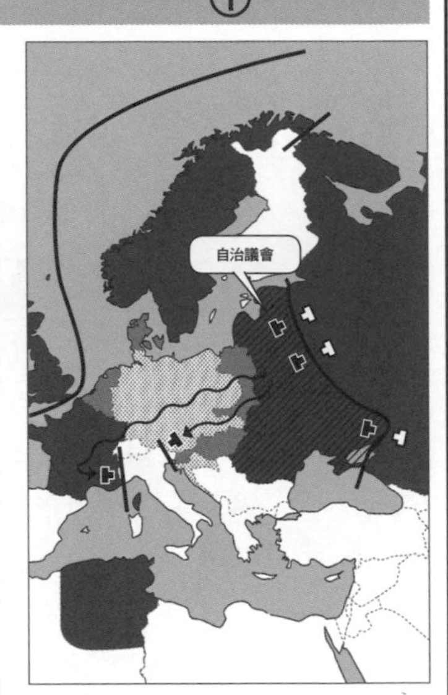

東方戰線全面狀況：停滯。

前線附近的小規模衝突頻仍。

帝國軍欠缺過冬用裝備。

聯邦軍毅然在前線實行兼作為政治偵查的武裝偵察作戰。

帝國軍、自治議會將其擊退。

由於後勤路線穩定，狀況也漸漸改善。

義魯朵雅方面情勢驟變。一部分部隊開始轉調。

②

第二〇三魔導大隊

義魯朵雅王國軍突然開始動員。

聯合王國海軍在西方全區進行佯攻。

為了對應，將包括沙羅曼達戰鬥群等戰力重新部署到帝都方面。

義魯朵雅與帝國之間的談判，經過初期接觸。

多國籍部隊為了佯攻，入侵舊協約聯合領地。

沙羅曼達戰鬥群為執行掃蕩任務北送。

③

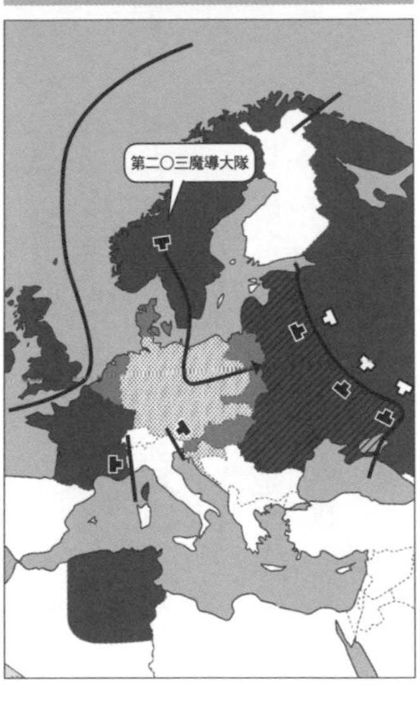

掃蕩戰進展不順。
聯邦軍部隊出現大規模攻勢的徵兆。
沙羅曼達戰鬥群急忙進行戰略性的重新部署。

總評

此時的情勢，即使東方後方地區已穩定下來，但北方變得不穩定，西方的防備呈現不安，令人理解到南方國境線的脆弱性。
儘管帝國軍依舊在全戰線上確保著均衡狀態與優勢，但戰局確實停滯了下來。
以軍事面的膠著狀態為背景，不僅政治工作逐漸活躍，摸索「解決對策」的動向也逐漸活化。
不管怎麼說，種子都已經播下去了。

後記

第六集讓各位久等了。我是カルロ・ゼン。

沒有等候，一口氣買下一～六集的各位勇者，還請繼續關照勇者中的勇者——KADOKAWA ENTERBRAIN。

那麼，由於到處都能零星看到動畫化的話題，所以我必須要坦白一件事情。

動畫化大概是我跟各位的集體幻覺！

這是以前，熱愛咖啡的我、熱愛肉食的責編藤田大人，以及熱愛餃子的插畫家篠月大人一起到餃子很好吃的餐廳討論時所發生的事。

「有可能動畫化嗎？」一面對篠月大人如此銳利的問題，藤田大人當時可是斷言「很遺憾，這是不可能的事！」了啊！

明明是這樣，等注意到時，如今動畫化就已經像是既定事實了；等注意到時，東條老師出色的漫畫版就開始連載了。

或許是因為 ENTERBRAIN 的勇者力增強了吧？

當初在踏入這個業界時，真是作夢也沒想過會有這種未來在等著我（或許是莊周夢蝶也說不定）。

不過現實正是虛構的最強勁敵，正因為是這種時代，所以才需要具備「凡事都無須驚訝」的精神也說不定。

不管怎麼說，這都是受到許多人的幫助才有的成果。

在此再次向提供協助的眾人致上謝意。擔任設計的椿屋事務所、校正的東京出版服務中心、責編藤田大人，還有插畫家篠月大人，感謝各位一直以來的照顧。

然後最重要的是，要向一路支持本作到動畫化的各位讀者獻上滿腔的謝意！

今後還請繼續多多指教。

二〇一六年七月　カルロ・ゼン

畫版
很有趣喔！
條老師以細緻筆觸
畫出的提古與愉快夥伴們
充滿歡笑的美妙職場
正在連載當中！
修格魯博士清澈的眼眸，
讓人猛烈有種不好的預感。
我超愛的！
然後，賀第六集發售！
瑪麗今後會怎樣呢？
真讓人期待。我很想畫呢～
假如戰爭沒有爆發，應該
會成為普通學生的維夏。

國家圖書館出版品預行編目資料

幼女戰記. 6, Nil admirari / カルロ.ゼン作 ; 薛智恆
譯. -- 初版. -- 臺北市 : 臺灣角川, 2017.07
面 ; 公分. -- (Kadokawa fantastic novels)
譯自 : 幼女戦記. 6, Nil admirari
ISBN 978-986-473-791-8(平裝)

861.57 106009203

Kadokawa Fantastic Novels

幼女戰記 6
Nil admirari

（原著名：幼女戰記 6 Nil admirari）

2017年8月10日 初版第1刷發行
2021年6月30日 初版第3刷發行

作者：カルロ・ゼン
插畫：篠月しのぶ
譯者：薛智恆

發行人：岩崎剛人
總編輯：蔡佩芬
編輯：陳書萍
美術設計：胡芳銘
印務：李明修（主任）、張加恩（主任）、張凱棋

發行所：台灣角川股份有限公司
地址：105台北市光復北路11巷44號5樓
電話：（02）2747-2433
傳真：（02）2747-2558
網址：http://www.kadokawa.com.tw
劃撥帳戶：台灣角川股份有限公司
劃撥帳號：19487412
法律顧問：有澤法律事務所
製版：巨茂科技印刷有限公司
ISBN：978-986-473-791-8